거짓과 정전

嘘と正典

거짓과 정전

小川哲
오가와 사토시

권영주 옮김

비채

차
례

마
술
사

"로스앤젤레스의 작은 펍에서 처음 만났을 때 제 스승인 맥스 월턴은 이렇게 말했습니다. '마술사가 해선 안 되는 일이 세 개 있다. 그게 뭔지 아나?'라고."

객석을 비추던 카메라가 무대를 향한다. 조명이 차츰 밝아지고 어둠이 희끄무레하게 빛난다. 무대 중앙에 턱시도를 입고 실크해트를 쓴 다케무라 리도가 서 있다. 나이에 비해 더 늙어 보이지만 그래도 아직 충분히 미남이다. 관객이 자신을 주목하는 것을 알고 그는 대담하게 미소 지으며 객석을 둘러본다. 이 시선이다. 이 시선에 늘 가슴이 설렌다. 그의 시선은 무슨 전파라도 쏘는 것처럼 사람들의 머리를 마비시킨다. 그건 최고의 무기였다. 그 무기 덕에 그는 일본 마술계의 정점에 섰다. 뿐만 아니라 여러 여자를 현혹시켜 수억 엔에 달하는 돈을 빌려서 최종적으로 자신의 인생을 파멸로 몰아넣었다.

"정직하게 '모릅니다'라고 대답했습니다. 당시 저는 '해선 안 되는 일' 같은 게 존재해선 안 된다고 생각했거든요. '해선 안 되는 일'을 정하는 건 곧 마술의 가능성을 좁히는 게 아닌가, 무대 위에서는 온갖 현상이 일어날 수 있는 게 아닌가, 그렇게 말입니다."

타이밍은 완벽하다. 리도가 손가락을 딱 튕긴 순간, 무대 전체가 밝아지면서 그의 뒤에 검고 거대한 장치가 놓여 있다는 것을 알게 된다. 장치 중앙에 붙은 유리 원기둥 위아래로 복잡하게 뻗어나간 배선이 옆에 있는 기계와 접속되어 있다. 기계 위에 거대한 모니터가 매달려 있다.

1996년 6월 5일 19시 12분.

모니터 밑부분에 의미심장한 붉은 글씨로 시각이 표시되어 있을 뿐.

'12분'이 '13분'으로 바뀌었다.

"맥스 월턴은 먼저 '마술을 선보이기 전에 설명해선 안 된다'라고 말했습니다. 그게 무슨 뜻일까요? 자, 이제 제가 비둘기를 꺼내겠습니다."

리도는 실크해트를 벗어 거기서 비둘기 다섯 마리를 잇따라

꺼냈다. 무슨 감자라도 캐는 듯했다. 리도는 실크해트에서 꺼
낸 비둘기를 담담하게 무대에 풀어놓았다. 관객들은 어떻게 반
응해야 좋을지 몰라 그저 침묵했다. 정적 속에서 누군가의 기침
소리가 공허하게 들렸다.

"아시겠습니까? 비둘기를 꺼낸다고 선언하고 비둘기를 꺼낸
들 누구도 놀라지 않죠."

무대 옆에서 커다란 깃털로 뒤덮인 화려한 의상을 입은 여자
조수가 걸어나와 느린 동작으로 리도가 꺼낸 비둘기를 회수했
다. 여자는 비둘기를 한 마리씩 깃털 속에 넣었다. 마지막 비둘
기가 보이지 않게 되자 리도는 고개를 가볍게 숙이고는 객석을
둘러보며 미소 지었다.

무슨 일인가 벌어지리라는 분위기가 감돌았다.

리도는 등 뒤에서 보석으로 장식한 지팡이를 꺼내고는 조수
를 향해 지팡이를 든 오른손을 뻗었다.

그 순간 여자 조수가 사라졌다.

객석에서 탄성이 흘렀다.

"이렇게 아무 말도 하지 않고 갑자기 어떤 현상을 일으키면
사람들은 놀라죠. 맥스 월턴의 말이 옳았습니다."

금세 큰 박수가 터져나왔다.

이십이 년 전의 나도 맨 앞줄에서 같이 박수를 치고 있었을

것이다. 그때 나는 아직 열 살이었다. 옆에 앉은 나이 차가 많이 나는 누나는 박수에 동참하지 않고 내 귓가에서 작은 목소리로 "마스코트 모스잖아"라고 중얼거렸다. "이런 걸로 뭐하러 박수를 쳐?"

나는 지금 우리 집 거실에서 리도의 마지막 공연 영상을 보고 있다. 다시 말해 느린 속도로 재생하면 그가 어떤 방법으로 여자를 사라지게 했는지 일목요연하다는 뜻이다. 서른두 살이 된 나는 '마스코트 모스'가 무슨 뜻인지도 알고 리도가 조수를 사라지게 한 방법도 알고 있다. 트릭은 의외로 복잡하다. 조수가 비둘기를 거둬들이는 동안 그녀의 의상을 와이어와 튜브로 고정한다. 비둘기를 모두 회수하고 나면 리도가 화려한 지팡이를 꺼낸다. 그때 조수는 이미 비둘기와 함께 몰래 무대에서 사라지고 없고 리도의 앞에는 의상만 남아 있는데, 거창한 의상 탓에 객석에서는 잘 알아볼 수 없다. 리도가 빈껍데기만 남은 의상에 지팡이로 마법을 건다. 작은 틈새를 통해 의상이 순식간에 무대 밑으로 빨려들면 조수가 사라진 것처럼 보인다.

'사라지는 미녀(마스코트 모스)'의 완성이다.

"마술사가 해선 안 되는 일, 그 둘째는 '같은 마술을 반복해선 안 된다', 셋째는 '트릭을 밝혀선 안 된다'입니다."

리도는 품에서 꺼낸 실크 손수건을 대각선 위로 던졌다. 손수건은 멀리 날아가 천장 근처에서 무대 옆으로 들어가더니 새처럼 홀 안을 날아다니다가 리도의 손으로 돌아왔다. 정적 속에 객석에서 탄성과 박수 소리가 들려왔다.

손수건이 새로 변해서가 아니다. 리도가 어느새 회색 작업복을 입고 있었기 때문이다.

박수가 그친 뒤 리도는 다른 손수건을 꺼내 아까와 마찬가지로 던졌다. 하지만 손수건의 행방을 지켜보는 사람은 아무도 없었다. 리도 뒤에 몸을 숙이고 나타난 조수가 그의 등을 확 잡아당기자 작업복 속에서 아까와 똑같은 턱시도가 나타났다. 조수는 막 뒤로 돌아가고 리도의 손에 손수건이 돌아왔다. 객석에서 큰 한숨이 흘러나왔다.

"맥스 월턴의 말이 맞았다는 걸 아시겠죠?"

객석에서 웃음소리가 들려왔다.

"'반복하지 않는다'와 '밝히지 않는다', 이 둘은 비슷합니다. 마술이란 기본적으로 트릭을 알고 나면 죄다 시시하거든요. 같은 마술을 반복하면 트릭이 탄로날 가능성이 높아집니다. 하물며 자기가 먼저 트릭을 밝힌다는 건 당치도 않죠. 이상이 '마술사가 해선 안 되는 일 세 가지'입니다. 이건 맥스 월턴이 생각해 낸 게 아니라 하워드 서스턴이란 위대한 마술사가 한 말인데, 일반적으로 '서스턴의 3원칙'이라고 불리죠. 이 3원칙을 처음

들었을 때 신인 마술사였던 저는 마술사의 이상理想을 제한하는 불필요한 규칙이라 느꼈습니다. 아까도 말씀드렸지만 마술에선 모든 게 가능하다고 믿었기 때문입니다. 뭔가를 사라지게 하는 것도, 뭔가를 나타나게 하는 것도. 여러분의 바람을 이뤄드리는 것도, 큰 상처 자국을 지워드리는 것도. '해선 안 되는 일'을 타파하는 것도 마술 아니겠습니까? 하지만 얼마 뒤 프로 마술사가 된 저는 서스턴의 3원칙을 이해했습니다. 그건 틀림없이 정석이고 따라야 할 규칙이었습니다. 서스턴의 3원칙이 옳다는 건 방금 여러분께 보여드린 바와 같습니다. '설명하지 않는다' '반복하지 않는다' '밝히지 않는다', 이 세 개는 저뿐 아니라 모든 마술사가 지켜야 할 규칙으로 간주됩니다. 금기를 깨뜨린 무대는 필연적으로 실패하는 겁니다."

마술은 연출이 전부야. 리도와 마찬가지로 프로 마술사가 된 누나는 내가 학교 축제에서 선보인 무대를 보고 그렇게 말했다.

당시 고등학생이던 나는 축제의 마술 무대에 전자석을 쓰기로 했다. 나는 "지금부터 공중으로 떠올라보겠습니다"라 선언하고는 무대 밑에 감춰둔 자석의 힘으로 조금씩 공중에 떴다. 반응은 그런대로 괜찮았지만 뒤에서 보고 있던 누나는 미간에 주름을 잡았다.

집에 돌아오자 누나는 전자석이라는 흔한 트릭을 멋진 연출을 통해 걸작으로 바꾼 전설의 마술사 로베르 우댕의 이야기를 시작했다. 알제리의 주술사와 마술을 겨루게 된 우댕은 마술에 전자석을 사용하기로 했다. 다만 그는 전자석의 힘을 거꾸로 이용했다. 그는 금속이 든 작은 상자를 쉽사리 들어 올려 보이고는 힘이 셀 듯한 부족민 남자를 무대로 불렀다. 우댕은 '힘을 뺏는 마법을 걸겠다'라며 남자를 향해 지팡이를 휘둘렀다. 남자는 상자를 들어 올리려 했지만 전자석의 힘 탓에 꿈쩍도 하지 않았다. 작은 상자를 들려다가 균형을 잃는 남자를 보며 부족민들 사이에 웃음이 번졌다. 마술사가 주술사를 이긴 순간이었다.

마술은 연출이 전부다.

지금은 나도 잘 안다. 물론 기술이나 트릭도 중요하지만 그것을 얼마만큼 잘 살려내는지는 연출에 달려 있다. 연출을 잘하면 시판되는 마술 도구로도 사람들은 놀라고, 연출이 서툴면 고도의 기술을 써도 쇼는 망한다. '지금부터 공중으로 떠올라보겠습니다'라 말하고 공중에 뜨기만 한 내 무대가 프로 마술사인 누나의 눈에 어떻게 보였을지 지금은 알 수 있다. 나는 나를 공중에 띄우기 위해 필요한 연출을 해야 했다.

"하지만 최근 들어 생각이 바뀌었습니다."

리도의 표정이 진지해졌다. "여러 해 동안 무대를 경험하는 사이에 풋내기 시절의 제 목소리가 다시 마음속에서 솟아오른 겁니다. 역시 마술에선 모든 게 가능하지 않을까. 무대에서 기적을 일으킬 수 있지 않을까. 오래전 아직 아무것도 모르던 시절의 내가 옳고, 어설픈 지식을 얻은 나는 틀렸던 게 아닐까. 자, 신사 숙녀 여러분. 오늘 밤 전 서스턴의 금기에 도전하겠습니다."

서스턴의 3원칙의 의미와 가치를 찬찬히 설명한 뒤 리도는 그렇게 선언했다.

"다시 말해 설명하고, 반복하고, 트릭을 밝히겠습니다. 왜냐하면 그 행위가 제 마술을 성립시키는 데 필요한 절차이기 때문입니다. 뿐만 아니라 여러분께 역사상 등장했던 모든 마술을 능가하는 놀라움을 선사하겠노라고 선언하겠습니다. 전 마술에 도전하겠습니다. 그리고 **빈털터리로 미국으로 건너왔던 과거의 저 자신에게 도전하겠습니다.**"

무대가 어두워졌다. 모니터에 섬뜩한 붉은 글씨로 19시 40분이라고 표시되어 있었다.

완벽한 연출이었다.

관객에게 먼저 마술의 원리를 설명한다. 그런 다음 그 원리에 도전하겠다고 선언한다. 리도는 지금부터 마술을 하는 게 아니다. 마술을 넘어선 뭔가를 하는 것이다.

이 연출의 포인트는 사실 서스턴의 3원칙이 마술의 금기도 뭣도 아니라는 점이다. '동전에 담배를 관통시키겠습니다'라고 다음에 일어날 현상을 설명한 뒤 마술을 행하는 마술사도 있고, 유사한 마술을 트릭만 바꿔가며 여러 번 반복하기도 한다.

무대는 아직 어둡다.

스태프가 촬영한 이 공연 영상을 대체 몇 번이나 봤을까.

'역사상 등장했던 모든 마술을 능가하는' 마술은 이 단계에서는 '거대한 장치'라는 복선만 깔려 있다. 하지만 이 시점에서 나를 포함한 관객은 이미 리도의 '연출'이라는 마법에 걸려 있다. 존재하지 않는 '금기'가 존재한다고 생각하며, 그에 도전하는 마술사로서 리도가 지금부터 무엇을 할지 기대하고 있다.

물론 나는 그 뒤 리도가 어떤 마술을 선보였는지 안다. 당시 극장에서도 봤고 영상으로도 여러 번 봤다.

하지만 사실 내가 가장 감동한 마술은 이 오프닝이었다. 리도는 복선을 깔고 관객에게 마법을 걸어 더없이 주도면밀하게 앞으로 일어날 기적을 준비한 것이다.

전무후무한 마술을 최고의 상태에서 보여주는 것, 그저 그 하나만을 위해서.

———◆◆———

위키백과에 따르면, 다케무라 리도의 아버지 즉 우리 할아버지는 미국 진주군을 상대로 하는 무대에서 후디니의 마술 '중국의 물고문통 탈출'을 선보이던 중 사고로 죽었다고 되어 있다. 그런데 이건 잘못된 정보다. 출전은 악명 높은 리도 자신의 회고록이다. 이 책은 그의 무대와 마찬가지로 허식과 과장, 미스디렉션으로 점철되어 있는 터라 특히 주의해서 진위를 가려야한다. 사실 리도의 아버지는 음주운전을 하다가 반대 차선을 달리는 트럭을 들이받아 죽었다. 남편을 잃은 리도의 어머니는 그로부터 오 년 뒤 서른한 살이라는 젊은 나이에 자살했다. 여덟살이었던 리도와 여섯 살이었던 남동생은 삿포로에 사는 삼촌집에 맡겨졌다.

어쨌거나 친아버지가 진주군 상대로 마술 공연을 했다는 사실이 그의 인생을 바꿔놨다는 것은 사실일 것이다. 리도는 고등학교를 중퇴한 뒤 열일곱 살 나이에 단신으로 로스앤젤레스로떠났다.

'뱀부 리도란 이름으로 작은 술집과 거리에서 마술을 보여주고 그날 먹고살 돈을 버는 거지. 지낼 곳을 찾기는 간단했어. 관객이 고른 카드가 레몬에서 나오는 마술 있잖아? 카드에 "오늘밤 잘 곳이 없어요"라고 써봐. 그럼 다들 폭소를 터뜨리면서 누군가 잘 곳을 제공해주거든. 매일 그렇게 반복했어.'

회고록의 이 부분은 거짓이거나 과장이라 보인다. 리도의 동생은 로스앤젤레스에서 리도가 하숙하던 곳에 삼촌이 꽤 많은 생활비를 보내주곤 했다고 증언했다. 하지만 열여덟 살에 작은 무대에서 맥스 월턴을 만났다는 부분은 사실일 것이다. 그 이듬해 월턴 극단의 전국 투어에 리도의 이름이 있다.

월턴 극단은 이 년 만에 그만두었다. 출연료를 둘러싸고 말다툼이 벌어진 모양인데 사실인지는 알 수 없다. 아무튼 리도는 스무 살 때 일본으로 돌아와 백화점에서 마술을 보여주며 마술 용품을 판매하는 일을 시작했다. 백화점 점원이었던 어머니를 그 무렵 만난 것 같다. 두 사람은 이 년 뒤 결혼해 그 이듬해 누나를 낳았다.

백화점에서 일하는 한편 리도는 소극장과 술집 무대에 계속 섰다. 키가 크고 생김새가 멀끔한 데다 독특한 낮은 목소리는 극장에서도 또렷하게 들렸다. 실력도 있어 빌리어드 볼 <small>작은 공을 나타났다 사라졌다 하게 하는 마술</small> 은 상당히 정평이 나 있었지만 마술사로서의 지명도는 낮았다. 그런 리도의 인생은 1973년 스물일곱 살 때 미쓰코시 극장에서 열린 마술 대회에서 우승한 것을 계기로 크게 변화했다.

마술 대회를 본 방송국 피디가 리도에게 프로그램 출연을 제안한 것이다. 리도는 텔레비전에서 동시에 두 손으로 빌리어드 볼을 선보여 화제를 모았다. 카메라에 시선을 맞춘 채 천천히

공 하나를 꺼낸다. 그 공이 사라졌나 싶으면 다음 순간 두 개로 늘어나 있다. 두 개는 네 개가, 네 개가 여덟 개가 된다.

리도는 그 뒤로도 방송 출연을 이어가 일약 마술계의 스타가 됐다. 특별 프로그램에서 도쿄 타워를 사라지게 하고, 몸을 구속한 상태로 후쿠로다 폭포에서 떨어졌다가 살아났다. 당시 마술 붐의 중심에는 분명히 리도가 있었다.

인기 마술사가 된 리도는 오랜 꿈을 이루기로 결심하고 '리도 마술단'을 결성했다. 월턴의 제자였던 시절부터 리도는 자신의 극단을 원했던 모양이다.

그러나 마술단의 운영에는 막대한 자금이 들었다. 그때까지 도구를 거의 사용하지 않는 매니퓰레이션손기술을 이용한 눈속임 마술을 중심으로 무대에 서온 리도는 마술단 운영에 돈이 얼마만큼 드는지 몰랐을 것이다. 무대에 설치하는 대도구와 장치, 홍보 비용과 포스터 인쇄비, 단원에게 주는 급료 등으로 텔레비전에서 번 돈은 순식간에 사라졌다. 삿포로에 사는 삼촌의 집을 저당잡혀 대출받은 돈도 금세 바닥났다(삼촌 부부는 그 뒤 셋집에서 생활해야 했다).

그 무렵부터 리도의 생활은 뒤틀리기 시작했다. 팔리지 않은 도쿄 공연 티켓을 일괄로 구입해준 여자와 교제하기 시작한 것을 계기로 여러 스폰서와 관계를 맺게 됐다. 그의 교우관계가 화려해진 것도 그때부터다. 그는 돈을 버는 재능은 없었지만 천재적인 연출력과 연기력이 있었다. 리도는 돈을 빌리기 위해 '자신은 돈을 잘 번다'라는 연출을 시작했다. 리도에게는 빚을 내는 것도 무대였던 것이다. 고급차를 여러 대 사고 큼직한 다이아몬드가 붙은 손목시계를 찼다. 그리고 꾼 돈을 갚기 위해 또 돈을 꾸고 곤란할 때는 여자 스폰서에게 도움을 받았다.

이 무렵 리도는 회고록을 출판하고 이듬해에는 직접 감독과 주연을 맡아 영화를 찍었다. 영화는 완전히 실패작이라 빚만 늘었다.

영화 개봉 일 년 뒤인 1985년, 리도가 서른아홉 살이던 해, 리도 마술단은 임금 미지불로 인해 해산하고, 그와 내 어머니가 이혼하고, 그리고 이혼 뒤에 내가 태어났다.

그해 리도는 한 차례 죽었다.

———◆◆———

"전 지금까지 많은 잘못을 저질렀습니다. 그중 몇 가지는 여러분도 아실 테죠……."

거대한 장치 중앙에 있는 유리 원기둥 앞에 선 리도가 그렇게 말했다. 객석에 긴장이 감돌았다.

"최근 들어 전 내내 생각하고 있었습니다. **인생을 다시 시작할 순 없을까.** 그래서 전 타임머신을 만들기로 했습니다. 그렇습니다. 여러분이 보고 계시는 이 거대한 장치는 타임머신입니다! 이 안에 들어가 시각을 설정하면 전 과거의 제가 원하는 시간으로 날아갈 수 있습니다."

객석에 웅성거림이 퍼졌지만 리도는 아랑곳없이 말을 이었다. "아까 전 마술사의 금기에 도전하겠다고 했습니다. 먼저 지금부터 무슨 일이 일어날지 **설명드리죠.** 지금부터 저는 타임머신을 타고 과거로 날아가 그게 거짓말이 아니라는 증거를 여러분께 보여드리겠습니다. 그리고 전 과거로의 여행을 몇 번 **반복할 겁니다.** 그런 **기적의 트릭**은 모두 이 타임머신에 있습니다."

태어나기 전에 부모가 이혼한 터라 나는 아버지인 리도에 대해 잘 알지 못했다.

이혼한 뒤 어머니는 리도를 처음 만났던 백화점의 직원으로 복귀했다. 열여섯 살 연상인 누나는 고등학교를 졸업하고 마술을 보여주며 마술용품을 판매하는 일을 시작하는 한편, 쉬는 날이면 마술 바와 소극장 무대에 섰다. 젊었을 무렵의 리도와 똑같다고 지적하면 누나는 언짢아했다.

리도는 이혼과 함께 모습을 감추었다.

한동안 그의 행방을 둘러싸고 텔레비전이 시끌시끌했다. 여자 스폰서가 숨겨주고 있다는 소문도 있었고, 폭력단과 말썽이 생겨 살해됐다는 소문도 있었다. 외국으로 도망쳤다는 소문, 가명을 써서 마술사 일을 계속하고 있다는 소문도 있었다. 악덕 채권업자가 날이면 날마다 찾아온 탓에 우리 가족은 여러 차례 이사를 했다는데, 어렸을 때라 기억은 나지 않는다. 누나가 리도를 싫어하게 된 것은 잦은 이사와 채권업자 때문인 모양이다. 이혼 전에는 리도를 많이 따랐다고 한다.

시간이 흘러 리도를 대신해 새로운 젊은 마술사들이 텔레비전에 출연하기 시작했다. 텔레비전에서 당당하게 '다케무라 리도는 얼굴 빼면 시체'라고 발언하는 마술사도 있었다. 한 시대가 끝난 것이다.

그 뒤 또 얼마 지나자 이번에는 아무도 리도 이야기를 하지 않게 됐다. 리도는 지나간 과거가 됐다. 텔레비전에서 인기를 모아 자비로 영화를 찍었다가 실패해 빚을 지고 모습을 감추었다. 그건 마술단에서 그가 즐겨 하던 사라지는 마술과는 달랐다. 단순히 사람들의 기억에서 사라져가고 있었다.

리도의 딸이라는 사실을 감추고 활동하던 누나는 매니퓰레이션 기술로 조금씩 성공을 거두어 기업 파티나 백화점 쇼에도 출연하게 됐다. 스물두 살 때 누나는 백화점 판매 일을 그만두고 프로 마술사로 살아가기로 결심했다. 마술사 일로 안정된 수입을 얻게 된 누나가 본가 근처로 독립해 나가자 어머니는 직장 상사와 재혼했다.

나는 아홉 살이었다.

행방불명이던 리도에게서 편지가 온 것은 그 무렵이다. 어렴풋하게나마 그날 일을 기억하고 있다.

초등학교에서 돌아오자 현관에 어머니가 편지를 든 채 멍하니 서 있었다. 나는 어머니 곁을 지나 거실에 책가방을 내려놓았다. 그래도 어머니는 꼼짝하지 않았다. 내가 뭐라 말을 걸자 그제야 정신을 차렸다. 저녁에 누나가 찾아와 어머니에게서 편지를 받아 들었다. 누나는 편지를 다 읽고는 찢어 쓰레기통에 버렸다.

"'힘들게 해서 미안하다. 나는 새사람이 됐다. 빚은 갚았다. 다시 시작하자.' 아마 그런 내용이었을걸."

그로부터 몇 년 뒤 내가 편지에 관해 묻자 누나는 그렇게 대답했다. "아, 그러고 보니까 쇼 티켓도 들어 있었어. '생각 있으면 보러 와달라'라면서. 누가 그런 걸 간다고."

"왜 찢어서 버린 거야?"

"기억 안 나는데, 아마 재혼 상대 눈에 띄면 안 된다고 생각한 게 아닐까. 아, 어쩌면 열받아서일지도."

어쨌거나 다케무라 리도는 부활했다.

소극장에서 한 첫 공연은 왕년의 팬들로 객석이 꽉 찼다. 평은 좋았다. 타임머신을 사용한 참신한 쇼라고 소문이 났다. 다음 공연은 모두 다섯 번이었는데 그런대로 큰 극장이었는데도 발매일에 티켓이 전부 동났다.

누나와 나는 마지막 공연을 보러 갔다.

"마술사로서 궁금했거든. 동업자들 사이에서도 평이 아주 좋았더라고."

어른이 된 내가 리도의 쇼를 보러 간 이유를 묻자 누나는 그렇게 대답했다. "물론 그 인간이 보낸 티켓은 아냐. 아는 마술사가 구한 건데 남는다고 주잖아. 두 장 있었는데 어머니는 갈 생각 없다고 해서 할 수 없이 널 데리고 간 거야."

이십이 년도 더 지난 이야기다. 실제로 어땠는지는 알 수 없지만 나는 누나가 사지 않았을까 의심하고 있다.

어쨌거나 나는 리도가 누나에게 **공연 전**에 건 마술을 기억하고 있다.

우리가 극장에 가자 입구 부근에서 젊은 여자가 "잠깐만요"라며 불러 세웠다.

"왜 그러시죠?"

누나가 의아스레 묻자 여자는 "느닷없이 말을 걸어 죄송합니다"라며 머리를 숙여 사과했다. "공연 스태프인 와카바야시라고 합니다. 리도 씨께 오늘 공연에 두 분이 오실 거라고 들었거든요. 맨 앞줄에 두 분 자리를 마련해놨으니까 거기서 보세요."

누나는 "괜찮아요" 하고 거절했다. 마지막 공연을 보러 올 것을 리도가 예상한 탓에 기분이 상한 듯 보였다.

와카바야시라는 여자는 성난 표정의 누나에게 "실은 리도 씨께서 말씀을 전해달라고 하셨어요"라고 말했다. "'내 마술의 트릭을 간파해서 망신을 주고 싶지 않아?'라고요."

"웃기시네."

완벽하게 리도의 마술에 걸려든 누나는 꼭 알아내주겠노라고 벼르며 나와 함께 맨 앞자리에 앉기로 했다.

타임머신을 사용한 리도의 첫 마술은 객석에 있던 남자를 무대로 올라오게 하는 데서부터 시작됐다.

리도는 남자에게 "잠깐 소지품을 쓰겠습니다"라고 부탁했다. "손수건 같은 게 없을까요?"

남자는 고개를 흔들며 주머니를 뒤졌지만 지갑만 있었다.

"지갑은 좀 위험하군요." 리도는 난감해하는 표정으로 말했다. "알겠습니다. 그럼 입고 계신 물방울무늬 셔츠는 어떻습니까?"

갑작스러운 제안에 당황하며 남자는 셔츠를 벗어 리도에게 건넸다. 셔츠를 받아 든 리도는 남자를 객석으로 돌려보냈다.

"방금 전 셔츠를 받았습니다. 이걸 가지고 타임머신을 타고 과거로 돌아가려 합니다."

리도가 물방울무늬 셔츠를 펼치자, 뒤에 설치된 대형 모니터에 셔츠를 든 그가 비쳤다. 리도는 셔츠를 분홍 봉지에 넣어 타임머신이라고 부르는 유리 원기둥에 들어갔다.

바로 무대 조명이 어두워졌다.

거대한 장치 중앙, 유리 통 속의 리도만 환하게 보였다. 모니터에 그의 모습이 비쳤다. 그가 원기둥 속에 있는 노브를 돌리자 모니터 아랫부분의 현재 시각을 보여주는 시계가 거꾸로 돌아갔다.

20시 7분, 6분, 5분, 4분……

19시 30분, 18시, 17시, 15시……

12시.

시각이 그날 정오로 설정되자 리도는 노브 옆의 스위치를 눌렀다. 그와 동시에 거대한 장치에 연결된 배선이 주황색으로 깜

박이고 똑, 딱, 똑, 딱 시계바늘 소리가 났다. 유리 원기둥 속에서 폭발이 일어나 흰 연기와 함께 리도가 사라지고 모든 조명이 꺼졌다.

그러자 객석에서 갑자기 비명 소리가 들려왔다.

리도가 사라지고 비명이 들리기까지 십칠 초.

극장에서 봤을 때는 몇 초밖에 안 되는 것 같았는데 영상으로 정확하게 재니 십칠 초였다. 하지만 그건 조명이 꺼지고 나서 비명이 들리기까지의 시간이고, 리도의 모습이 사라졌을 때부터는 오십삼 초다.

스포트라이트가 비명이 들린 부분을 비추었다.

야구모자를 깊숙이 눌러쓴 청바지 차림의 남자가 서 있었다. 남자는 무대로 올라와 객석을 향해 모자를 던졌다.

리도였다.

객석은 술렁거리고 있었다. 리도가 뭘 한 건지 이해하지 못해서다. 리도는 조수에게서 마이크를 받아 오른손에 들고 있던 핸드헬드 카메라를 들어올렸다.

"제가 시간 여행을 했다는 증거로 과거에서 동영상을 찍어왔습니다."

리도는 카메라에서 꺼낸 비디오테이프를 모니터 밑에 넣었다.

영상은 자신을 향해 카메라를 든 리도의 얼굴 클로즈업으로 시작됐다. 타임머신 안에서 사라졌을 때와 똑같은 실크해트와 턱시도 차림이었다.

"현재 1996년 6월 5일 12시, 그러니까 오늘 정오입니다. 타임머신을 타고 낮으로 돌아왔습니다."

리도가 카메라로 극장 입구를 비추었다. 극장 앞 시계는 12시를 가리키고 있었다. 바깥은 환한 것이, 정오에 영상을 찍은 게 틀림없는 듯했다.

이번에는 자신의 오른손을 비추자 분홍색 봉지가 들려 있었다. 남자가 건넨 물방울무늬 셔츠가 들어 있는 걸까. 하지만 셔츠는 아까 무대에서 받았으니 낮에 그가 들고 있을 리 없다.

리도는 극장 안으로 들어와 무대 뒤에서 천장 위로 올라갔다. 공연을 준비하는 스태프에게 인사하고 천장에 매달려 있던 상자를 끌어당겼다. 상자 안에 봉지에 들어 있던 것을 넣는 데서 영상이 중지됐다.

놀란 관객들이 또다시 비명을 질렀다.

영상에 있던 상자가 지금도 극장 안 같은 장소에 매달려 있던 것이다. 스포트라이트가 천장을 비추었다. 상자는 그날 공연 중 내내 그곳에 있었다.

비명이 그치지 않은 채 영상이 다시 시작됐다.

아까부터 시간이 꽤 많이 지나 있었다.

공연이 시작된 다음인 듯했다. 무대에 선 리도가 담담히 비둘기를 꺼내는 중이었다. 카메라는 한차례 무대를 훑더니 갑자기 반대 방향을 비추었다.

아까보다도 더 큰 비명이 터져 나왔다.

모니터에 야구모자를 쓴 리도가 비쳤다.

다시 말해 이 공연중 극장 안에 리도가 두 명 존재하고 있었다는 뜻이 된다. 한 명은 타임머신을 타기 전의 리도, 또 한 명은 타임머신을 타고 정오로 돌아간 다음의 리도다. 객석에 있던 리도는 야구모자를 쓰고 무대를 촬영하고 있었던 것이다.

객석의 비명이 잦아들기도 전에 무대 위의 리도가 "천장의 상자를 주목해주십시오"라고 말했다.

관객들이 일제히 머리 위를 올려다봤다.

상자가 열리더니 물방울무늬 셔츠가 팔랑팔랑 떨어졌다.

"어떻습니까? 이제 타임머신이 진짜라고 믿으시겠습니까?"

————◆————

"간단한 트릭이야."

공연이 끝난 뒤 누나는 그렇게 말했다. "타임머신 속에서 무대 뒤로 사라진 다음 조수한테 셔츠를 줘서 천장의 상자에 넣게

하면 그만이야."

"하지만 리도는 정오 시점에 셔츠를 갖고 있었잖아."

"그 시점에 셔츠는 갖고 있지 않았어. 간단한 심리 트릭이야. 봉지 안에 아무것도 없었던 거야. 무대에서 남자한테 셔츠를 받아 사라진 다음 조수한테 셔츠를 줬을 뿐."

"그렇지만 객석의 리도가 무대 위 리도의 공연을 찍은 영상은? 리도는 공연중에 계속 그 자리에 앉아 있었는걸."

"그 연출은 꽤 독창적이고 괜찮더라. 하지만 그렇게 어려운 건 아니야. 영상에서 무대에 있는 리도는 가짜야. 간단히 말해서 미리 객석에 엑스트라를 앉히고 영상을 찍어놨던 거야. 어차피 객석은 어두워서 화면에 잘 보이지도 않고."

"객석에서 리도가 등장한 건?"

"마술사가 큰 소리를 낼 땐 반드시 의미가 있는 거야. 타임머신 속이 폭발한 다음 원기둥에서 무대 밑으로 뛰어내린 거지. 폭발음은 원기둥 밑 무대 장치가 개폐되는 소리가 안 들리게 하기 위한 속임수고. 리도는 그 뒤 무대 뒤에서 의상을 갈아입고 뒷문으로 나와 객석에 앉았어. 야구모자를 쓴 리도가 앉아 있던 자리는 스태프용 출입구에서 가까웠잖아? 아마 그 부근 좌석엔 가짜 관객들이 앉아 있었겠지. 스태프용 출입구로 몰래 들어온 리도는 처음부터 거기 있었던 것처럼 연기를 한 거고. 이건 단언은 할 수 없지만 가짜 관객이 비명을 지르는 타이밍을 약간 실수한 게 아니었을까. 스포트라이트가 비추기 전에 비명 소리가 들리거든."

누나의 말은 옳았다.

영상으로 확인하면 비명이 스포트라이트를 앞서는 것을 알 수 있다.

폭발음이 들리고 나서부터 리도가 객석에 재등장하기까지 겨우 오십삼 초다. 그사이 타임머신에서 사라지고 물방울무늬 셔츠를 조수에게 건네고 의상을 갈아입고 야구모자를 쓴 다음 카메라를 받아 객석으로 이동한다. 상당한 기술이 필요하다는 것은 틀림없다.

야구모자를 쓰고 객석에 앉은 리도가 무대 위의 리도를 촬영하는 영상도 자세히 보면 사전에 준비한 가짜라는 것을 알 수 있다. 영상 속 무대와 실제 무대에 결정적인 차가 있었다.

기침 소리다.

실제 공연에서는 비둘기를 꺼낸 다음 고요해진 객석에서 누가 기침하는 소리가 들렸다. 그런데 리도가 준비한 가짜 공연 영상에는 그 소리가 없다.

리도는 비둘기를 꺼내는 자신의 마술로 인해 객석이 고요해질 것이라 예측했다. 그렇기에 그 장면을 택했을 것이다. 어떤 사람이 객석에 있든 정적이 흐를 것은 분명했다. 하지만 기침 소리까지는 예상하지 못했다. 그게 확고한 증거다. 최초의 마술에서 리도는 시간 여행을 하지 않았다.

"문제는 다음 마술이란 말이지."

누나는 고개를 갸웃했다. "그게 혹시 내가 생각한 트릭이었다면…… 정확히 말해서 타임머신이 가짜라는 전제하에 생각했을 때 유일하게 합리적인 트릭이었다면……."

"트릭이었다면?"

"다케무라 리도는 천재야. 마술사상 최고의 천재. 이런 트릭을 고안해서 실행에 옮기는 건 천재 아니면 미친 사람밖에 없어. 만약 그 사람이 천재가 아니라면……."

"아니라면?"

누나가 그다음 한 말을 나는 죽을 때까지 잊지 못할 것이다.

"타임머신이 진짜였다는 거지."

———◆———

리도는 처음 선언했던 대로 마술을 **설명**하고, 같은 마술을 **반복**했다.

"오늘은 최종 공연이라 제 나름대로 무모한 일을 해볼까 합니다. 오늘 공연은 특별합니다. 어제까지 했던 공연과는 달리 일찍이 없었던 시간 여행을 실시하겠습니다. 이 공연에 오신 신사숙녀 여러분은 운이 좋으시군요. 모종의 이유로 인해 이 마술은 살면서 여러 번 할 수 있는 게 아니거든요."

리도는 그렇게 설명한 뒤 다시 타임머신 원기둥에 들어갔다. 먼젓번과 마찬가지로 노브를 돌렸다.

1996년 6월 5일, 20시 49분.

리도가 원기둥에 들어간 시각을 보여주는 시계의 바늘이 거꾸로 돌아가기 시작했다.

20시 48분, 47분……

19시, 16시, 12시, 8시, 0시……

6월 4일, 6월 3일, 5월 30일, 3월 3일……

객석에서 비명이 들렸다. 모니터에 나타난 시각이 점점 **빠른** 속도로 뒤로 갔다.

1995년, 1994년, 1993년, 1985년……

내가 태어난 해를 지나 시간이 계속 거슬러 올라갔다.

1977년.

시계가 비로소 멈추었다.

고함 같은 비명이 터지는 가운데 리도가 스위치를 눌렀다. 먼젓번과 동일한 연출이 이어졌지만 이번에는 **그다음 리도**가 좀처

34

럼 등장하지 않았다.

극장은 몇 분간 어둠에 싸여 있었다. 점차 관객의 목소리도 들리지 않게 됐다.

얼마동안 정적이 이어진 뒤 무대 옆에서 턱시도 차림의 백발 남자가 등장했다.

남자가 중앙에 서서 오른손의 카메라를 들어올리자 의미를 알아챈 관객들이 비명을 질렀다.

모니터가 백발 남자를 비추었다. 노인이 된 리도였다.

"이번 마술은 길었습니다."

노인이 된 리도가 말했다. "십구 년이니 말이죠. 이 타임머신의 결점은 과거로 돌아갈 순 있어도 미래로 갈 순 없다는 겁니다. 전 그저 십구 년의 세월이 흐르기를 기다리는 수밖에 없었습니다."

리도는 카메라에서 테이프를 꺼내 모니터 밑에 넣었다.

"제가 타임머신을 타고 십구 년 전으로 갔다는 증거가 여기 있습니다. 지금 보여드리죠."

모니터에 도쿄 역 풍경이 나타났다. 그런데 신칸센의 생김새가 지금과 다른 데다 사람들의 복장이며 머리모양도 과거 것으로 보였다. 플랫폼 저편에서 걸어온 초로의 남자가 카메라를 향해 "특이한 걸 갖고 있군"이라고 말했다. "카메라인가?"

"네." 리도의 목소리가 말했다. "오늘이 몇 년 몇 월 며칠이죠?"

"뭐? 9월 6일 화요일 오전 11시인데."

"연도는요?"

"쇼와 52년₁₉₇₇년. 별난 걸 묻는군" 남자가 싱긋 웃었다. "어디 출신이지?"

"실은 미래에서 왔는데요."

"아니, 아까 들어온 신칸센은 '히카리'라고. '미라이'미래'를 뜻하는 일본어'가 아닌데."

남자가 든 신문을 카메라가 비추었다. 1977년 9월 6일 날짜와 홈런 세계 신기록을 달성한 오 사다하루에게 국민 영예상을 수여한다는 1면 기사가 보였다. 리도가, 아니면 적어도 이 비디오를 촬영한 사람이 십구 년 전에 있다는 것은 분명한 듯했다.

갑자기 카메라가 밑을 향했다.

뭔가 발견한 걸까. 촬영자가 종종걸음을 치면서 플랫폼 바닥을 비춘 카메라가 위아래로 세차게 흔들렸다.

"저……." 촬영자가 말을 걸었다. 카메라는 여전히 밑을 향하고 있었다. "……다케무라 리도 씨죠?"

"네, 그런데요……."

남자가 귀에 익은 목소리로 대답했다.

"전 미래의 당신입니다."

또 **두 명의 리도**다.

이번의 또 다른 리도는 **십구 년 전의 리도**였다.

———◆◆———

공연 이래로 누나는 리도의 타임머신 마술 연구에 몰두했다. 리도의 지시로 스태프가 공연을 촬영한 것은 누나에게 행운이었다. 아니, **행운** 같은 게 아니다. 그마저도 리도가 계획한 마술의 일부였을 것이다.

새로운 발견이 있을 때마다 누나는 내게 이야기했다. 그 덕에 나도 타임머신에 관해 꽤 많은 것을 알게 됐다고 생각한다. 오프닝의 연출에 모든 중요한 핵심이 들어 있다는 것. 최초의 시간 여행은 용의주도한 가짜라는 것. 그다음 십구 년을 거슬러 올라간 시간 여행은 리도가 천재거나 타임머신이 진짜거나 둘 중 하나여야 가능하다는 것.

"난 타임머신이 진짜였다는 설은 역시 못 믿겠어."

처음에 누나는 그렇게 주장했다. "그러니까 나도 십구 년 뒤엔 리도의 타임머신을 재현할 수 있을 거야."

나는 그때 누나가 타임머신을 재현한다는 것의 의미를 잘 알지 못했다. 마술사로서의 누나와 내 누나로서의 누나를 다르게 생각했던 것이다. 시간 여행은 평범한 여행이 아니었다. 그리고 평범한 마술도 아니었다.

———•••———

"여덟 살 때 동생을 근처 히가시다이 공원에 둔 채 집으로 돌아와서 어머니께 야단맞았어. 바로 공원으로 돌아갔는데 동생이 없어서 당황했지. 걱정이 된 어머니도 와서 둘이 같이 온 공원을 찾아다녔어. 이 이야기는 아마 아무한테도 한 적이 없을 거야."

어딘가 조용한 곳으로 자리를 옮긴 듯했다. 영상은 없이 음성만 들렸다. 리도의 특징 있는 낮은 목소리다. 과거로 시간 여행을 한 쪽의 리도라는 것을 내용에서 알 수 있었다.

"동생은 어디 있었지?"

과거의 리도가 물었다.

"그게 기억이 안 나지 뭐야. 기억나는 건 그다음 날 어머니가 자살했다는 것뿐."

"그래, 맞아." 또 한 명의 리도가 동의했다. "나도 기억나지 않아. 그다음 날 어머니가 죽었을 때, 내가 동생을 공원에 두고 온 것 때문에 어머니가 죽은 거라고 후회했어. 아아, 결국 동생은 어디 있었을까. 이제 와서 안들 의미는 없지만."

"전에 한번 동생한테 직접 물어봐야겠다고 생각한 적이 있었어. 전화를 걸까 망설였지만 할 수 없었어. 동생은 늘 나를 싫어했으니까."

"그래. 그랬어. 전화를 걸려다가 그만둔 적이 있어. 어떻게 그걸 아는 거지?"

"내가 당신의 미래 모습이니까."

이야기 상대인 리도는 아직 서른한 살이다. 마술 대회에서 우승해 텔레비전에서 인기를 얻고 마술단을 결성하려 준비중이다. 누나는 여덟 살, 나는 아직 태어나기 전이다. "알았어, 당신이 이겼어. 난 무슨 트릭인지 상상도 안 되는군."

"트릭이 아니야. 타임머신을 발명했을 뿐이지."

"어느 쪽이든 상관없어. 아무튼 **우선은** 당신이 미래의 나라는 걸 인정하지. 촬영해도 돼. 영상이 필요하잖아?"

영상이 부활했다. 십구 년 전의 아직 젊은 리도가 이쪽을 보고 있었다.

"그래, 영상이 필요해."

촬영자는 카메라를 돌려 자기 얼굴을 비추었다. 쉰 살이 된 리도가 틀림없었다. 리도가 과거의 리도와 이야기하는 것으로만 보였다.

"그럼 십구 년 사이에 세계가 어떻게 변하는지 알고 싶군."

서른한 살 먹은 리도가 물었다.

"체르노빌에서 원전 사고가 일어나. 비행기가 몇 번 추락했고. 쇼와 천황이 붕어하면서 헤이세이란 시대가 시작되지."

"한자는 어떻게 쓰고?"

"평화의 '평平'에 벼락부자成金의 '성成'이야."

"그렇군. 냉전은 어떻게 되지?"

"소련이 붕괴하면서 냉전이 끝나."

과거의 리도가 고개를 끄덕였다. "그런가. 참고로 **십구 년 뒤의 나는 뭘 하고 있어?**"

"마술사야. 연예인이 아니고."

"당신이 나라면 알겠지만 방송 일은 마술단 결성을 위해 하는 거야. 연예인이 되고 싶었던 게 아니라고."

"처음엔 그랬지만 당신은, 다시 말해 난 내년에 제작자한테 영화 주연 이야기를 듣고 마음이 흔들려."

"영화라고? 그게 사실인가?"

"그래. 그리고 영화는 실패해. 참고로 마술단도 실패하고. 마술단은 해산하고, 가족을 잃고, 빚만 남아. 그게 나의, 혹은 당신의 인생이야."

"믿기지 않는군."

"그렇지만 사실이야."

카메라 앞의 리도는 팔짱을 끼고 뭔가 생각하기 시작했다. 얼마 뒤 그는 "이상한데"라고 중얼거렸다. "나는 당신한테 들어서 영화와 마술단이 실패한다는 걸 알고 가족한테 버림받는다는 것도 알고 있어. 그리고 지금까지의 경위로 그 예언을 어느 정도 믿어. 하지만 타임머신이 진짜라면 당신한테도 십구 년 전에 **미래의 내**가 찾아온 게 아니야? 실패할 걸 알면서 영화를 찍은 건가? 갚을 수 없는 돈을 빌렸어? 전부 알면서 가족한테 버림받았다고?"

"아니." 카메라를 든 리도가 대답했다. "나한테는 아무도 안 왔어. 정확히 말하면 나와 당신은 다른 **평행세계**에 있는 모양이야. 내 세계의 나를 구원하러 온 나는 없었어. 당신은 운이 좋아. 내가 구원하러 왔으니까. 실패할 영화를 찍을 필요도 없고 가족을 잃을 걱정도 없는 거야."

———··———

누나의 해설은 이런 것이었다. 십구 년 전 시점에 리도는 이미 이 마술을 준비하기 시작했다. 날짜를 알 수 있는 신문을 넣어 도쿄 역을 찍고 서른 한 살 시점에서 자신의 인터뷰를 촬영,

녹음해둔다. 십구 년 뒤의 리도와 대화하는 것처럼 보이게 하기 위해 대화에 적절한 간격을 둔다. 나중에 자기 음성을 추가하고 카메라를 돌려 쉰 살 때 얼굴을 촬영해 두 영상을 프레임 단위로 합성한다. 그렇게 해서 두 명의 리도가 대화하는 영상이 완성된다. 기술 자체는 평범하다. 방송 일을 했던 리도라면 당연히 알 것이다.

놀라운 것은 '영화도 마술단도 실패한다'라는 발언이었다. 리도는 십구 년 전 시점에 이미 모두 성공하지 못하리라는 것을 알고 있었다. 또는 그럴지도 모른다고 예견했다. 그렇지 않으면 십구 년 전에 그 인터뷰를 찍을 수 있었던 이유를 알 수 없다.

리도는 단 한 번의 마술을 위해 자신의 인생을 망친 것이다. 아니, 인생을 망침으로써 단 한 번의 마술을 성공시켰다. 평범한 사람에게 그런 일이 가능할까.

"십구 년 전 리도의 영상이 합성이었을 가능성은?"

"그것도 생각해봤지만 입놀림까지 맞추는 건 기술적으로 힘들어."

"그렇구나."

"이 마술의 트릭은 리도가 서른한 살 때 시작됐어. 리도는 십구 년 전에 타임머신을 계획한 거야. 그리고 십구 년을 들여서 예언이 들어맞도록 자기 인생이 **실패하게 만들었어**. 성공은 의도

한다고 이뤄진다는 보장이 없지만 **실패라면 반드시 이뤄지거든.**"

"아니면 진짜 타임머신을 개발했거나."

내가 그렇게 덧붙이자 누나는 고개를 저었다. "아니, 그런 건 마술이 아냐. 게다가 만약 타임머신이 진짜였다면 중대한 모순이 생겨."

"모순?"

"리도의 타임머신은 편도 티켓이었어. 그렇기에 과거로 갔다가 무대에 다시 등장했을 때 십구 년이 경과해 노인이 돼 있었어. 게다가 리도는 타임머신이 평행세계로 갔다고 주장했어. 그럼 리도는 평행세계로 갔다가 어떻게 **이 세계**로 돌아온 거지? 영상 속 젊은 리도는 이 세계에서 뭘 하고 있는 거야?"

"그게 무슨 말이야? 평행세계라느니 이 세계라느니 너무 어려워서 모르겠어."

"모르겠으면 몰라도 돼. 아무튼 모순이 있다는 말이야."

나는 '모순'에 관한 누나의 설명을 지금도 이해하지 못한다.

생각하려고 하면 머리가 뒤죽박죽이 된다. 알 것 같다고 생각한 적이 몇 번 있었지만 하루 지나면 뭘 어떻게 알았던 건지 모르게 됐다. 이십 년 이상 지나도록 아직도 잘 모르겠다.

공연 이래로 꽤 오랜 시간이 지났다.

누나는 지금도 마술사로 일하지만 나는 우체국 직원이 됐다.

쉬는 날 다섯 살배기 딸아이 앞에서 고등학교 시절 동아리에서 배운 간단한 마술을 보여주는 것을 제외하면 마술과는 거리를 두고 살아왔다. 고리를 잇는다든지 동전에 담배를 관통시킨다든지 트럼프카드를 맞힌다든지 그런 평범한 마술을 할 뿐이다.

나는 공연 영상을 담은 디브이디의 재생을 중단하고 극장으로 갈 준비를 했다.

반년 전부터, 엄밀히 말하면 이십이 년 전부터 이날을 고대했고 그 어떤 것보다도 두려워했다.

오늘 누나가 드디어 리도의 타임머신을 재현한다.

----·◆·----

탄성이 아니라 비명이었다. 흐느끼는 관객도 있었다. 무대 위에는 열아홉 살 더 먹어 완전히 노인이 된 리도가 있었다.

"신사숙녀 여러분, 부디 슬퍼하지 마십시오. 제가 개발한 타임머신은 편도 티켓이라 저는 십구 년간 이때를 기다려야 했습니다. 십구 년은 긴긴 세월이었습니다. 하지만 전 **그 세계**의 다케무라 리도를 구원하고 온 겁니다. 그 친구는 분명 저 같은 실수는 하지 않겠죠. 가족을 소중히 여기고 마술사로서 행복한 인생을 살 겁니다."

그다음 삼십 분은 전설이 됐다.

객석에서 오열 섞인 비명이 들려오는 가운데 노인이 된 리도는 세 번째 시간 여행을 개시했다.

모니터에 표시된 목적지는 사십이 년 전, 그의 어머니가 자살하기 전날이었다.

관객들은 견디지 못하고 "안 돼!" 하고 소리쳤다. 노인인 그가 편도로 사십이 년이나 시간 여행을 했다가는 돌아오지 못할 게 뻔했기 때문이다.

리도는 "동생을 찾아내 어머니를 구하겠습니다"라 하고는 대담하게 웃으며 객석을 둘러봤다.

이 시선이다. 이 시선으로 그는 모든 것을 손에 넣고 모든 것을 잃었다.

그리고 영원히 사라지려 하고 있었다.

리도가 스위치를 누르면서 사십이 년의 여행이 시작됐다.

폭발음과 함께 리도는 어디론가 사라졌다.

그리고 두 번 다시 나타나지 않았다.

———◆◆———

경찰이 정식으로 수사를 시작한 것은 공연 사흘 뒤였다.

리도가 사라졌다. 마술 공연 중에 벌어진 일이 아니라 현실에서 일어난 일이었다. 공연 스태프의 증언에 따르면 두 번째, 십구 년 전으로 간 시간 여행에서부터 이미 대본에서 벗어났던 모양이다. 그가 어떻게 십구 년 전 영상을 입수했는지, 정말로 사십이 년 전으로 가버린 건지 아는 사람은, 적어도 안다고 증언하는 사람은 아무도 없었다.

공연 전에 맨 앞자리 티켓을 준 와카바야시라는 여자가 리도가 실종되고 한 달 뒤, 공연 영상을 담은 비디오 복사본을 주었다. 누나는 일주일 휴가를 내고 계속 비디오를 봤다.

리도의 타임머신이 진짜였느냐고 일본 전국에서 화제가 됐다. 공연으로부터 이십이 년이 지난 지금도 몇 년에 한 번은 다시 화제에 오른다. 메타 물질이니 중력장 이론이 전문이라는 과학자며 우주인을 만난 적 있다고 주장하는 수상쩍은 방송인이 리도의 공연 영상을 분석하며 시간 여행일 가능성을 논의하기도 했다.

리도는 아직 찾지 못했다. 살아 있는 모습도, 시체도 발견되지 않았고 단서조차 없다.

유일하게 누나만이 리도의 환영을 줄곧 뒤쫓았다. 그리고 오늘 누나는 리도를 따라잡았다.

무대 옆에서 노파가 등장하자 극장 안에 비명이 울려 퍼졌다.

누나의 타임머신 재현은 종반에 접어들어 있었다.

누나는 리도의 무대를 완벽하게 재현했다. 극장에서, 또 영상으로 여러 본 나는 알 수 있었다. 두 번째 시간 여행에서 누나는 이십이 년 전으로 건너가 리도의 공연인 **듯한 것**과 그 뒤 누나의 인터뷰를 촬영했다. 다시 무대로 돌아온 누나는 완전히 노파가 되어 있었다. 특수분장 기술이 발달했다고는 하지만 누나의 노파 분장은 아무리 봐도 진짜로만 보였다. 허리도 조금 굽었고 목소리도 갈라졌다. 괜히 이날을 위해 이십이 년이라는 세월을 들인 게 아니었다.

그래, 그건 특수분장이었다.

누나가 정말 시간 여행을 했을 가능성은 없다. 왜냐하면 이 '시간 여행'에는 모순이 있기 때문이다. 나는 잘 모르지만 누나는 줄곧 그렇게 말했다.

"신사숙녀 여러분." 무대 위에서 누나가 말했다. "저는 다케무라 리도라는 마술사가 사라진 뒤로 이십이 년간 계속해서 그 사람의 마지막 마술을 생각해왔습니다. 그렇게 해서 마침내 그 사람의 마술을 풀이해 오늘을 맞이했습니다. 저는 이제 단언할 수 있습니다. 그 사람은 천재였습니다. 그러니 그 사람이 타임머신을 연기演技하는 걸 막아야 합니다. 그 사람을 구하기 위해 저는 한 번 더 시간 여행을 하겠습니다. 그리고 타임머신의 초연을 막기 위해 서른한 살 때의 그를 만나고 오겠습니다."

객석에서 울음소리가 들려왔다.

식은땀이 쉴 새 없이 내 뺨을 타고 흘러내렸다.

타임머신에 들어간 누나가 1977년으로 시각을 설정한 다음 "다녀오겠습니다"라고 말했다.

나는 옆에 앉은 어머니와 함께 "안 돼!" 하고 소리쳤다. 다른 관객들도 마찬가지였다. 극장에 있는 모든 이가 기를 쓰고 시간 여행을 막으려 했다.

안 돼, 누나, 타임머신을 기동하면 안 돼. 그게 진짜든, 가짜든.

누나는 빙긋 미소를 지으며 스위치를 눌렀고, 폭발음과 함께 모습을 감추었다.

한
줄
기
빛

작가가 되고 오 년째 되는 해 가을, 십오 년 만에 아버지를 만났다. 교토 병원에서 아버지가 말기 암이라고 연락이 왔다. 마음은 내키지 않았지만 사후 수속에 관해 몇 가지 할 이야기가 있다고 해서 하는 수 없이 병원으로 갔다. 오 분 정도 병실에 얼굴을 비쳤다가 병원에서 나와 바로 도쿄로 돌아왔다.

아버지는 그로부터 사흘 뒤에 세상을 떠났다. 불행 중 다행으로 내가 슬럼프에 빠져 있었던 덕에 급한 마감도 없어 아버지 장례에 전념할 수 있었다.

친척들만 참석한 소박한 장례를 마친 뒤 나는 사후 처리를 위해 본가에 남았다. 꽤 오랜만에 혼자 묵으면서 처리할 일을 노트에 정리했다. 어렸을 때부터 몸에 밴 습관이었다. 뭘 잊어버리면 아버지가 노발대발하는 탓에 작은 일도 노트에 적어두는 버릇이 생겼다. 청구서 관련과 사십구재 준비, 상속 관련 등 처리해야 할 일의 목록은 한두 개가 아니었지만, 하나라도 잊었다가는 이제 세상에 없을 아버지에게 호통을 들을 것 같았다.

신작과 관련된 미팅 때문에 잠시 도쿄로 돌아가게 된 날 아침, 본가에 상자 두 개가 배달됐다. 하나는 '세이와 서러브레드 영국에서 개량 개발한 대표적인 경주마 품종 클럽'이라는 법인에서, 또 하나는 아버지가 입원했던 병원에서 보낸 것이었다.

십오 년 전 집을 떠났을 때와 마찬가지로 낡은 구형 커피메이커에 원두를 넣으며 먼저 세이와 서러브레드 클럽의 상자를 열어보기로 했다. 새틴으로 된 파랑과 검정 줄무늬 옷이 들어 있고 그 밑에 서류가 든 봉투가 있었다. '아버지가 소유하는 말을 어떻게 할지 정해달라'라는 내용이었다. 아버지가 경마를 좋아했다는 것은 잘 알고 있었지만 마주였다는 사실은 처음 알았다. 서류에 따르면 아버지 말의 이름은 '템페스트'로, 상자에 든 옷은 그 말이 중요한 경주에 나갈 때 입던 옷인 듯했다. 나는 아버지의 자격을 이어받아 템페스트의 마주가 될 수도 있고 템페스트를 클럽에 무상으로 양도할 수도 있는 모양이었다.

아버지는 상속과 관련된 수속을 대부분 마치고 죽었다. 내가 나고 자란 본가는 이미 구입할 사람이 정해져 있었고, 이십 년 탄 경차는 폐차했다. 얼마 없던 주식도, 젊었을 때 수집했던 손목시계도, 집 안에 쌓여 있던 대량의 자료도, 셰익스피어에 관한 학술서 몇 권의 저작권도 모두 적절한 금액을 받고 팔았다. 아버지는 죽기 전에 육십사 년 인생을 살며 쌓아온 것을 모조리 믹서에 처넣고 갈아버렸다. 믹서로 간 아버지의 생애는 가격표가 붙여져 외아들인 내게 맡겨졌다.

그 정도로 용의주도했던 아버지가 템페스트의 처우에 관해 내게 선택권을 남겼다는 게 이상했다. 서류에는 템페스트의 정보가 적혀 있었다. 다섯 살 먹은 수말이고 처음 듣는 이름의 아버지와 처음 듣는 이름의 어머니 사이에서 태어난 더없이 평범한 서러브레드였다. 지방 경마에 열두 번 출전해 아직 한 번도 승리를 거두지 못했다. 신마전新馬戰에서 4착으로 들어온 이래로 게시판에 이름이 오른 적도 없다. 고교 야구에 비유하자면 지방 대회 첫 경기에서 패하는 팀의 후보 선수 같은 말이다. 그런 말도 관리하려면 돈이 든다. 사료 값도, 조교 비용도 모두 마주가 내야 했다. 서류에 따르면 앞으로도 상금을 벌어올 가망이 없는 템페스트라는 말에 아버지는 매달 20만 엔 정도를 지불하고 있었다.

클럽에 말을 양도해야 한다고 머리로는 이해하면서도 어딘지 모르게 석연치 않은 기분이 들었다. 아버지가 이 무능한 말을 소유한 데는 어떤 이유가 있었을 게 틀림없다. 게다가 경마는 아버지와 나를 잇는 가느다란 실이었다. 클럽에 말을 양도하고 나면 아버지의 인생은 완전히 유골과 숫자로만 남을 것이다.

스위치를 켜자 커피메이커가 원두를 갈기 시작하면서 도로 공사처럼 요란한 소리가 났다. 어렸을 때 이 소리를 들으며 아버지에게 호통을 들은 게 한두 번이 아니다. 내게 그것은 교육이라기보다 부정否定에 가까웠다. 아버지는 '죽을 각오로 해라'라는 말이 입버릇이었다. '말도 늘 죽을 각오로 달린다.'

그런 때 나는 늘 '사람은 말이 아닌데'라고 속으로 반론하곤 했다. 입 밖에 냈다가는 더 혼날 뿐이라는 것을 알기에 한 번도 말로 한 적은 없었다.

아버지는 성미가 급하고 까탈스러웠다. 늘 언짢은 듯 주위를 둘러보며 세상 어딘가에 자신이 화낼 원인이 떨어져 있지 않나 찾는 듯했다. 어머니를 만날 수 있다면 어째서 이런 남자와 결혼했느냐고 물어보고 싶었다. 두 사람이 승마 클럽에서 만났다는 말은 들은 적이 있는데 말이 둘을 이어준 걸까.

아버지 생전에 마지막으로 한 이야기도 말에 대한 것이었다.

십오 년 만에 만난 아버지는 머리가 새하얗게 셌다. 원래도 그리 살집이 없었건만 보기 딱할 정도로 야위었다. 뼈만 앙상한 얼굴은 눈이 툭 튀어나와 있었다.

병실에 들어가자 아버지는 표정조차 바꾸지 않고 나지막이 "왔구나"라고 중얼거렸다. 내 근황이나 우리 둘 사이에 가로놓인 십오 년간에 관해 묻지도 않고 일방적으로 장례와 상속에 대해 설명했다. 끝으로 내게 서류를 넘겨주고 나자 아버지는 침묵했다.

얼마 동안 침묵이 이어진 뒤 나는 "통증은 있어요?"라 물었다.

아버지는 "그야 여기저기 아프지"라고 대답했다.

원고지와 펜이 침대 뒤에 놓여 있는 것을 보고 "책이라도 쓰고 계시는 거예요?"라고 대화를 이어가기로 했다.

"그래. 어느 말에 관해 쓰고 있지."

"무슨 말요?"

"이름 없는 말이야. 그러고 보니까 예전에 딱 한 번 너하고 경마장에 간 적이 있구나. 기억 나냐?"

"네." 나는 대답했다. "메인 레이스는 '스페셜 위크'가 출전한 교토 대상전이었죠."

당시 중학생이었던 나는 아버지를 따라 교토 경마장에 가 스페셜 위크가 지는 것을 봤다.

"참 너무했지."

아버지가 말했다.

내가 "그러게요" 하며 고개를 끄덕이자 대화의 실마리는 연기처럼 사라졌다. 나는 몇 번 입을 열려다가 그만두었다. "이만 가 볼게요"라고만 하고 서류를 챙겨 병실에서 나왔다.

스페셜 위크는 내가 경마에 관심을 갖게 한 말이었다. 하지만 그건 인기 경주마여서가 아니었다. 내게 그는 일본 더비에서 우승한 말도, 춘계와 추계 연속으로 천황상을 차지한 말도, 재팬 컵에서 '몽죄'를 이긴 말도 아니었다. 경마장에 모인 사람들의 기대를 저버리고 교토 대상전에서 져 모든 것을 잃은 말이었다.

스페셜 위크는 1995년 히다카 목장에서 태어났다. 신마전에서 순조롭게 우승을 거듭해 1998년 일본 더비에서 5마신馬身. 결승점 통과의 격차를 지칭. 1마신은 약 2.5미터, 시간으로는 0.2초 차로 압승을 거두었다. 그때의 승리로 다케 유타카 기수는 열 번째 도전에 겨우 더비 자키더비 우승 경력이 있는 기수가 됐다. 그 이듬해에도 춘계 천황상에서 승리했지만 다카라즈카 기념에서 '그래스 원더'에게 완패하면서부터 먹구름이 끼기 시작했다.

그다음 레이스가 교토 대상전이었다. 당시 중학생이었던 나는 아버지를 따라 교토 경마장에 갔다. 태어나서 처음으로 경마장에서 본 레이스였다.

요란한 성원 가운데 스페셜 위크는 이렇다 할 모습도 보여주지 못한 채 7위로 들어와 참패했다. 인기 1위마였던 스페셜 위크를 주축으로 마권을 산 아버지는 큰 손해를 본 듯 집에 가는 내내 기분이 좋지 않았다. 전철에서 "그놈은 이제 끝났군"이라고 말했다. "이제 글렀어."

나는 아무것도 모르면서 속으로 '그렇지 않아'라고 반박했다. 아버지의 기대에 부응하지 못한 스페셜 위크에게 나 자신을 겹쳐서 봤다. 스페셜 위크의 기분을 알 것 같았다. 경마에 관해서는 잘 몰랐지만 한두 번 졌다고 그렇게까지 나쁘게 말하면 마음 아프지 않겠나. 스페셜 위크가 상처받으면 어쩌려고? 그런 심정이었다.

스페셜 위크에 대해 더 알고 싶어 조사해봤다. '선데이 사일런스'라는 우수한 아버지가 있다는 것을 알았다. 어머니는 출산 직후 죽은 탓에 스페셜 위크는 어머니의 얼굴을 알지 못했다. 내 어머니도 나를 낳은 직후에 돌아가셨다. 당시에는 그런 일치가 우연 같지 않았다.

'스페셜 위크의 어머니는 '캠페인 걸'이다. 캠페인 걸의 어머니 즉 스페셜 위크의 할머니는 '레이디 시라오키'라고 하는데, 레이디 시라오키의 할머니인 '시라오키'는 현역 시대에 일본 더비에서 2위로 들어오는 등 중상重賞을 포함해 9승을 거두었다. 시라오키는 20세기 초에 수입된 '플로리스 컵'에서 이어지는 수컷 명마의 모계에 자리하니, 다시 말해 스페셜 위

크는 플로리스 컵의 후손에 해당된다는 뜻이다.'

병원에서 보낸 상자에는 병실에서 아버지가 쓰던 원고와 자료가 들어 있었다. 열 몇 장 정도 되는 원고는 오른쪽 위 귀퉁이가 클립으로 묶여 있었다. 생김새와도 성격과도 어울리지 않게 둥글둥글하고 균형이 맞지 않는 어색한 글씨가 원고지를 가득 메우고 있었다.

아버지의 글씨를 보는 것은 오랜만이었다. 처음 산 자전거에 아버지가 내 이름을 써주었을 때가 생각났다. 아버지는 유성 매직펜으로 새 자전거의 흙받기에 내 주소와 이름을 썼다. 왜 그런지 그때 아주 자랑스러운 기분이 들었다.

이 년 뒤 깜박 잊고 자물쇠를 잠그지 않는 바람에 자전거를 도둑맞았을 때 아버지는 내 뺨을 때렸다. 그리고 두 번 다시 자전거를 사주지 않았다. 자전거의 색깔도 모양도 생각나지 않았지만 아버지가 쓴 내 이름은 지금도 선명하게 기억났다.

분명히 자전거에 '도카이 데이오'라는 이름을 붙였다고 기억한다. 도카이 데이오가 우승한 아리마 기념에서 돈을 벌었다는 이유로 아버지가 자전거를 사왔다.

아버지의 원고는 스페셜 위크의 계보를 거슬러 올라가는 데서부터 시작했다. 그게 도카이 데이오였다면 나도 이해할 수 있었다. 도카이 데이오는 아버지에게 특별한 말이었기 때문이다. 하지만 스페셜 위크는 아버지에게 교토 대상전에서 큰돈을 잃게 한 저주받은 말이었을 텐데.

아버지는 어째서 스페셜 위크의 계보를 거슬러 올라갔을까. 거기에 무슨 의미가 있었을까.

나는 커피를 마시며 원고를 계속 읽었다.

플로리스 컵은 1907년 마필 개량을 목적으로 미쓰비시 재벌의 고이와이 농장이 영국에서 수입한 서러브레드 20두頭 중 하나다. 청일 및 러일 전쟁을 통해 일본 육군은 군마의 질이 서양에 비해 현저히 떨어진다는 것을 자각했다. 오랫동안 전쟁이 없었던 일본에서 말은 주로 감상이나 의례용이었고 군사 작전에 쓸 일이 없었다. 당시 국내산 말은 키가 작고 성미가 거칠어 전쟁터에서 해가 됐다. 가령 1900년 의화단 사건에서 '일본은 말처럼 생긴 맹수를 탄다'라고 열강에게 비웃음을 샀을 정도다. 그 때문에 질 좋은 말을 생산하고자 거국적으로 경마 육성에 주력했다. 플로리스 컵은 바로 그런 시기에 수입된 영국의 서러브레드였다.

플로리스 컵의 손주인 플로리스트(현역 시절의 이름은 플로라 컵)는 암말이면서 데이시쓰 어상전(현재의 천황상)을 포함해 10

승을 거두었고 씨암말로서도 스타 컵, 하쿠류, 미나미 호마레 등 우수한 경주마를 낳았다. 이 가운데 스타 컵의 손주가 시라오키, 시라오키의 손주가 레이디 시라오키다. 즉 플로리스 컵은 스페셜 위크의 할머니의 할머니의 할머니의 증조할머니에 해당된다.

플로리스트의 활약으로, 플로리스 컵의 혈통에서 우수한 경주마가 태어난다고 당시 말 사육업자 사이에서 화제가 됐다. 그러나 플로리스 컵의 혈족은 미쓰비시 재벌의 이와사키 히사야가 소유하는 고이와이 농장에서 관리해 시장에 나오지 않았다. 여러 말 사육업자가 어떻게든 플로리스 컵의 혈통을 손에 넣으려 했다.

나가노 현에서 마미야 농장이라는 작은 목장을 경영하는 마미야 쇼지로도 그중 한 사람이었다. 그는 플로리스 컵의 혈통에 남다른 집착을 보였다. 외국의 혈통서와 국내 말 생산, 경주 결과 등을 바탕으로 독자적인 혈통 이론을 수립한 쇼지로는 일본 최고의 경주마를 생산하기 위해 플로리스 컵의 혈통이 25퍼센트 필요하다는 결론에 이르렀다. 거기에 마미야 농장 최고의 씨수말 '메구로'를 합하면 데이시쓰 어상전에서 우승할 수 있는 말이 나올 것이라 확신했다.

하지만 어떻게 플로리스 컵의 혈통을 손에 넣을 것인가.

쇼지로는 고민했다. 제1회 일본 더비가 개최되기 오 년 전, 1927년이었다.

일본 전국의 목장을 돌고 영국 대사관에까지 찾아간 쇼지로는 네기시 경마장에서 소개받은 고이와이 목장의 전직 사육사에게서 '플로리스 컵에게 여동생이 있다'는 정보를 얻었다. 그것도 플로리스 컵과 핏줄이 완전히 일치하는 여동생이었다. 여동생을 손에 넣는다면 자신이 꿈꾸는 경주마를 생산할 수 있다는 것을 알고 쇼지로는 흥분했다.

남자의 말에 따르면 플로리스 컵의 여동생은 1911년경부터 목장 내 일부에서 존재가 알려지기 시작했다 했다. 영국의 목장주에게 문의하니 프랑스의 목장에서 태어났는데 제1차 세계대전 뒤로 행방을 알 수 없다는 듯했다.

이야기를 들은 쇼지로는 목장과 두 아이를 아내 아에게 맡기고 혼자 프랑스로 건너갔다. 사람과 달리 말의 수명은 짧은 것을 생각하면 느긋하게 따질 여유가 없었다. 석 달 동안 프랑스 전국의 목장과 경마장을 뒤진 끝에 쇼지로는 드디어 플로리스 컵의 동생 '미스 캐넌'의 마주 브로샤르를 찾아냈다.

그러나 애석하게도 미스 캐넌은 이미 죽고 없었다. 미스 캐넌은 현역 시대에 프랑스의 G1 디안상에서 3위로 들어오는 등 우수한 경주마였고, 씨말로서도 기대를 모았으나 전쟁에 미래를 빼앗겼다. 당시 있던 목장에 독일군이 와 미스 캐넌을 포함한 모든 서러브레드를 군마로 징용했다. 종전 후 브로샤르가 목장으로 돌아오니, 몇 마리는 이미 죽었고 새끼를 밴 채 방치된 미스 캐넌은 심한 산통을 겪고 있었다. 수의사와 함께 이럭저럭 출산까지는 하게 했지만 미스 캐넌은 바로 죽고 말았다.

남은 것은 아비가 누구인지도 모르는 미스 캐넌의 딸뿐이었다. '딸을 보여달라'라는 쇼지로의 말에 브로샤르는 당혹했다고 한다. '아비를 모른다'라는 말은 서러브레드에게 중한 의미가 있기 때문이다. 서러브레드는 혈통이 전부다. '부모가 모두 서러브레드'여야 서러브레드이기 때문이다. 영국에서 혈통 등록이 시작된 18세기 이후 모든 서러브레드는 혈통서와 함께 관리되고 있다. 그 관리에서 벗어난 말은 서러브레드로 인정받지 못한다.

그런데도 쇼지로는 딸을 보여달라고 졸랐다.

거기까지 단숨에 읽고 나서 나는 일단 원고를 내려놓았다. 아버지가 나와 경마장에 갔을 때 이야기를 한 이유를 조금은 알 것 같았다. 죽음을 눈앞에 둔 아버지는 스페셜 위크의 조상에 대해 조사하고 있었다.

아버지는 학자답게 원고에 상세한 각주를 달았다. 예를 들어 쇼지로가 네기시 경마장에서 플로리스 컵의 동생에 관한 정보를 얻은 경위는 1941년《마사馬事 월보》4월호 '플로리스 컵의 혈통을 찾아'라는 기사에서 쇼지로 본인이 이야기했다. 프랑스에서 브로샤르를 만났을 때 이야기는 쇼지로의 수기를 인용한 것이다.

아버지의 상자에는《마사 월보》와 쇼지로의 수기 사본 외에도《경마 연감》《더비 경주마 스페셜 위크》《이와사키 히사야 전기》《제1회 도쿄 준마》《마필 개량》등 옛날 것부터 비교적 요즘 것까지 다양한 자료가 가득했다.

커피는 이미 싸늘하게 식어 있었다.

나는 스마트폰으로 원고에 쓰여 있던 것을 찾아보기로 했다. 마미야 쇼지로의 이름은 검색해도 나오지 않았지만 그렇다고 그가 실존 인물이 아니라고 단언할 수는 없었다. 전쟁 전 목장주의 이름이 인터넷에 남아 있을 것 같지는 않기 때문이다.

한편 플로리스 컵의 이름은 금세 찾았거니와 위키백과도 존재했다. 스페셜 위크의 혈통을 조사하니 조상 중에 플로리스 컵의 이름도 있었다.

미스 캐넌에 관한 검색은 어려움을 겪었다. 두 시간 정도 씨름한 끝에 당시 프랑스의 신문기사 데이터베이스에서 겨우

1912년 디안상의 결과를 발견했다. 3위에 'Miss Canon'이라는 이름이 있었다. 미스 캐넌은 1909년생이다. 기수와 마주, 혈통 정보는 없고 'Miss Canon'이 그 밖에 어떤 경주에 출전했는지도 알 수 없었지만, 플로리스 컵이 1904년생이니 미스 캐넌이 동생이라면 연대적으로 모순이 없다. 제1차 세계대전은 1914년에 시작됐으니 은퇴한 미스 캐넌이 목장에서 씨말로 이용되었어도 이상하지 않을 것이다.

아버지는 셰익스피어 연구자이지 경마 연구자가 아니었다. 아버지가 어째서 스페셜 위크의 조상에 관해 조사하려 했는지 여전히 알 수 없었다.

미스 캐넌의 딸은 레티시아라는 이름이라 했는데, 이는 쇼지로가 착각한 것이고 사실 레티시아는 브로샤르의 딸 이름이다. 쇼지로가 '딸을 보여달라'라고 부탁하자 브로샤르는 방목지로 나가 '레티시아!'라며 핸드벨을 울렸다. 곧바로 서러브레드를 탄 젊은 여자가 나타났다. 말 탄 여자가 바로 레티시아였지만 쇼지로의 눈에는 아름다운 밤색 말밖에 보이지 않았다.

미스 캐넌의 딸은 승용마가 되어 있었다. 성격이 온화하고 머리도 좋은 데다 긴 다리와 넓적다리의 근육은 미스 캐넌을 빼닮았으니 분명 훌륭한 경주마였을 것이다. 그렇기에 혈통을 알 수 없어 레이스에 내보내지 못하고 번식도 시킬 수 없는 것이 더없이 유감이라고 브로샤르는 말했다.

쇼지로는 '일본에서라면 미스 캐넌의 핏줄을 남길 수 있다'라 단언하며 브로샤르를 설득한 모양이다. 경마 제도가 아직 완전히 정비되지 않은 일본에서라면 레티시아의 자식을 레이스에 내보낼 수 있으리라 생각했을 것이다. 실제로 혈통이 불분명한 말이 데이시쓰 어상전에서 우승한 적도 있었거니와 일본 경마계를 석권한 오스트레일리아산 '미러'도 부모가 누구인지 알려져 있지 않았다.

브로샤르는 딸이 아끼는 승용마라는 이유로 쇼지로의 제안을 거절했다. 그러나 쇼지로도 쉽사리 물러나지 않았다. 레티시아의 자식을 레이스에 내보내 푸른 잔디 위를 마음껏 달리게 할 수 있는 사람은 자신뿐이라고 말했다. 말 사육업자로서 그 말에 느끼는 바가 있었는지 최종적으로 브로샤르는 레티시아를 쇼지로에게 양도하기로 했다.

쇼지로와 브로샤르는 '계약'을 맺었다. 내용은 '미스 캐넌의 손주를 레이스에 내보내 마음껏 달리게 한다'라는 것이었다 한다. 쇼지로가 브로샤르에게 지불한 액수는 겨우 200프랑이었다. 브로샤르는 처음에 그조차 받지 않으려 했다고 한다.

이듬해 여름, 레티시아가 마미야 목장으로 왔다. 쇼지로는 그날 일을 이렇게 회고했다.

'8월 11일, 검역을 마친 레티시아가 마미야 목장에 왔다. 오랜 이동으로 다소 지친 듯했지만 모피의 윤기도 좋아 밤색 몸뚱이가 반짝반짝 빛났다. 시게루가 여물을 주니 단번에 먹어 치웠다.'

시게루는 쇼지로의 맏아들이다. 실은 그날 시게루는 느닷없이 날뛰기 시작한 레티시아의 뒷발에 차여 왼팔이 부러졌다. 쇼지로는 시게루에게 "말의 시야가 넓다는 것이 무슨 의미인지 아느냐?"라고 물었다 한다.

시게루는 "뒤까지 볼 수 있다는 겁니다"라고 대답했다.

"그래." 쇼지로는 고개를 끄덕였다. "그 때문에 말은 자기가 주위를 모두 볼 수 있다고 착각한다. 하지만 사실 바로 뒤만은 보이지 않아. 그 때문에 바로 뒤에서 뭔가가 나타나면 말은 아무것도 없었던 공간에 갑자기 물체가 발생한 것처럼 느끼지. 그래서 놀라 날뛰는 것이야."

쇼지로는 이런 문답을 즐겼던 모양이다. 어떤 문제든 가능한 한 합리적으로 설명하려 한 것이다.

나는 다시 원고를 내려놓았다.

도쿄로 돌아갈 시간이었다. 나는 아버지의 원고, 서러브레드

클럽 서류와 더불어 상자에 들어 있던 자료 일부를 가방에 챙겨 본가에서 나왔다.

신칸센 안에서 아버지 원고를 폈다가 옆사람 시선이 신경 쓰여 금세 가방에 넣었다. 아버지의 특징 있는 글씨로 쓴 원고를 남들이 보는 게 창피했다. 대신《더비 경주마 스페셜 위크》라는 책을 읽기로 했다.

'혹시 이 책은 어린 시절 내가 조사했을 때 읽은 책 아닌가' 하는 생각이 바로 들었다. 나는 이 책에 쓰인 사실을 잘 알고 있었다. 스페셜 위크에게 어머니가 없고 썰매 경주마인 유모의 젖을 먹고 자랐다는 것. 유모의 성격이 거칠어 어렸을 때 스페셜 위크가 고생했다는 것. 그 영향도 있는지 스페셜 위크는 선데이 사일런스에게서 태어난 말치고는 얌전했고 인간을 매우 신뢰했다는 것. 다케 유타카가 절찬했던 승마감의 비밀은 스페셜 위크의 성장 내력에 있지 않을까 한다는 것.

어머니가 없는 나는 외할머니 손에서 자랐다. 스페셜 위크의 유모와 달리 할머니는 늘 자상했다. 종종 오후에 전철을 갈아타며 우리 집에 와서는 음식을 만들고 빨래를 하고 저녁식사를 마치면 빨래를 넌 다음 돌아갔다. 할머니는 내가 아홉 살 때 돌아가셨다. 어떻게 돌아가셨는지는 잊어버렸지만 장례 때 엉엉 울었다는 것은 지금도 똑똑히 기억한다.

《더비 경주마 스페셜 위크》는 두껍지 않은 책이라 신칸센 안에서 다 읽고 말았다. 아마 스페셜 위크가 일본 더비에서 우승한 뒤 급히 출판한 책이었을 것이다. 책에는 스페셜 위크가 일본 더비에서 우승하기까지의 경위가 쓰여 있을 뿐, 그 뒤의 활약에 관해서도 슬럼프에 관해서도 언급되지 않았다.

역시 똑같다는 생각이 들었다. 나도 스페셜 위크와 마찬가지로 데뷔하고 얼마 동안은 순조로웠다. 몇몇 상을 수상하고 책도 팔리게 된 뒤로 갑자기 소설을 쓸 수 없게 됐다. 이것저것 할 일을 못 해 많은 이에게 누를 끼쳤다. 어느새 주위에 있던 편집자가 대부분 곁을 떠나고 없었다.

슬럼프의 원인은 알 수 없었다. 어느 날 갑자기 내 글에 자신이 없어졌다. 무엇을 써도 만족스럽지 않아 매일 밤 그날 쓴 글을 모조리 삭제하곤 했다. 몇 번 되풀이하는 사이에 아무것도 쓸 수 없게 됐다.

스페셜 위크는 교토 대상전에서 대패한 뒤 추계 천황상과 재팬 컵에서 승리했다. 아버지는 이제 끝났다고 단념했지만 스페셜 위크는 끝난 게 아니었다. 내 슬럼프도 언젠가 지나갈까. 스페셜 위크처럼 부활할 수 있을까.

도쿄에 도착해 작은 레스토랑에서 편집자를 만났다. "요새 읽으신 책이 있습니까"라고 묻기에 아버지가 남긴 원고 이야기를 했다. 편집자는 뜻밖에도 관심을 보였다.

"아직 다 읽은 건 아닌데 아마 미완성일 겁니다."

"그럼 직접 완성해보시죠?" 편집자가 말했다. "재활 훈련이 될지도 모르잖습니까."

나는 "일단 끝까지 읽어보겠습니다"라고만 대답했다. 술을 몇 잔 마신 뒤 구체적인 이야기는 아무 진척이 없는 채로 편집자와 헤어졌다.

글을 쓸 수 없게 된 뒤로 책을 읽을 마음도 없어졌다. 그런 내가 아버지의 원고를 오랜만에 열심히 읽고 있었다. 완성을 할지 말지와는 별개로 어떤 계기가 되어줄지도 모른다.

집으로 돌아온 나는 절박한 심정으로 아버지의 원고를 다시 읽기 시작했다.

해가 바뀌어 봄이 되자 쇼지로는 계획대로 레티시아와 메구로를 교배시켰다. 애초에 쇼지로는 메구로의 상대로 누가 가장 좋을지를 찾다가 플로리스 컵의 혈통에 다다른 것이었다.

메구로는 마미야 농장에서 가장 활약한 말이다. 세 살 되던 해 봄 데뷔전인 1800미터 신요비우마 전에서는 불량 마장馬場 탓도 있어 머리차말 신체를 이용해 거리 차이를 표시하는 단위로, 약 40센티미터로 2위였지만, 그로부터 삼 주 뒤의 2차전에서는 15마신차로 압승을 거두었다. 마체가 본격적으로 성장한 가을에는 국내 최고의 상금을 수여하던 우승 내국산마 연합 경주, 통칭 '연합 2마일'에 최고의 컨디션으로 출장했다.

그날 메구로 경마장도 전날 내린 비로 불량 마장이었다. 최후의 직선 코스까지 잘 달리던 메구로는 갑자기 실속해 4위로 들어왔다. 이 말은 반드시 메구로 경마장의 연합 2마일을 제패할 것이라 확신해 이름까지 '메구로'라고 지었건만, 쇼지로도 날씨까지는 계산하지 못했다.

레이스가 끝난 뒤 쇼지로는 "미안하다"라며 메구로의 머리를 쓰다듬었다. 레이스에 이기건 지건 반드시 말에게 미안하다고 사과했다 한다. 쇼지로가 누구에게 사과하는 것은 그때뿐이었다.

연합 2마일에서 패배한 뒤 이듬해까지 달린 메구로는 우승전, 특별전, 핸디전을 포함해 19전 12승의 기록을 남기고 은퇴했다. 동계 토너먼트전에 출장했을 때는 사흘 동안 무려 3연승을 거두었다. 큰 타이틀은 차지하지 못했지만 틀림없는 명마였다. 쇼지로는 덕분에 본인의 혈통 이론에 자신을 얻을 수 있었다.

'메구로는 같은 세대의 어느 말보다도 빨랐을 뿐아니라 체력도 남달랐다.'

수기에서 쇼지로는 그렇게 단언했다.

메구로의 약점은 오직 하나, 소심하다는 것뿐이다. 메구로는 레이스에서 늘 무리 안에 들어가려 했다. 이 버릇을 기자들은 '용감하다'라고 평가했지만, 애초에 말이란 동물은 무리를 지어 생활하며 육식동물에게서 도망칠 때도 생존율을 높이기 위해 무리 지어 도망친다. 그때 가장 안전한 곳은 어디인가. 무리의 중심이다. 맨 뒤가 가장 위험한 것은 말할 필요도 없으려니와 선두는 매복당했을 때 습격받을 위험이 있다. 메구로가 무리 안에 들어가려 하는 것은 그곳이 가장 안전하다는 것을 알기 때문이다. 소심한 메구로는 지면의 굳기가 고르지 않은 불량 마장에서 전력을 발휘하기를 심히 겁냈다. 결국 겁이 많다는 것이 메구로의 유일한 약점이었던 셈이다.

기수가 되고자 은퇴한 메구로를 종종 탔던 시게루도 메구로가 유난히 소심하다는 사실을 알고 있었다. 그 때문에 아버지 쇼지로가 메구로에게 걸맞은 상대로 레티시아를 선택한 것은 레티시아의 '용감함' 때문이리라고 생각했다. 메구로에 '용감함'이 더해지면 적수가 없을 듯했다.

메구로와 레티시아의 교배가 끝난 뒤 시게루는 쇼지로에게 그런 생각을 말했다. 쇼지로의 대답은 예상 밖이었다.

"그건 아니다."

쇼지로는 고개를 흔들었다. "레티시아도 굳이 따지자면 겁이 많거든. 게다가 소심한 말과 용감한 말을 합친다고 약점이 없어지진 않아. 그렇게 간단한 문제가 아니다."

"왜죠?"

"내가 만든 건 혈통 이론이야. 이론이란 작은 정의와 공리에서 시작해 세밀한 추론을 통해 만들어진 복잡한 구조물이다. 교배는 그런 구조물의 지엽에 불과하지. 지엽을 설명해도 근본을 알지 못하면 의미가 없어."

어리둥절한 표정의 시게루에게 쇼지로는 "너는 아직 이해하지 못해도 돼. 애초에 이 나라에 이해하는 사람이 있을까도 모르겠다"라고 덧붙였다.

시게루가 그래도 포기하지 않고 "힌트는 없어요?"라고 묻자 쇼지로는 잠시 생각한 끝에 "말은 초식이잖느냐?"라고 말했다.

"네."

"초식동물의 천적은 뭐지?"

"육식동물이죠."

"그래. 나머지는 네 스스로 생각해라."

말은 초식이다. 초식이란 고기가 아니라 풀을 먹는다는 것이다. 그게 무엇을 의미한다는 걸까.

고민하는 시게루 옆에서 레티시아가 여물을 먹고 있었다. 시게루는 혈통 이론 이야기를 일단 접고 레티시아가 무사히 메구로의 새끼를 밸 수 있게 해달라고 빌었다.

그러나 시게루의, 그리고 마미야 농장의 바람은 이뤄지지 않았다. 레티시아는 메구로의 새끼를 갖지 못했다. 그 이듬해에도 실패했다.

레티시아는 이미 열세 살이었다. 말은 일 년에 한 번만 발정하는지라 앞으로 수태 기회가 몇 번 더 있을지 알 수 없었다.

쇼지로가 초조해하기 시작했을 때 경마계에 큰 사건이 벌어졌다. 도쿄 경마 클럽이 도쿄 준마 대경주(일본 더비)를 창설하기로 한 것이다. 1만 엔이라는 파격적인 상금에 말 사육업자 사이에서도 화제가 자자했다. 도쿄 준마 덕에 그해 경매에서 말 가격이 폭등했다. 그때까지 100엔 남짓하는 가격에 거래되던 평범한 말이 1000엔에 팔리고, 좋은 혈통을 가진 기대마에는 1만 2000엔이라는 값이 붙었다.

쇼지로는 도쿄 준마에 운명이 걸려 있다고 생각했다. 자신은 연합 2마일이나 데이시쓰 어상전에서 우승할 말을 생산하려 했다. 하지만 레티시아는 그런 작은 목표에 관심이 없었던 것이다. 레티시아는 전쟁터에서 태어났다. 큰 레이스에 겁먹지 않을 것이다. 레티시아의 새끼는 도쿄 준마에서 이긴다. 더욱이 도쿄 준마는 2400미터였다. 메구로와 레티시아의 새끼가 가장 능력을 발휘할 수 있는 거리였다.

일 년 뒤인 1931년, 세 번째 시도에 드디어 레티시아가 수태에 성공했다.

아버지의 원고는 거기서 끝났다. 나머지는 백지 원고지 몇 장이 묶여 있을 뿐이었다. 단순히 쓰다 만 원고가 아니었다. 이 원고는 영원히 미완성이었다.

유일한 희망은 원고가 도중에 끝났을지언정 역사는 도중에 끝나지 않았다는 사실이었다.

나는 그 뒤 어떻게 됐는지를 알기 위해 교토에서 가져온 자료를 열심히 읽었다. 최소한 레티시아의 새끼가 어떤 경주마가 됐는지 알고 싶었다. 쇼지로의 꿈은 이뤄졌을까. 일본 더비에서 우승할 수 있었을까.

쇼지로의 수기는 본가에서 가져온 자료 중에 없었다. 그 때문에 그 뒤 쇼지로의 꿈이 어떻게 됐는지는 알 수 없었다. 일본 더비 역대 출주마의 이름과 혈통을 알아봤지만 혈통이 불분명한 말도 있어 자세한 것은 알 수 없었다.

자료를 모조리 읽고 난 뒤 나는 아버지의 원고를 다시 읽어보기로 했다. 어느새 쇼지로의 혈통 이론이 어떤 것인지 시계루와 함께 열심히 궁리하고 있었다. 아버지의 원고와 쇼지로의 말을 머릿속에서 거듭 정리한 결과, '도망친다'라는 게 열쇠라는 결론에 다다랐다. 말이 살아남기 위해서는 천적인 육식동물에게서 도망치는 것이 중요하다. 시야가 넓은 것도 육식동물의 위치를 정확히 알기 위해서이리라.

다시 말해 말이라는 동물에게 소심하다는 것은 꼭 나쁜 뜻이 아니다. 오히려 '용감한' 말은 금세 잡아먹힐 것이다. '소심하기에' 살아남을 수 있는 것이다.

그렇다면 서러브레드는 어떨까. 그들도 말이다. 동시에 그들은 인간이 만든 규칙 아래 레이스에서 이겨야 한다. 소심함은 말이라는 동물로서는 미점美点이다. 하지만 레이스에서는 약점이 되기도 한다. 용감하면 된다는 것도 아니지만 소심하면 되는 것도 아니다. 이 사실은 '그렇게 간단한 문제가 아니다'라는 쇼지로의 말과도 일치한다.

한잠도 못 잔 채로 교토로 갔다. 쇼지로의 수기를 통해 아버지의 원고 뒷부분을 읽기 위해서였다. 머릿속에서 뿔뿔이 흩어져 있던 조각이 하나로 짜맞춰지는 느낌이 들었다. 나는 스페셜 위크를 생각했다. 그리고 스페셜 위크의 조상을 생각했다.

'스페셜 위크'란 일본 더비가 개최되는 일주일을 뜻한다. 경마 관계자에게 그 일주일은 특별한 의미를 갖는다. 쇼지로도 메구로와 레티시아의 새끼에게 같은 마음이었을 것이다. 그는 모든 것을 건 레티시아의 새끼에게 어떤 이름을 지어주었을까.

내 아버지는 자신이 소유한 말에 '템페스트폭풍우'라는 이름을 붙였다. 〈템페스트〉는 아버지가 연구했던 셰익스피어의 작품이다. 아버지는 〈템페스트〉에 등장하는 '이루고자 했던 뜻을 단 한 번의 실패로 버려서는 안 된다'라는 대사를 좋아해, 경마에서 돈을 잃을 때마다 곧잘 그 말을 했다. 아이러니하게도 아버지의 경주마 템페스트는 한 번 정도가 아니라 여러 번 졌고 지금도 지고 있었다.

본가로 온 나는 바로 쇼지로의 수기를 읽으며 그곳에 쓰인 내용과 《경마 연감》의 데이터를 맞춰보았다. 부족한 정보는 상자에 들어 있던 다른 자료로 보완했다. 나는 하품을 참으며 커피를 끓였다. 원두를 가는 커피메이커의 소음도 졸음을 쫓는 데에 도움을 주었다.

어느새 나는 아버지가 남긴 백지 원고지에 뒷내용을 적어 내려가고 있었다.

삼 년 만에 수태한 레시티아의 첫 새끼는 사내애였는데 마체가 더없이 근사했다. 쇼지로는 첫 새끼의 이름을 지을 권리를 시게루에게 주었으나 결국 이름을 붙여주지 못했다. 경주마로 등록하기 전에 제국 육군이 군마로 구입했기 때문이다.

레티시아의 첫 새끼는 580엔이라는 비싼 값에 팔렸다.

경매 시장에서 육군 장교가 첫눈에 반한 탓이었다. 메구로는 3세대 전에 아랍종의 혈통을 이어받았는데, 장교는 그 사실을 알고 더욱 만족했다.

생산한 말이 군마로 징용되는 것은 말 생산업자에게 더없는 명예로 간주되었다. 검사소로 출발하는 날, 레티시아의 새끼는 군기軍旗를 짜넣은 천을 덮고 지역 주민들의 성대한 배웅을 받았다. 농장에는 무수한 일장기가 휘날렸다. 다른 군마와 함께 만주로 보내질 예정이라고 했다.

쇼지로는 울었다. 물론 기쁨의 눈물이 아니었다. 군마로 징용되는 명예도 잘 알고 있었지만 그 말은 일본 더비에서 우승할 말이었다.

그 뒤로도 레티시아는 계속해서 새끼를 배는 데 실패하다가 1934년 두 번째 새끼인 암말을 낳고는 그 이듬해 가을에 창자꼬임증으로 죽었다.

쇼지로가 추구하던 혈통은 망아지 한 마리가 짊어지게 됐다. 그는 새끼에게 어떤 이름을 지어줄지 마방 옆에서 하룻밤을 꼬박 고민했다. 자신의 아들딸 때도 그 정도로 고민하지 않았다. 날이 밝았을 때 마방 천장 틈새로 한 가닥 빛이 비쳐들었다.

이것이다 싶었다. 망아지는 마미야 농장의 한 줄기 광명이
었다.

그날 쇼지로는 망아지에게 '히토스지한 줄기'라는 이름을 붙
였다.

가을이 되자 쇼지로는 군인에게 들키지 않게 히토스지를 마
구간에 감추었다. 손님이 올 때마다 병든 말이라고 거짓말하
며 어두운 마구간에 가두었다. 물론 경매 시장에는 내놓지 않
았다. 히토스지는 마미야 농장의 마지막 희망이었다.

군마로 접수되는 사태를 막기 위해, 아는 이의 소개로 경마
클럽 멤버인 오무라 사다키라는 건축업자에게 히토스지를 싼
값에 넘겼다. 은퇴 후에 씨암말로 반환한다는 조건이었다. 훗
날 경주마가 된 히토스지의 스타트가 늘 신통치 않았던 것은
망아지 시절에 마구간에 혼자 갇혀 있었던 탓일지도 모른다.
히토스지는 끝내 단체 생활에 적응하지 못했다. 주위 다른 말
들에 긴장하는지 기수가 지시를 내려도 좀처럼 달려나가지 않
았다.

데뷔전인 나카야마 경마장의 신요비우마 전에서도 그랬다.
최악의 스타트였다.

그러나 쇼지로는 그래도 상관없다고 생각했다.

레이스 전, 쇼지로는 조교사를 통해 주전 기수 안자이에게 '스타트는 느리지만 조급해할 것 없다'라고 전했다. '침착하게 말의 실력을 이끌어낼 것만 생각해라.'

꼴찌로 출발했지만 안자이는 서두르지 않았다. 참을성 있게 첫 코너를 돌았다. 조교 중에 한 번 탔을 뿐이었지만 안자이는 히토스지의 재능에 놀랐다. 그렇게 경쾌하게 달리는 말은 처음이었다. 레이스는 페이스가 상당히 빨랐지만 1000미터를 통과해도 히토스지는 조금도 피로한 기색이 없었다. 흰 입김을 내뱉으며 기를 쓰고 달리는 다른 말들을 여유롭게 제쳤다. 어쩌면 이길 수 있을지도 모르겠다. 안자이는 그런 생각이 들기 시작했다.

안자이가 가볍게 속도를 내자 히토스지는 부쩍부쩍 속력을 높였다. 최종 코너에서는 이미 선두에 합류하려 하고 있었다. 그때부터는 거의 아무것도 하지 않은 채 히토스지가 1위로 골인했다. 2위와 6마신 차였는데도 레이스가 끝나고 히토스지는 숨조차 몰아쉬지 않았다.

"저 혼자 말 아닌 다른 걸 타는 느낌이던데요."

레이스 뒤 안자이는 그렇게 말했다. 속도를 내기 시작하자 흡사 주위가 정지한 것처럼 느껴지더라고 했다. 그 정도로 속도가 달랐던 것이다.

이 주 뒤 출전한 2400미터 우승전은 불량 마장이었다. 데뷔전에서의 압승 덕에 히토스지는 인기 1위마였다. 더비도 2400미터였고 이 시기는 언제나 불량 마장이었다. 더욱이 상대도 지난번보다 훨씬 강력했다. 쇼지로는 이 우승전에서 어느 만큼 하는지로 히토스지의 역량을 알 수 있을 것이라고 생각했다.

레이스는 뜻밖의 전개를 보였다.

양옆으로 수말 사이에 끼여 출발한 히토스지는 발군의 스타트를 끊었다. '뒤에 붙어 가라'라는 지시를 받은 안자이는 첫 코너까지 어떻게든 뒤로 물리려 필사적으로 고삐를 당겼지만, 흥분한 히토스지는 계속 달렸다. 첫 1000미터 지점에서 2위와 15마신이나 벌어져 있었다. 시간은 육십일 초. 명백히 오버 페이스였다. 쇼지로는 후회했다. 히토스지가 좀 더 수말에 익숙해지게 했어야 했다. 더비에서의 경쟁 상대는 십중팔구 수말이 많을 것이다. 오늘처럼 좌우로 수말일 가능성도 높았다.

지치기 시작했는지 히토스지의 속도가 떨어지기 시작하면서 뒤에서 그룹이 부쩍부쩍 쫓아왔다. 최종 코너에서는 후속과 3마신 차 정도로 좁혀져 따라잡히는 것은 시간문제일 듯했다.

그러나 안자이가 속도를 높이자 히토스지는 거기서부터 또 가속했다. 그룹과의 차는 3마신, 좀처럼 좁혀질 줄 몰랐다.

그룹에서 빠져나온 인기 2위마 블랙 키드가 히토스지와 나란히 섰다. 추월하나 싶었는데 히토스지도 지지 않고 끈질기게 버텼다.

두 마리는 나란히 골인했다.

판정 결과 블랙 키드가 1위가 됐다. 히토스지는 코차로 2위였다.

쇼지로의 꿈은 현실에 근접해가고 있었지만 나는 어떤 것이 마음에 걸려 집필을 중단했다. 쇼지로는 레티시아 새끼의 이름을 지을 때는 고민한 모양이나 자기 자식의 이름은 금세 지었다. 아들은 시게루, 딸은 미도리다. 농장주다운 이름인데, 다만 '미도리'라는 이름을 최근에 어디서 봤다는 생각이 들었다.

답은 장례에 부를 사람을 조사할 때 참고한 호적등본에 있었다. 내 외할머니는 다카오카 미도리라고 했다. 어렸을 때 자주 저녁을 해주었던 할머니다. 쇼지로의 딸 미도리는 전후에 결혼해 마미야 미도리에서 다카오카 미도리가 됐다. 다시 말해 쇼지로는 내 증조부라는 뜻이다.

죽음을 눈앞에 둔 아버지가 히토스지 이야기를 쓴 의미를 생각했다. 아버지는 내 외가의 계보를 거슬러 올라가다가 히토스지에 다다랐다. 히토스지는 마미야 농장이 남긴 플로리스 컵의 마지막 혈통이었다. 그리고 나라는 인간은 마미야 일가의 마지막 혈통이었다.

나는 노트를 꺼내 왼쪽 페이지에 스페셜 위크와 히토스지의 혈통표를, 오른쪽 페이지에 내 가계도를 그렸다. 쇼지로 때부터 수십 년의 세월을 지나 내게 흐르는 피와 스페셜 위크에게 흐르는 피가 재회한 것이었다.

얼마 남지 않았다. 나는 다시 원고로 돌아갔다. 플로리스 컵에서 시작된 히토스지의 이야기는 이제 곧 끝난다.

　일본 더비는 우승전으로부터 이 주 뒤, 히토스지는 인기 4위마였다. 우승전에서는 아쉽게 승리를 놓쳤지만 2위라는 결과가 히토스지의 평가를 떨어뜨리지는 못했다. 실제로 히토스지와 겨루어 1위로 들어온 블랙 키드는 인기 6위마였다. 히토스지는 '능력은 뛰어난데 성격에 문제가 있다'라는 중평이었던 모양이다. 더비에는 전국에서 최고 수준의 말이 모여든다. 능력이 뛰어나면서 성격이 온화한 말도 다수 출전한다. 히토스지라도 쉽게 인기 1위마가 될 수는 없었다.

이어서 쓰기 전에 영상을 봤다.

운좋게도 히토스지가 출전한 더비의 영상은 인터넷 아카이브에 남아 있었다.

"명마들이 일제히 달려나갑니다. 아니, 주목받는 암말 7번 히토스지는 출발이 늦었군요."

음성은 라디오 실황일까. 당시 더비는 라디오로 중계됐던 모양이다. 흑백 화면이지만 엽전 문양을 넣은 안자이 기수의 승부복도 뚜렷이 보였다.

도쿄 경마장은 만원이었다. 자료에 따르면 2등석에 쇼지로와 야에도 있었을 텐데, 영상으로는 알 수 없었다.

"선두 그룹이 코너를 돕니다. 길게 늘어섰습니다."

카메라에서 벗어난 히토스지는 맨 뒤를 달리고 있었다. 더비까지 이 주 동안 쇼지로는 조교사에게 부탁해 히토스지가 수말에 익숙해지게 했다. 성과가 있었는지 히토스지는 스타트도 차분하게 해냈다. 출발이 늦는 것은 상관없다. 급한 마음에 무리하게 2위와의 차를 벌리느니 뒤에서 따라가는 편이 훨씬 낫다. 우승전에서의 경험을 통해 쇼지로는 그렇게 생각하고 있었다.

"도쿄 경마장은 오늘 맑은 날씨입니다. 좋은 마장의 아름다운 잔디 위를 19두가 달리고 있습니다."

그날은 날이 맑았다. 흑백 화면에서 나는 색채를 봤다. 봄의 습기를 머금은 하얀 바람이 불고 잔디가 푸르게 반짝였다. 원했던 좋은 마장인 데다, 히토스지는 침착했다.

제2코너에서 1두를 제쳐 첫 1000미터를 18위로 통과했다. 반대편 직선에 들어서 1두, 또 1두를 추월했다.

경사에 들어섰다. 안자이를 안장에 태운 히토스지는 강하게 몰아붙이지도 않고 3두를 외곽에서 따돌려 13위로 제3코너에 들어섰다. 괜찮다. 히토스지는 기분 좋게 달리고 있었다. 남은 것은 12두.

서서히 속도를 높인 히토스지가 2두를 더 제치고 최종 코너에서 직선 코스에 들어섰다. 도쿄 경마장의 직선 코스는 길다. 옆으로 늘어선 서러브레드들 뒤로 히토스지가 보였다. 400미터가 남았음을 알리는 펄롱 기둥_{결승점부터 1펄롱(200미터)마다 남은 거리를 알리는 표식}을 통과했다.

화면 너머에서 "달려!"라고 외치는 쇼지로의 목소리가 들린 듯했다. "저리 비켜!"

히토스지는 여력이 충분히 남은 듯했지만 전방에 나란히 달리는 말 2두가 벽이 되어 치고 나가지 못했다.

"비켜!"

내가, 그리고 쇼지로가 부르짖었다.

기도가 이루어졌는지 2두 중 안쪽을 달리던 말이 지쳐 약간 안으로 기울어졌다.

찰나의 틈새였다.

안자이 기수가 달리라는 신호를 보냈다. 그러자 히토스지가 발군의 반사 신경으로 작은 틈새에 코끝을 들이밀었다. 안으로 기울었던 말이 자세를 바로잡았을 때는 이미 히토스지가 2두 사이를 비집고 달리고 있었다. 완벽한 순발력이었다. 그로부터 3보폭 사이에 히토스지는 바깥쪽에서 물고 늘어지던 3두를 포함해 한꺼번에 5두를 제쳤다.

벽은 없어졌다. 전방에 5두.

남은 거리는 100미터. 선두를 달리는 말은 발이 느려졌다. 그 틈을 노려 히토스지가 따라붙었다.

히토스지는 우승전에서 졌던 블랙 키드, 그리고 그 옆에서 버티던 인기 1위마 히사미쓰와 나란히 서더니 단숨에 추월했다. 나머지 3두는 일렬횡대로 달리고 있었다.

히토스지가 맨 안쪽에 붙어 선두 집단과 나란히 섰다. 맨 바깥쪽의 1두가 탈락했다. 이제 남은 거리가 없다. 50미터, 30미터……

"달려!"

나와 쇼지로의 외침이 전쟁 전 도쿄 경마장의 함성에 어우러졌다.

10미터, 5미터 그리고…….

3두가 나란히 골인했다.

관객석에 웅성거림이 퍼져나갔다. 육안으로는 어느 말이 이 겼는지 전혀 알 수 없었다. 간발의 차이였다.

얼마 뒤 직원이 순위판을 올리러 갔다. 관중은 마른침을 삼키며 지켜봤다.

순간 정적이 찾아들었다.

8, 11, 7.

7번 히토스지가 3위라는 판정이었다.

졌다. 히토스지는 더비 경주마가 되지 못했다.

그러나 쇼지로는 분명 환한 표정으로 이렇게 말했을 것이다. '순위가 다가 아니다'라고.

히토스지는 처음으로 마음껏 달릴 수 있었다. 이제야 브로샤르와 한 약속을 지킬 수 있었던 것이다.

그해 가을 핸디전과 요비우마 전에서 압승을 거둔 뒤, 히토스지는 방목중 입은 상처로 인해 죽었다. 히토스지의 경력은 5전 3승, 큰 레이스에서 우승을 차지하지도, 자손을 남기지도 못했다.

히토스지가 죽고 한 달 뒤 시게루가 소집됐다. 그 뒤 그는 뉴기니에서 병사했다. 말도, 아들도 전쟁에 빼앗겼다.

쇼지로는 또다시 메구로에게 가장 알맞은 상대를 찾아 씨암 말을 사러 두 번째 유럽 여행길에 오르려 했다. 그러나 제2차 세계대전의 거센 전화戰火로 단념하는 수밖에 없었다.

1943년에 정부가 경마 중지를 발표했고 이 년 뒤 도쿄 경마장은 식량난 해소를 위해 고구마 밭이 됐다. 다른 몇몇 중소 목장과 마찬가지로 마미야 농장은 경영난에 처해 전쟁이 끝난 직후 폐쇄됐다.

쇼지로는 서러브레드 몇 두를 매각한 돈으로 목장을 '마미야 승마 클럽'으로 개조했다. 씨수말에서 은퇴한 메구로도 승마용 말 중 하나가 됐다.

전후에 결혼하면서 '다카오카 미도리'가 된 마미야 가의 마지막 자손은 내 어머니를 낳았다. 1982년 쇼지로의 죽음과 더불어 스키장에 매각될 때까지 마미야 승마 클럽은 존재했던 것 같다. 아버지와 어머니도 아마 마미야 승마 클럽에서 만났으리라.

나는 그다음을 쓰지 못했다. 쇼지로의 인생은 해피엔드였는지도 모른다. 레티시아와 달리 자신의 핏줄을 남기는 데에 성공했다. 그리고 나는 여기에 이렇게 살아 있다.

그러나 그가 인생을 건 레티시아의 새끼는 더비에서 졌다. 레이스에 지고 자손을 남기지 못했다. 이건 승리의 이야기가 아니었다.

이기고 싶었다. 그리고 히토스지의 혈통을 이은 서러브레드
가 레이스를 달리는 모습을 보고 싶었다.

이 원고를 쓴 아버지도 같은 심정이었을까.

'이루고자 했던 뜻을 단 한 번의 실패로 버려서는 안 된다'라
는 인용을, 그리고 아버지가 소유한 템페스트라는 무능한 말을
생각했다. 그 정도로 용의주도하게 죽음을 준비한 아버지가 말
에 대해 잊었을 리 없다. 그렇다면 아버지는 어떤 의도로 그 무
능한 말의 소유권을 내게 넘기려 했을까.

나는 세이와 서러브레드 클럽의 서류를 보며 템페스트의 혈
통을 다시 한번 확인했다.

거기서 레티시아의 이름을 발견하고 놀랐다. 레티시아의 새
끼는 '오무라오'라는 이름이었다.

나는 열 일 제쳐놓고 오무라오에 관해 조사했다.

요약하자면 이렇다. 히토스지는 분명히 자손을 남기지 못했
다. 그러나 군마로 팔려간 히토스지의 오빠는 만주에서 살아 돌
아왔다. 동생 히토스지가 더비에서 3위로 들어오는 활약을 한
덕에 씨수말이 되는 기회를 얻었다. 육군에게 그 이야기를 들은
히토스지의 마주 오무라 사다키는 오무라오라는 이름을 붙여주
고 교배를 시켰다. 얄궂게도 오무라오 덕분에 레티시아의 혈통

이, 쇼지로의 집념이 현대로까지 이어져 내려왔다.

쇼지로의 열의는 아버지에게 옮은 것이다. 아버지는 레티시아의 혈통을 지키기 위해 템페스트를 소유했다.

아버지는 쇼지로의 자손인 내게 레티시아의 자손인 템페스트를 남기기로 한 것이다. 그리고 그 둘을 잇는 끈으로 쇼지로의 이야기를 썼다.

히토스지는 전력으로 달렸지만 아주 약간 부족했다. 스페셜 위크는 한 차례 사람들의 기대를 저버렸다가 부활했다.

대체 어디서부터 손을 대야 할까. 머릿속이 온갖 정보와 감정으로 뒤죽박죽이었다. 나는 뭘 위해 원고를 쓰는 걸까. 스페셜 위크는 어땠나? 히토스지는? 그들은 뭘 위해 달렸나?

그들에게는 더비 상금도 승리의 영예도 관계없었다. 그들은 그저 '죽을 힘을 다해' 잔디 위를 달렸을 뿐이다. 획득한 상금도, 타이틀도, 서러브레드인 그들의 생활을 본질적인 부분에서 바꿔주지 못한다. 그저 골인 지점을 향해 달렸을 뿐.

죽을 힘을 다해. 나는 거기서 쇼지로가 낸 숙제의 답을 깨달았다.

그래. '죽을 힘을 다해'가 답이었던 것이다.

말은 초식이다. 초식동물은 언제 전력으로 달리나?

육식동물에게 쫓길 때. 다시 말해 생명의 위험을 감지할 때다. 그 외에 그들이 진심으로 달리는 순간은 없다.

경마는 인간이 멋대로 만들어낸 것이다. 말에게는 아무 상관도 없다.

한계까지 달리는 서러브레드들은 레이스에서 늘 생명의 위험을 감지하고 있다. 적어도 쇼지로는 그렇게 생각한 게 아닐까. 그렇기에 이겼어도 졌어도 늘 레이스를 마친 말에게 미안하다고 사과한 것이다.

생명의 위험을 느끼게 해서 미안하다. 그게 쇼지로가 한 말의 진의였다.

졸려야 할 텐데 머리는 맑았다. 모조리 쓰자고 생각했다. 쇼지로에 관해서도, 레티시아에 관해서도, 히토스지에 관해서도, 스페셜 위크에 관해서도.

명마들이 일제히 달려나갑니다.

머릿속으로 실황 중계를 하며 나는 원고지를 폈다.

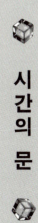

시
간
의 문

오오, 자비로운 왕이시여, 뵙게 되어 영광입니다. 저는 하제 씨의 인도를 받아 **먼 곳**에서 왔습니다. 본래는 여기서 이름을 밝혀야 하겠습니다만, 몇 날 밤에 걸쳐 이어질 이 긴 이야기는 제가 이름을 밝히는 것으로 끝납니다.

이런 업화 가운데 구태여 저를 불러내셨다는 것은 왕께 어떤 큰 숙원이 있으시다는 뜻이겠지요. 물론 모든 것을 손에 넣으신 왕의 바람을 저 따위가 어찌 알겠습니까. 아니, 어쩌면 왕께서도 모르실지 모릅니다. 오오, 용기와 지성의 왕이시여, 제 몹쓸 추측을 용서해주십시오. 왕께서 당신이 원하시는 바를 모르신다 해도 그것은 사소한 문제입니다. 왜냐하면 제가 왕께 드릴 수 있는 것은 오로지 하나뿐이기 때문입니다. 아무렴요, 비천한

저도 이 비좁고 갑갑한 지하 세계에서 '시간의 문'의 힘에 의해 왕께 드릴 수 있는 것이 있습니다. '문'은 '문'이라도 물리적인 것이 아닙니다. 어디까지나 개념적인 것입니다.

본래는 해야 할 이야기가 여럿 있겠습니다만, 이곳에는 곧 차례가 돌아올 독약도 총도 있고, 최후의 만찬 또한 이미 마치신 것 같으니 시간은 얼마 남지 않았습니다. 저는 바로 '시간의 문'을 열 진실의 이야기를 시작해야 할 테지요. 이제는 진실도 몇 개 없게 됐습니다. 이 세상은 너무나도 많은 거짓말로 가득합니다. 그중에서도 가장 큰 거짓말을 검토하는 데서부터 이야기를 시작하기로 하지요.

그 거짓말이란 '미래는 바꿀 수 있다'라는 것입니다.

저는 결정론을 이야기하는 것이 아닙니다. 세계의 운명이 미리 정해져 있든 정해져 있지 않든 어쨌거나 미래는 바꿀 수 없다는 말씀을 드리려는 것입니다. 위대하신 '주님'의 힘으로 세계의 운명이 결정되어 있다면 물론 미래를 바꾸는 것은 불가능합니다. 나아가 만약 미래가 정해져 있지 않다면 더욱 강고한 의미에서 미래를 바꿀 수 없습니다. 왜냐하면 그 경우 미래는 존재하지 않기 때문입니다. '바꾼다'는 존재하는 것을 달리한다는 뜻이지요. 신의 힘으로도, 존재하지 않는 것을 바꿀 수는 없습니다.

통찰력이 있으신 왕께서는 제가 무슨 말씀을 드리려 하는지 이미 아시겠지요. 예, 만약 바꿀 수 있는 것이 있다면 그것은 미래가 아니라 과거입니다. 과거는 이미 존재하고, 존재하는 모든 것은 바꿀 수 있습니다. 왕께 남은 미래는 얼마 안 되겠지만 그것은 문제가 아닙니다. 미래는 두려워할 대상이 못 됩니다. 세상의 진수는 과거라는 풍요로운 바다 속에 있기 때문입니다.

소중한 것을 잃은 남자의 이야기

오오, 자비로운 왕이시여. 처음 인사드린 날로부터 꽤나 시간이 떨어진 곳에 왔습니다. 오늘 밤은 왕께서 세계에게 처음으로 승리를 거두신 기념비적인 날입니다. 이 승리로 왕께서는 왕의 자격을 가진 남자에서 역사와 질서를 가진 동프랑크의 왕이 되셨습니다.

자, 오늘은 한 남자가 소중한 것을 잃은 이야기를 해드리겠습니다. 이런 지극히 경하스러운 날에 할 이야기는 아닌 것도 같습니다만, 소중한 것을 손에 넣은 지금이기에 알 수 있는 것도 있겠지요. 과거의 광대한 바다 속에 가엾은 남자도 있었던 것입니다. 부디 연민의 마음으로 들어주십시오.

그전에 먼저 중요한 이야기를 해야 합니다. 이천 년 이상 전의 일입니다. 고대 그리스의 엘레아라는 식민지에 제논이라는 남자가 있었습니다. 제논은 마흔 개에 달하는 역설을 남긴 것으로 유명합니다만, 철학자 아리스토텔레스를 통해 그중 네 개가 후세에 남았습니다. 그중 세 번째인 '화살의 역설' 이야기를 해 드리지요.

그런데 역설이란 무엇일까요. 세상에는 무수히 많은 생각이 있습니다만, 저는 이렇게 정의하고자 합니다. '그럴싸한 전제와 올바른 추론에서 상식이나 논리와는 다른 결론이 도출되는 것'입니다. 여담입니다만 이런 정의에 따르면 '시간의 문'은 그야말로 '역설'입니다.

자, 이 이야기는 그쯤 하고 제논 이야기로 돌아갈까요. 그는 한 전제를 생각했습니다. 그 전제는 '어떤 것이든 어느 순간 하나의 장소를 차지하는 경우 그것은 그곳에 머물러 있다'라는 것입니다. 어떻습니까? 올바른 추론 같지 않습니까?

거기에서 제논은 다시 생각했습니다. 화살은 날아가는 동안 어느 순간에나 어떤 하나의 장소에 머물러 있습니다. 따라서 화살은 날아가는 동안 어느 순간에나 머물러 있는 셈이 됩니다. 그리고 화살이 날아가는 시간은 순간의 축적으로 성립됩니다. 전제에서 제논이 도출한 결론은 이렇습니다.

'화살은 날아가는 동안 항상 머물러 있다.'

날아가는 화살은 각 순간에 머물러 있으며, 어느 순간에 대해서도 같은 말을 할 수 있는 이상, 날아가는 화살은 머물러 있다는 이야기가 됩니다.

오오, 자비로우신 왕이시여. 부디 그런 표정을 짓지 말아주십시오. 날아가는 화살이 머물러 있다는 것은 아닌 게 아니라 이상한 이야기입니다. 그런데 전제도 추론도 틀리지 않은 것 같지요. 이것이 바로 역설입니다. 이 역설은 어째서 도출되고 말았을까요. 무엇이 잘못됐을까요.

마케도니아의 스타게이로스에서 태어난 철학자 아리스토텔레스는 이 역설에 '시간은 순간의 축적이 아니다'라고 반박했습니다. 점을 몇 개를 모은들 선이 되지는 않는다. 그와 마찬가지로 폭이 없는 점 하나인 순간을 아무리 많이 모은들 시간이 생겨날 리 없지 않느냐고 생각한 것이지요.

어떻습니까. 옳은 반론인 것도 같습니다만.

그러나 이 그럴싸한 반론을 받아들이면 더욱 기묘한 사실이 떠오릅니다. 아리스토텔레스의 말이 맞는다면, 시간이란 순간의 축적이 아니라 폭이 있는 지속의 반복으로 성립됩니다. 그 말은 즉 우리가 '현재'라고 생각하는 시간의 어느 한 점에도 폭이 있다는 뜻입니다. '현재'에 폭이 있다는 것은 '현재'에 '과거'며 '미래'가 포함된다는 뜻이 됩니다.

우리가 사는 '현재'에 '과거'와 '미래'가 포함되어 있을까요.

어떤 의미에서는 그렇다고 말할 수도 있을 것입니다. 우리가 과거와 미래를 생각할 때 그것은 곧 현재입니다. 현재 안에 과거와 미래라는 상념이 포함되어 있다고 생각할 수도 있겠지요. 그러나 이 모순은 그런 의미가 아닙니다. 현재와 과거와 미래가 동시에 발생한다는 뜻입니다.

일단 저는 이 모순에 대해 '시간의 흐름은 존재하지 않는다'라고 대답하기로 하겠습니다. 그 대답이 무엇을 의미하며 어떻게 모순을 해결하는지는 곧 알게 되실 것입니다. 혹시 그렇게 되지 않는다면, 그것은 이 모순 자체가 마음에 걸리지 않게 되셨다는 뜻이겠지요. 그 또한 모순을 해결하는 하나의 수단입니다.

'시간의 흐름은 존재하지 않는다'라는 것이 무슨 뜻일까요.

'시간의 흐름을 상상해보십시오'라 한다면 우리는 무엇을 상상할까요. 강물의 흐름이나 시계가 움직이는 모습, 또는 인간이 성장해 늙어가는 모습일지도 모릅니다. 그렇지만 그것은 모두 특정한 물질, 공간이지 '시간의 흐름' 그 자체는 아닙니다. 그렇습니다. 우리는 물질이 변화하는 형태로만 '시간의 흐름'을 상상할 수 있습니다. 프랑스의 철학자 베르그송이 지적한 바와 같이, 우리는 물질의 변화 배후에 있는 가상의 개념을 '시간의 흐름'으로 이해하는 것입니다.

'시간의 흐름'이 가상이라면 '과거'는 어떨까요. 많은 이가 '과거'는 반드시 존재하며 불변한다고 생각합니다. 하지만 불변의 과거는 대체 어디에 존재하며 어떻게 확인해야 할까요.

저는 그것이 인간의 정신 내에 자리한다고 확신합니다. 다시 말해 '과거'란 인간이 스스로의 정신을 참조할 때 현전現前하는 가상의 존재물인 것입니다. 그리고 그 가상의 존재를 조작하는 것이 '시간의 문'입니다.

전제가 길어졌습니다. 세상의 시간으로 따지면 이미 과거가 된 시간에, 그림을 그리는 한 남자가 '시간의 문'의 힘을 원했습니다. 남자는 부모의 유산을 탕진하며 그림을 그렸습니다만 좀처럼 싹이 트지 않았습니다. 남자의 유일한 낙은 가극장에 드나드는 것이었지요. 그곳에서 오페라를 감상하는 즐거움으로 궁핍한 생활을 버텨냈습니다.

어느 날 여느 때처럼 가극장에서 오페라를 보는데, 허벅지에 액체 같은 것이 묻었습니다. 허벅지에서 이상한 냄새가 났지만 오페라가 가경에 들어선지라 소란을 피울 수 없었고 또 극장이 어둑어둑해서 무슨 일이 벌어졌는지도 알 수 없었습니다. 허둥대는 남자의 귓가에서 고통 어린 숨소리와 함께 "죄송합니다"라는 부인의 목소리가 들렸습니다. 남자는 액체가 좌석에 묻지 않도록 자세를 바꾸며 "무슨 일이신지요?" 하고 물었습니다.

"몸이 좋지 않아서……."

남자의 허벅지에 묻은 것은 부인의 토사물이었던 것입니다. 신사라는 것에 자부심이 있는 남자는 정중하게 여자를 가극장 밖으로 데리고 나갔습니다. 그 오페라는 다섯 번째 보는 것이라 줄거리도 알았고 도중에 나가도 크게 문제없겠다고 생각해서였습니다.

여자는 생각보다 젊었는데 코는 동글고 입매는 조금 비뚤어져 그리 아름답지는 않았습니다. 그런데 묘한 애교가 있어 남자의 눈에는 예뻐 보였습니다. 몸이 어지간히 좋지 않은지 아니면 남자를 신뢰하는지 여자가 몸을 기댔습니다. 남자는 여자의 허리를 부축하며 가까운 병원까지 걸어갔습니다. 도중에 여자가 토하고 싶다 했을 때는 골목으로 데려가 등을 쓸어주며 보살폈습니다. 가족이 아닌 여자의 등에 손을 댄 것은 그때가 처음이었습니다. 등은 매끄럽고 희미하게 장미 향수의 향이 났습니다. 자신의 허벅지에 질척하게 묻은 토사물도 그렇게 나쁜 냄새는 아닌 것 같았습니다.

남자는 여자를 병원에 데려다준 뒤 이름도 밝히지 않고 떠났습니다. 그것이 신사적인 행동이라고 생각했기 때문입니다. 그 날 이래로 그림을 그릴 때조차 허리를 부축하고 등을 쓸어준 여자가 생각나게 됐습니다. 여자를 그려보려 했지만, 초상화를 잘

못 그리는 탓에 그리다 만 스케치만 아틀리에에 쌓여갔습니다. 남자는 그 뒤로도 가극장에 갔습니다. 여자를 다시 만날 수 있을지 모른다는 기대와 더불어. 오페라가 시작되기 전에 객석을 둘러보고 공연중에도 어둠을 살펴봤습니다. 공연이 끝나면 막연히 가극장 앞을 걸으며 여자가 지나가기를 기다리는 것이 일과가 됐습니다. 분위기가 비슷한 여자가 지나갔을 때 남자의 가슴은 설렜습니다. 어떻게 말을 걸까, 아니면 저쪽에서 먼저 말을 걸기를 기다려야 하나, 그런 생각을 했습니다. 그러나 용기를 내서 여자의 정면에 서면 얼굴이 전혀 달랐습니다.

남자는 여자와 자신이 친밀한 관계가 되리라는 자신이 있었습니다. 여자와 자신 사이에 운명 같은 것이 느껴졌습니다. 여자와의 관계에 더욱 자신감을 갖기 위해 남자는 온갖 억지 논리를 갖다붙였습니다. 그중에는 이런 것이 있었습니다. 남녀가 친밀해지기 위해서는 서로 **속을 보여주어야 한다**고 들었다, 자신과 여자는 서로를 인식하기 전에 이미 **속을 보여주었다**. 따라서 만나기 전부터 이미 가까워질 운명이었다. 논리도, 논리에서 도출되는 결론도 잘못됐지만 사랑의 마법에 걸린 남자에게 그런 것은 문제가 되지 않았습니다.

그 뒤, 여자를 만나지 못한 채 남자의 연심은 아무도 모르게 풍화되었을까요. 아뇨, 그렇지 않습니다. 대도시에서 마침내 여자를 찾아낸 것입니다.

가극장에서 처음 만난 지 약 넉 달 뒤, 여자의 모습을 발견했습니다. 그날 남자는 유대인 미술상이 의뢰해 그린 그림을 그에게 팔았습니다. 다른 미술상이 남자를 버려도 그만은 그림을 계속 사주었습니다.

남자가 미술상의 가게에서 나오는데 그 여자가 들어가려 한 것입니다.

바로 알아챈 남자는 여러 번 상상했던 대로 자연스러운 동작으로 여자 앞에 멈춰 서서 얼굴을 확인했습니다. 지금도 잊지 못할, 기억 속 애교스러운 얼굴이 틀림없었습니다. 여자는 몸이 좋지 않았던 그날과 달리 입가에 온화한 미소를 띠고 있었습니다. 아쉽게도 여자는 남자를 알아보지 못하고 안으로 들어갔습니다.

남자가 크나큰 절망을 느낀 것은 그다음 순간이었습니다. 여자는 미술상에게 '여보'라고 말을 걸었습니다. 미술상은 '내 소중한 보물'이라는 말로 답했습니다. 하필이면 여자는 미술상의 아내였던 것입니다.

여기까지 들으면 남자가 왜 '시간의 문'의 힘을 썼는지 쉽게 상상할 수 있으시겠지요. 사랑에 빠진 남자는 상대방이 이미 다른 남자의 아내라는 사실을 알고 상처를 입었습니다. 어디에나 있는 평범한 이야기입니다.

그러나 남자는 어디에나 있는 평범한 남자가 아니었습니다. 남자는 상처를 입었지만 실연 때문만은 아니었습니다. 남자는 실연에 상처를 입고 눈물을 흘린 자기 자신의 약한 마음에 상처를 입은 것이었습니다. '시간의 문'을 찾는 이들 중 다수는 좋게 끝나지 못한 연애를 다시 시작하기를 원합니다. 그러나 남자는 달랐습니다. 여자와 관련된 과거를 모두 없던 일로 만드는 것, 그리고 자신이 그렇게 과거를 말소했다는 과거조차 없던 일로 만드는 것. 그것이 남자의 바람이었습니다.

과거의 수정에는 몇 가지 절차가 필요합니다. 절차가 많으면 그만큼 '대가'가 커집니다. '말소'에 필요한 절차의 수도 상황에 따라 달라집니다만, 남자의 경우에는 많지 않았던 덕에 대가도 그리 크지 않았습니다.

남자는 대가를 받아들이고 '시간의 문'의 힘을 썼습니다. 이렇게 해서 여자와의 과거는 말소되고 또 말소했다는 과거 자체, 다시 말해 '시간의 문'을 지났다는 과거도 말소됐습니다.

사채업자 남자와 켄타우루스의 이야기

오오, 자비로운 왕이시여, 지난번 찾아뵌 뒤로 또 여러 날이 지났습니다. 오늘은 왕께서 사랑하는 어머님을 여의신 날이지요. 왕께서는 이날부터 죽는 순간까지 한 번도 눈물을 흘리지 않으셨습니다. 저는 그것을 잘 압니다. 그와 동시에 수정과 말소로 사라져간 많은 과거 속에서 왕이 여러 번 눈물을 흘리신 것도 압니다. 사랑을 잃어, 친구에게 배신당해, 사랑했던 동물이 죽어, 또는 예술에 감동해 당신은 많은 눈물을 흘리셨습니다. 그러나 왕께서는 그 과거를 모두 바꿔버리셨습니다. 당신은 앞으로도 눈물을 계속 지우시겠지요. 약한 모습을 보일 때마다 강해졌다는 사실은, 앞으로 왕이 되실 젊은 당신의 마음 한구석에 담아두어도 되지 않을까요.

마지막으로 뵌 것이 언제였는지요.

세상의 시간으로 따지자면 대략 이십 몇 년 뒤, 당신이 첫 승리를 거둔 밤이었을 것입니다. 그렇게 말하면 지난번 뵈었던 것은 미래 같지요. 그것만으로도 '시간의 문'의 힘을 실감할 수 있지 않을까요. 그러나 '미래'란 없습니다. 이것은 과거의 이야기입니다. 지난번도, 이번도, 그 지하실에서 보낸 밤에서 보면 둘다 과거입니다.

이미 말씀드린 바와 같이 시간의 흐름이란 매우 불확실합니다. 우리는 과거라는 허상을 정신 안에 기르고 있다는 말씀은 이미 드렸지요.

정신이란 말은 몹시 추상적이니 좀 더 구체적으로 이야기할까요. 우리가 현재라고 생각하는 허상은 뇌의 오른쪽에 존재합니다. 그리고 우리가 과거라고 생각하는 허상은 뇌의 왼쪽에 존재합니다. 우리가 '시간의 문'의 힘을 써서 과거로 가는 여행을 시작하면 뇌 안에서 무슨 일이 벌어질까요.

안타깝게도 우리 뇌는 상당히 강력하게 현실을 수정합니다. 가령 눈앞에서 폭발이 일어났다 생각해볼까요. 소리가 뇌에 도달하는 시간과 빛이 뇌에 도달하는 시간은 차이가 꽤 납니다만, 뇌는 둘을 '동시'로 인식하고 실제로 우리도 그렇게 생각합니다. 이와 비슷한 일이 과거로 가는 여행에서도 벌어집니다. B라는 시점에서 A라는 사건을 개변해 A′라는 사건으로 바꾸었다고 가정합니다. 실제로 경험하는 것은 A→B→A′ 순서입니다만, 뇌의 왼쪽이 그것을 수정해 A와 A′를 같은 것으로 판단해 A′→B로 인식하는 것입니다. 그렇게 되면 우리는 과거로 여행했다는 인식을 잃고 A라는 본래의 과거를 잃게 됩니다. '시간의 문'은 강력한 편집 능력으로 특정한 과거를 손쉽게 수정할 수 있는 것입니다.

이렇게 무의식중에 시계열을 편집하는 시공의 지배자는 해마라는 부분입니다. '시간의 문'의 힘을 쓰려면 이 지배자의 수중에서 풀려나야 할 뿐 아니라 역으로 잘 이용할 수도 있어야 합니다. 해마는 성가신 적입니다. 모든 일을 멋대로 정돈하는 데다 정돈 기록을 남기지 않으니까요. 그렇지만 그 힘을 잘 유도할 수만 있다면 대단히 강력한 아군이 됩니다.

오늘 밤은 '해마'의 지배에서 놓여나 거꾸로 그것을 지배하기 위한 첫 단계를 시작하겠습니다. 먼저 말씀드려두지요. 해마는 이야기를 편집합니다. '해마'의 눈을 피하기 위해 중요한 것은 '세부細部'입니다.

어느 마을에 오펜하임이라는 사채업자 남자가 있었습니다. 오펜하임은 도시에서 사업을 해 재산을 모으고, 학생이던 아내를 만나 이윽고 결혼했습니다. 그러나 도시 생활에 정치적인 문제가 발생할 것 같아져 두 사람은 부득이 나라를 떠나 아내의 고향에서 살게 됐습니다. 오펜하임은 작은 마을에서 사채업을 하기로 했습니다. 그 마을에는 예로부터 쌍둥이 아기는 불길하다는 말이 있었습니다. 타지 사람인 오펜하임은 마을의 구전에 관해 회의적이었습니다. 쌍둥이가 불길하다는 것도 그렇지만 쌍둥이가 태어나면 상반신과 하반신을 절단해 숲 속 깊은 곳에 버리는 관습이 너무 잔인하게 느껴졌습니다. 그러나 그가 돈을 빌려주는 상대방은 다수가 마을 사람인데, 구전에 의구심을 표했다가는 고객을 잃을지도 모릅니다. 오펜하임은 잔인한 관습에 의문을 가지고 마음 아파하면서도 몇 년에 한 번 쌍둥이가 각각 절단되어 숲에 버려지는 일 자체는 못 본 척했습니다.

그런 오펜하임도 아버지가 되게 됐습니다.

예, 이야기는 왕께서 상상하시는 대로 흘러갑니다. 오펜하임의 아내는 쌍둥이를 낳았습니다. 아내의 부모는 마을의 구전을 진심으로 믿는 터라, 딸이 배 아파서 낳았는데도 갓난아기를 절단해 숲 속 깊은 곳에 버리라고 의사에게 지시했습니다. 오펜하임과 함께 아내도 반대했습니다. 도시 생활을 통해 마을의 관습이 보편적이지 않다는 것을 알고 있던 아내는 사랑하는 자식이 눈앞에서 죽는 광경을 차마 볼 수 없어 구전이 미신이라 주장했습니다.

아내의 부모는 딸과 오펜하임에게 노여워하며 '너희는 마을에 재앙을 가져올 배신자다'라 말했습니다. 욕설을 퍼부어 딸을 울리고 '너희를 이 자리에서 칼로 죽여주마'라고까지 했습니다. 이미 절단 준비를 시작한 의사는 '마을의 법에 따르지 않는다면 마을을 지키기 위해 당신들의 신변 안전을 보장할 수 없다'며 동조했습니다.

오펜하임은 고민했습니다. 아내는 충격을 받은 나머지 졸도했습니다. 갓 출산한 상황에 처음으로 부모에게 욕설을 듣고 마음에 깊은 상처를 받았겠지요. 자식까지 잃는다면 정신이 든 아내가 더 크게 상처받을 것이라고 생각해, 쌍둥이를 데리고 도망치기로 했습니다.

그러나 도망은 실패로 끝났습니다. 마을의 법은 그 정도로 중요한 의미가 있었던 것입니다.

오펜하임을 발견한 마을 주민은 그의 품에서 쌍둥이를 빼앗아 순식간에 절단했습니다. 오펜하임은 '배신자'라는 낙인이 찍혔지만 이럭저럭 목숨만은 부지했습니다.

오펜하임이 할 수 있는 일은 아무것도 없었습니다. 쌍둥이는 이미 죽었습니다. 아내의 부모를, 마을 주민을 원망했지만 아이들은 이제 돌아오지 않습니다. 오펜하임은 쌍둥이의 시체가 버려진 장소에 무덤을 만들고는 아내와 함께 마을을 떠나 다시 도시로 돌아갔습니다. 도시 생활은 전보다 더 갑갑했지만, 갑갑함은 마음의 평온에 댈 것이 아니지요. 마을로는 일 년에 한 번 쌍둥이의 기일에만 돌아갔습니다. 그는 일을 쉬고 숲 속 깊은 곳의 무덤으로 가 자신의 죄를 회개했습니다.

삼 년이 지났습니다. 쌍둥이를 잃은 뒤로 아내와의 관계가 완전히 회복되지는 않았지만, 일상은 서서히 평온을 되찾고 절망과 슬픔의 심연에서 돌아오고 있었습니다. 그런 가운데 두 사람에게 새로 아이가 생겼습니다. 이번에는 쌍둥이가 아니었습니다. 생활은 바쁘고 새 생명도 사랑해야 합니다. 오펜하임은 언제까지고 과거에 얽매여 있을 수 없다고 생각하게 됐습니다.

'시간의 문'의 힘에 관해 알게 된 것은 그때였습니다. 그와 그의 아내는 당연히 쌍둥이가 죽기 전으로 돌아갈 생각을 했습니다. 하지만 그렇게 되면 지금 배 속에 있는 생명을 없애는 일이 됩니다. 어떻게 해도 세 아이를 모두 구할 수 없습니다. 그들은 생각한 끝에 쌍둥이가 절단된 과거를 '말소'하기로 했습니다. '대가'는 컸지만 말소는 성공했습니다. 이렇게 해서 그들은 가슴에 깊이 박혀 있던 가시와 더불어 아내의 고향에서 잃은 두 생명에 관한 과거를 없앴습니다.

삼 주기가 다가오면서 오펜하임은 가슴에 뭔가 텅 빈 구멍이 있는 느낌이 들었습니다. 과거는 복잡하게 뒤엉켜 서로가 서로의 과거를 지탱해줍니다. 말소는 완벽하지 않았던 것입니다. 아닌 게 아니라 쌍둥이의 과거는 말소됐지만, 아내의 고향에 살았을 때 있었던 일, 고향에 염증을 느끼고 도시로 돌아온 일을 잊은 것은 아니었습니다. 어떤 이유로 매년 깊은 숲 속 무덤을 찾아갔던 것도 기억하고 있었습니다.

오펜하임은 뭔가에 이끌리듯 기일 전에 도시를 출발했습니다. 근처 마을까지 가 저물녘에 숲으로 향해 무덤 앞에서 평소보다 정성 들여 '주님'에게 기도했습니다.

밤이 이슥해져 두 자루의 초가 그림자를 드리우고 있었습니다. 오펜하임은 자신이 왜 기도를 드리는지도 모릅니다. 뭔가 중요한 것을 잊었다는 느낌만 어둠 속을 떠돌았습니다.

그때 오펜하임은 '그것'을 봤습니다.

촛불 뒤로 반인반수의 환영이 보였습니다. 오펜하임은 그것을 자기 마음 속의 텅 빈 구멍과 하늘에 빛나는 켄타우루스자리가 보여준 착각이라 생각해 눈을 감고 다시 기도했습니다.

그런데 눈을 감아도 환영은 사라지지 않았습니다.

반인반수의 환영은 오펜하임의 마음에 자리한 텅 빈 구멍과 관계있는 듯했습니다. 하지만 말소를 끝낸 그는 그 구멍이 무엇인지 알지 못합니다. 그는 반인반수의 환영에 손을 뻗었습니다.

갑작스럽지만 이야기는 이것으로 끝입니다. 외람되오나 왕께 질문을 하나 드리고자 하기 때문입니다.

오펜하임이 환영을 본 다음 날은 1932년 7월 31일이었습니다. 그날 독일 국가의회 선거에서 그는 나치당에 투표했을까요?

모든 싸움에 승리한 남자와 계속 잃은 남자

저는 또다시 창이 없는 지하실에 왔습니다. 이 작은 회의실은 늘 습하고 어두침침한데도 태양을 보고 싶다고 말하는 이가 아무도 없다는 것이 이상합니다. 제게 시간이란 허상에 불과하며 신뢰할 수 있는 것은 변함없이 내리쬐는 태양의 빛뿐입니다. 그렇기에 이처럼 아침도 밤도 없는 닫힌 방에서는 자신이 어디에 있는지 기준이 되어줄 기반을 잃어, 몽롱한 나락 속에 있는 것처럼 느껴집니다.

솔직하게 말씀드리지요.

이곳은 이야기에 적합하지 않습니다. 예, 햇빛이 없다는 것은 부차적인 이유입니다. 그보다 이곳에는 다수의 남녀가 있으며 평정을 잃은 이도, 침착한 이도 있다는 것이 문제입니다. 물론 그들의 존재가, 혹은 그들의 목소리며 호흡이 제 이야기를 방해한다는 말씀이 아닙니다. 제가 염려하는 것은, 당신이 그들을 만나 함께 보낸 나날이 영원으로도 찰나로도 느껴져 혼란이라는 형태로 '현재'에 영향을 미친다는 점입니다. 그 때문에 당신의 마음에는 항상 하나의 물음이 남을 테지요. 그 물음이란 영원과 찰나는 어떻게 구별되는가 하는 것입니다. 당신은 해답에 가까이 가고 있습니다. 그 해답이 이미 얻은 것인지 앞으로 얻게 될 것인지는 오늘 밤 이야기를 들으면 알게 될 것입니다.

전에 이곳에서 뵈었을 때는 이미 최후의 만찬도 마치신 뒤라 시간이 거의 없었지만, 오늘 밤은 조금 여유가 있습니다. 차분히 이야기하는 것도 가능하겠지요.

먼저 '시간의 문' 이야기를 조금 해볼까요.

자신의 방을 붉게 만들고 싶다면 어떤 수단을 쓸 수 있을까요. 첫째는 방을 붉게 칠하는 것입니다. 가장 평이하고 확실한 수단입니다. 그러나 시간이 걸리고 노력도 든다는 난점이 있습니다. 둘째는 방의 조명에 붉은 불투명 유리를 씌우는 것입니다. 첫째에 비하면 시간도 걸리지 않고 노력도 거의 들지 않습니다. 하지만 첫째와 마찬가지로 도구가 필요합니다.

셋째는 자신의 안구를 짜부라뜨려 피로 시야를 붉게 물들이는 방법입니다. 이것은 도구도 필요 없고 시간도 들지 않습니다. 다만 방뿐 아니라 모든 게 붉게 물든다는 것이 최대의 난점입니다.

사실은 '시간의 문'으로 과거를 바꿀 때의 수단에 관해서도 '붉은 방'과 같은 말을 할 수 있습니다. 다양한 도구를 준비해 과거를 꼼꼼하게 새 칠로 덮어버린다는 수단은 첫째에 해당됩니다. 특수한 장치로 과거를 변경한다는 수단은 둘째이지요. 시간도 걸리지 않고 도구도 필요하지 않은 채 현재와 미래를 포함해 모든 것을 바꾼다는 것이 셋째 수단입니다. 셋째 수단은 순수하게 뇌의 조작에 의한 것입니다. '현재'를 느끼는 우뇌의 기능과 과거를 정리하는 해마의 기능을 완전히 재편함으로써 과거와 미래의 경계뿐 아니라 과거와 과거의 경계도 무너뜨립니다. 그것이 무슨 뜻일까요. 우리는 과거가 순서대로 존재하고 과거의 연장선상에 현재가 위치한다고 생각합니다. 순서를 정리하는 기능을 변경함으로써 미래가 과거로 느껴지고 과거가 미래로 느껴지는 것입니다. 안구를 뭉개 시야를 붉게 물들인 것처럼 불가역적으로 영구히 불안정한 시공 속을 떠돌게 됩니다.

이제 '오펜하임은 나치당에 투표했나'라는 질문의 답을 맞춰볼까요. 그 뒤로 세상의 시간으로 따지면 아마 삼십 수 년이 지났을 테지만 왕께는 한순간이었겠지요. 어떤 질문이었는지 똑똑히 기억하실 것입니다.

절망과 공포로 인해 오펜하임은 반인반수의 환영을 본 다음 날 투표하지 못했을 것이라는 답은 억측에 불과합니다. 오펜하임은 아닌 게 아니라 환영을 볼 만큼 초췌해져 있었지만, 과거를 말소함으로써 얻게 된 강한 의지로 투표할 수 있었을지도 모릅니다.

오오, 자비로운 왕이시여, 그런 표정을 짓지 마십시오. 당신이 무엇을 알고 계시는지, 무엇을 알지 못하시는지 저는 다 압니다. 현왕賢王이시니 오펜하임이라는 이름과 대금업자라는 직업, 두 자루 초를 이용한 사바스의 의식 등으로 남자가 유대인이라고 예측하셨겠지요. 유대인이 나치당에 투표할 리 없다고 생각하셨을 것입니다.

그러나 이 답에도 문제가 있습니다. 먼저 오펜하임이 유대인이라는 것은 억측에 불과합니다. 뿐만 아니라 유대인이 나치당에 투표하지 않으리라는 법은 없습니다. 흔치는 않았겠지만 있을 수 없는 일이라 단언하지는 못할 것입니다. 억측에 억측을 거듭하면 현실은 멀리 안개 속으로 사라지고 맙니다.

제 질문에는 확실하게 단언할 수 있는 해답이 있습니다.

남자는 선거일 전날 켄타우루스자리를 봤습니다. 켄타우루스자리는 남반구에서만 볼 수 있습니다. 다시 말해 아내의 고향은 남반구에 있었다는 뜻입니다. 제1차 세계대전에서 패배한 독일은 남반구에 영토가 없었고, 1932년 단계에 남반구에서 독일 본토로 하루 만에 돌아갈 수 있는 수단은 없었습니다. 바꿔 말하면 오펜하임이 나치당에 투표하는 것은 불가능했습니다. 아내의 고향이 남반구에 있었다는 사실에서 여러 억측을 할 수 있겠지만 모두 관계없습니다. 나아가 그 이야기가 시사하는 교훈과 물음 자체도 관계가 없습니다.

제가 이 질문을 드린 것은 세부가 무엇보다도 중요하다는 것을 왕께 알려드리기 위해서입니다.

나아가 세부를 주의 깊게 고찰하면, 양초를 이용한 의식이 유대교 것이 아니라는 사실도 아시리라 생각합니다. 왜냐하면 1932년 7월 31일은 일요일, 그 전날은 토요일입니다. 경건한 유대교 신자가 토요일에 안식일 의식을 올리지는 않을 테지요. 실제로 오펜하임은 개명을 하지 않았을 뿐인 개종자였습니다. 아내를 만나면서 유대교를 버린 것입니다.

사족이군요. 그런 일은 아무래도 상관없지요. 모두 질문과는 관계없는 이야기입니다. 제가 말씀드리려는 요점은, 이야기를 뒷받침하는 배경이 늘 알기 쉬운 위치에 있다는 법은 없다는 것입니다. '시간의 문'에 관한 한, 과거가 바뀐 것도, 과거를 바꾸었다는 사실도 배경이 아닙니다.

배경은 세부에 깃듭니다. 그리고 그 세부가 과거를 바꾼 이의 마음에 상처를 주는 것입니다.

그것이 바로 제가 거듭해서 말씀드리는 '대가'입니다.

오오, 자비로운 왕이시여. 왕께서 왕이 되신 뒤로는 늘 시간이 없었습니다. 왕께 시간이 있었을 때는 지위가 없었습니다. 과거를 바꾼 왕이시여. 세부에 상처를 입고 '대가'로 인해 고통받은 왕이시여. 저는 당신의 강함에, 또는 약함에, 당신의 강함과 약함이 저지른 크나큰 죄에, 그 죄를 지우느라 발생한 무수한 세부의 모순에 눈물마저 나려 합니다. 당신이 버린 세계를 구석구석까지 사랑하고 언제까지고 눈물을 흘리고 싶습니다. 그러나 당신의 위대한 지위로도, 또는 '시간의 문'의 힘으로도 '속도'를 바꿀 수 없는 것이 존재합니다. 아시다시피 세상에 존재하는 모든 것에는 속도가 있습니다. 제논의 이야기를 다시 꺼내려는 것은 아니지만, 머물러 있는 것에도 '0'이라는 속도가 존재합니다. 존재하는 것은 바꿀 수 있습니다. 그러나 속도를 바꿀 수 없는 것도 있습니다.

그것은 '시간'입니다. 일 초는 반드시 일 초 걸립니다. 어리석은 말씀을 드리는 것 같지만 그 사실을 잊어선 안 됩니다. 일 초 동안 이 초가 경과하는 일은 있을 수 없습니다. 당신은 죽음을 눈앞에 둔 짧은 축복의 시간을 언제까지고 지내고 싶다 생각하실지도 모릅니다. 그러나 '시간의 문'은 당신의 시간을 늘려주지 못합니다. '시간의 문'이 할 수 있는 일은, 시간이라는 허상을 어지럽혀 당신을 무한한 과거 속으로 보내는 것, 그저 그것뿐입니다.

쓸데없는 이야기가 너무 길었군요. 제가 드리려는 말씀은 시간은 유한하며 유한한 시간의 속도를 바꿀 수 없다는 것입니다.

오늘 밤 드릴 것은 두 남자의 이야기입니다. 하나는 승리에 사로잡힌 남자, 또 하나는 계속해서 잃기만 한 남자입니다.

승리에 사로잡힌 사람은 그림을 그리던 남자입니다.

과거에 화가였던 남자는 정치가가 되고자 했습니다. 그림을 그리는 재능은 없었지만 연설하는 능력은 있었고, '시간의 문' 덕에 온갖 잘못된 선택을 그것이 유일한 정답이라 의심하지 않고 믿을 수 있었습니다. 남자는 한 차례 쿠데타에 실패해 교도소에 들어갔지만, 그 과거를 말소하려 하지는 않았습니다. 대신 화가로서 실패한 자신의 과거를 수정해 교육 제도 탓으로 돌리기로 했습니다. 교도소에서 돌아온 남자는 첫 승리를 거두어 왕이 됐고, 권력을 강화해 생존 범위를 확대하기 위해 진격과 합병을 계속했습니다. 그리고 그것은 전쟁이 됐습니다.

왕께서도 아시겠지만 전쟁이 승리와 패배, 이렇게 둘로 나뉜다는 생각은 환상에 불과합니다. 쌍방이 납득하는 형태로 승리와 패배를 선언하는 심판은 세상에 존재하지 않기 때문입니다.

남자는 그것을 잘 알고 있었습니다. '시간의 문'의 힘을 써서 패배를 승리로 바꾸고 존재하지 않았던 음모를 만들어내 자신에게 불리한 현실을 말소했습니다. 그 수법에 한계가 닥치면 과거를 보는 '눈' 자체를 바꾸었습니다. 그 눈으로 보면 패배가 승리로 보입니다. 실패가 성공으로 보이고 그릇된 주장이 옳게 느껴집니다. 그러나 '눈'을 조작하는 것에도 한계가 있었습니다.

남자는 마지막으로 '해석'을 바꾸었습니다. 전쟁터에서의 '승리'라는 목적은 보다 숭고한 '최종적 승리(엔트지크)'의 일부분으로 바뀌어 결국에는 '마지막까지 싸우는' 것 자체가 목적이 됐습니다. 실패는 부하나 다른 민족 탓이고 옳은 것은 항상 자신이라고 느꼈습니다. 그런 생각과 모순되는 과거는 모두 말소하거나 개변했습니다. 이렇게 해서 남자는 '시간의 문'의 힘을 써서 마지막 순간까지 계속해서 승리했습니다.

또 하나, 계속해서 잃은 남자의 이야기를 하지요.

남자는 정부 탓에 사업을 할 수 없게 됐습니다. 하는 수 없이 다른 도시에서 새 사업을 시작했는데 이것도 잘되지 않았고, 친구 소개로 들어간 공직에서도 새로운 법률 탓에 해고됐습니다. 아이는 학교에서 퇴학당하고, 운전면허를 박탈당했을 뿐 아니라 차도 빼앗겼습니다. 전쟁이 시작된 뒤로 형과 함께 부득이 외국으로 이주해야 했으나, 그곳 게토에 유행한 전염병으로 형이 죽었습니다. 형이 죽었을 무렵 '학살'이 시작됐습니다. 추방에도 한계가 닥쳐, 받아주는 곳을 찾지 못한 유대인을 몰살하기 시작한 것입니다.

그래도 남자는 희망을 잃지 않았습니다. 아직 아내도, 아이도 있었습니다. 전쟁은 모두 '승리'였지만 서서히 분위기가 바뀌기 시작했습니다. 그래도 정부는 '유대인의 멸종'이라는 '최종 계획'을 위해 학살을 계속했습니다. 남자는 이미 개종했는데도 그런 주장은 받아들여지지 않았습니다.

마침내 남자의 아이가 죽었습니다. 절망한 남자의 아내는 목을 매어 자살했습니다.

도망조차 칠 수 없었던 남자는 '시간의 문'의 힘에 의지하기로 했습니다. 과거를 바꿔 현재를 바꾸고 미래를 만들어내기 위해서입니다.

그러나 이 개변은 실연의 과거를 말소하는 것 같은 단순한 일이 아닙니다. 남자가 처한 상황에서 과거를 바꾸는 것에 '시간의 문'은 많은 '대가'를 요구했습니다.

'전쟁'이나 '정부' 같은 과거를 바꾸는 것은 간단한 일이 아닙니다. 여러 다양한 과거와 엮여 있기에 하나의 과거에서 '전쟁'이나 '정부'를 말소하면 연쇄적으로 다른 과거, 그리고 무수한 세부와 부정합을 일으킵니다. 왜 게토에서 생활해야 했을까요. 아들은 왜 죽었을까요. '아들이 죽었다'라는 과거를 바꿔도 비슷한 일이 발생합니다. 아내는 왜 자살했을까요. 아내가 자살했다는 과거를 바꾸면 남자 곁에 아내가 없다는 것, 미래에도 줄곧 아내가 없다는 것을 설명할 수 없습니다.

과거를 바꾸기 위해 '시간의 문'은 안구를 짜부라뜨릴 것, 다시 말해 '현재'를 말소할 것을 요구했습니다. '현재'를 감지하는 원흉인 우뇌의 처리를 중단하고 과거를 관장하는 해마에게 기능의 일부를 넘기라는 것입니다. 그런 일을 하는 데 대한 '대가'는 얼마나 클까요. 시계열이 어지럽혀져 무질서한 과거의 바다를 영원히 떠돌게 될 것입니다. 하지만 남자는 그것을 선택해 시간과 공간의 구별이 없는 무한 속에 살아가기로 했습니다.

남자의 '시간의 흐름'은 소멸했습니다.

미래도 과거도 없습니다. 어느 시간, 어느 장소에나 마음대로 나타났다 마음대로 사라질 수 있습니다. 행복과 절망이 한데 섞여 분간도 할 수 없습니다.

오오, 자비로운 왕이시여. 아니면 나의 총통(마인 퓌러)이라 불러야 할까요. 이미 소련의 적군赤軍이 베를린 지상에 육박한 지금, 당신에게 남은 시간은 이제 얼마 없습니다. 그렇기에 당신은 시간을 거슬러 올라가려 했겠지요.

계속해서 잃기만 한 남자란 바로 저입니다. 마지막까지 승리를 추구한 당신도 이 무한한 과거의 바다를 떠돌게 될 것입니다. 가극장에서 만난 여자를 사랑하게 된 남자가 여자의 기억과 실연에 눈물 흘린 기억을 지우고 나자, 강한 정신과 여자의 남편인 유대인에 대한 증오만 남았습니다. 남자는 자신의 약함에 직면할 때마다 과거를 바꾸고, 바뀐 과거의 모순을 해소하기 위해 과격한 사상을 만들어냈습니다. 그 사상이 제 아들과 아내를 앗아간 것입니다.

알겠습니까? 당신이 제 아내를 빼앗았습니다.

제가 당신을 처음 만났을 때 당신은 언변만 좋은 별 볼 일 없는 화가였습니다. 그래도 저는 당신의 그림을 샀습니다. 가족을 잃은 당신이 딱했기 때문입니다. 당신의 그림은 조금도 팔리지 않았지만 그래도 상관없었습니다. 저는 당신을 위해 그림을 샀기 때문입니다. 물론 당신이 제 아내를 사랑했다는 것도, 강함을 얻기 위해 과거를 말소했다는 것도 몰랐습니다. 하지만 그것이 간접적으로 제가 모든 것을 잃은 원인 중 하나가 되다니 이얼마나 얄궂은 일인지요.

오오, 가공할 '시간의 문'이여.

저는 지금 한 남자에게 복수하고 있습니다. 복수는 완벽하게 성공한 것 같습니다.

'시간의 문'이 제게 요구한 '대가'는 너무나도 컸습니다. 저는 이제 죽지도 못합니다.

제발 저에게서 복수마저 앗아가지 마십시오. 이 이야기도 제 뇌가 만들어낸 허상이라 할 생각은 마십시오. 저는 한 남자의 '시간의 문'을 연 것입니다. 남자는 자신이 준비한 독약도 총도 쓰지 못하고 시간이 존재하지 않는 '영원한 승리'라는 과거의 바다에서 살아가게 될 것입니다.

오오, 자비로운 왕이시여. 당신은 이제 이 세상에서 도망치는 것조차 허락되지 않습니다. 왜냐하면 제 이야기를 들은 당신은 시간의 개념 자체가 바뀌었기 때문입니다. 당신을 붙들어 매는 허상인 '시간의 흐름'은 이미 소멸했습니다. 이 이야기를 말소하는 것도 이제 불가능합니다. 중요한 것은 이야기의 골격이 아니기 때문입니다. 앞으로 영원히 이 이야기에 장치한 무수한 세부가 당신의 과거에 상처를 입힐 것입니다. 그리고 제 이야기가 끝난다는 것은 '시간의 문'이 완전히 열렸다는 것을 의미합니다.

이야기를 끝내지 말라고 하신들 소용없습니다. 제가 할 이야기는 이제 하나뿐입니다.

자, 이야기를 끝맺을까요.

모든 것을 확신하고 영원한 승리를 받아들이신 왕께 제 이름을 가르쳐드리겠습니다. 제 이름은 오펜하임입니다. 앞으로 영원히 잘 부탁드립니다.

무지카 문다나

1. 델카바오

배가 물빛 여울에 들어서니 그제야 델카바오 섬의 전경이 보였다. 작은 섬이라는 것은 알고 있었다. 바다를 따라 주민들의 고상高床 가옥이 늘어서 있는데, 어느 집이나 색색으로 벽을 칠했다. 집들 뒤로 맹그로브 숲이 보이고, 근처 붉은 집의 작은 창으로 내다보던 아이가 손가락으로 가리키며 뭐라 말했다.

"이름을 듣지 못했군."

배를 운전하는 남자가 유창한 영어로 말하고는 "난 롭이야"라며 손을 내밀었다.

"다이가." 나도 손을 내밀어 악수했다.

"다이가?"

"그래."

롭은 "좋은 이름인데"라며 웃고는 서쪽 해변을 가리켰다. "모 래사장이야. 지금은 만조 때가 돼서 좁지만 밤이 되면 꽤 넓어 지지."

롭의 말에는 모두 명확한 음계가 있었다. 꼭 노래하는 것 같 다. 그렇게 말하자 롭은 "말이나 음악이나 똑같아"라고 했다. "하 나하나가 합쳐서 의미가 생겨나거든."

"동감이야." 나는 고개를 끄덕였다.

롭은 열두 살 때 섬을 떠나 루테아족이기를 그만두었다고 했 다. 기본적으로는 돈을 써서 뭔가 산 순간 부족민 자격을 잃는 모양이다. 롭은 가까운 큰 섬에서 처음으로 버스를 탔다고 한 다. "버스 요금을 낼 때 얼마나 긴장했는지. 이걸로 끝이구나 싶 어서."

"버스는 왜?"

"다양한 엔진의 멜로디를 들어보고 싶었어." 롭은 말했다. "섬 에선 발전기나 배 엔진 소리밖에 들어본 적이 없어서 말이지. 난 엔진의 멜로디를 좋아했거든."

"버스 요금은 어떻게 벌었고?"

"섬에서 건어물을 훔쳐다 팔았지."

"그래서 어땠어? 버스 소리는."

"지루하더라고. 기대했던 멜로디는 없었어."

영어는 근처 큰 섬에서 배웠다고 한다. 지금은 이렇게 관광객이나 학자를 상대로 통역을 해주며 돈을 버는 모양이다. 작은 집이 있는 것 같고 이 배도 롭의 소유다. 루테아족의 말과 영어를 둘 다 유창하게 할 수 있는 사람은 세계에서 롭 하나뿐이다.

배 엔진이 꺼지고 선두에 선 롭이 큰 장대를 저어 섬으로 다가갔다. 해변에 작은 배 몇 척이 정박해 있었다. 그 배들을 능숙하게 피하며 배는 해안으로 천천히 나아갔다. 파도 소리에 섞여 멀리서 바이올린 소리 같은 것이 들렸다. 만지아다.

"기계는 없지?" 롭이 물었다. 나는 "물론"이라며 고개를 끄덕였다. 출항 전 검역 때 기계류는 모두 맡겼고, 부정한 방법으로 반입할 경우 필리핀 정부의 법률에 저촉된다는 설명도 들었다.

델카바오 섬은 독자적인 문화를 지키기 위해 엄격한 규정을 적용하지만 절해고도는 아니었다. 큰 건물이 늘어선 세부 시까지 배로 세 시간 반 정도 거리다. 외양을 지나는지라 우리가 탄 작은 배로는 세부 시까지 직접 갈 수 없다고 들었지만, 가까운 큰 섬에 정기선이 하루 두 차례 다니고 마닐라까지 가는 고속선도 있다.

물보라가 일었다. 물방울이 햇빛을 반사하고 바다가 하얗게 빛났다. 오른편에 산호초가 펼쳐진 모래사장이 보였다.

"델카바오는 작은 섬이야. 동서로 걸어서 십오 분, 남북이 십

분. 한 시간이면 섬을 일주할 수 있지."

이 섬에는 오백 명쯤 되는 루테아족이 산다. 주민은 기본적으로 자급자족 생활을 한다. 고기를 잡고 수예품을 만들고 **재산**을 만든다.

배가 멈춰 섰다. 롭은 닻을 내리고 로프로 나무와 배를 단단히 묶은 다음 "출장소는 이쪽이야"라며 섬 안으로 들어갔다. 나도 상륙해 롭을 따라갔다.

해변에서 '싸움의 숲'이라 불리는 나무들 사이를 지났다. 야자나무 외에 뭔가 활엽수도 자라지만, 숲이라 하기에는 규모가 작고 햇빛은 가차 없이 내리쬐었다.

티셔츠와 반바지 차림의 남자애가 쭈그리고 앉아 땅바닥을 보며 뭐라 흥얼거리고 있었다. 나는 아까 배에서 롭이 가르쳐준 대로 "하자오"라고 말해봤다. '어이'와 '안녕하세요'와 '고맙습니다'와 '사랑해요'를 겸하지만 그중 어느 것도 아닌 말이라고 한다. 남자애는 의아스레 나를 흘낏 보더니 "마이아, 라이아" 하고 노래 같은 말을 세 번 반복했다. 그때 다른 여자애가 오더니 더 복잡한 말을 했다. 두 사람은 내가 그 자리에 없는 양 현지 말로 대화를 나누며 곁을 지나 달려갔다.

항구는 섬 남쪽에 있었는데 작은 섬이다 보니 북동쪽 끝에 위치한 사무소까지 금세 갔다. 전통적인 니파야자 지붕에, 건물 중앙은 천장까지 통하는 구조고, 해먹 뒤로 팔 인용 테이블이 놓여 있었다. 테이블 뒤로 모래사장이 펼쳐졌다.

"거기 앉아서 기다려."

롭은 그렇게 말하고는 어디론가 가버렸다. 곧 '오피스'라는 패가 걸린 문이 열리고 남자가 나와 영어로 "헬로"라고 말했다. "저는 정부 직원인 캠니입니다. 성함이?"

"다카하시입니다. 다카하시 다이가."

사무소는 필리핀 정부가 마련한, 파출소와 게스트하우스를 합친 듯한 장소였다. 캠니는 내 여권을 확인하고 흰 종이에 서명한 뒤 서류 다발을 내밀었다.

"델카바오 섬의 규칙을 모아놓은 책자입니다. 특히 주의할 점을 간단히 설명하겠습니다. 첫째, 큰 소리로 소란을 피우지 마십시오. 또 소리 등에 대해 섬 주민이 싫어하는 내색을 보이면 되도록 따라주십시오. 둘째, 물이 매우 귀하니 샤워는 하루에 한 번만 하십시오. 온수는 안 나옵니다. 셋째, 화장실은 재래식입니다. 주민은 화장실을 잘 쓰지 않습니다만, 게스트는 위생상 화장실을 사용해주십시오."

캠니는 내 방의 위치를 설명하고 여권과 귀중품을 보관해준 뒤, 나를 섬 남쪽 오두막으로 안내하고 사무소로 돌아갔다. 작은 오두막은 주민이 살고 있는 것과 똑같이 대를 쪼개 엮은 고상 가옥이었다. 중앙에 놓인 침대에 모기장이 있고, 통풍이 되도록 커다란 창 두 개가 나 있었다. 물론 전기는 없고 문도 잠글 수 없었다.

나는 짐을 놓고 바로 광장으로 갔다. 광장에서 중년 남자가 큰 갯가재며 바닷가재를 굽고 있었다. 젊은이가 남자에게 다가가 노래를 불렀다. 남자가 "미야스, 모이바"라고 답하자, 젊은이는 팔짱을 끼더니 즉흥으로 다른 노래를 부르기 시작했다. 거래가 성립됐는지 젊은이는 갯가재를 손에 넣어 베어 물었다.

"먹고 싶으면 자네도 노래하라고."

뒤에서 누가 말했다. 롭이었다.

"'미야스, 모이바'가 무슨 뜻이지?"

루테아족의 언어는 타갈로그어와 비슷해 문법은 거의 동일하다는데 어휘가 극단적으로 적다고 한다.

"'그건 내가 소유하는 곡이다'란 의미려나. 거래에 쓸 수 없는 노래일 때 하는 말이야."

"그렇군." 나는 고개를 끄덕였다.

"작년에 온 영국인은 롤링스톤스로 해산물을 잔뜩 벌었지."

"그런 건 좀 반칙 아닌가?"

"상관없어. 영국인은 이미 대가를 치르고 롤링스톤스를 소유한 셈이니까. 그 노래를 어떻게 사용하든지 그 사람 마음이야."

"그렇지만 그 사람이 작곡한 게 아니잖아." 나는 반박했다.

"누가 만든 곡인지는 별로 문제가 안 돼." 롭이 말했다. "음악이 거기에 있다는 게 제일 중요한 거야."

그런가, 하고 나는 납득할 뻔했다. 바흐의 음악에는 그게 바흐의 것이든 누구 것이든 듣는 이를 감동시키는 힘이 있다.

"다이가, 자네는 이 섬에 뭘 하러 온 거지?"

"어떤 음악을 들으러."

"어떤 음악인데?"

"이 섬에서 가장 유복한 남자가 **소유**하고 지금까지 한 번도 연주된 적이 없다는, 역사상 가장 가치 있는 음악이야."

"듣게 되면 좋겠군." 롭이 웃었다.

2. 도쿄

바흐의 〈평균율 클라비어곡집 제2권〉에 음정이 어긋난 삐 소리가 섞였다. 시속 100킬로미터를 넘었을 때 차내에 울리는 경고음이었다. 묘하게 리듬이 맞은 탓에 경고음이 악곡에 참가하려는 것처럼 들려 불쾌했다. 저물녘의 도메이 고속도로는 한산했지만 나는 경고음으로부터 달아나려 액셀에서 발을 뗐다. 추월선의 흐름을 타면 좀 더 빨리 돌아갈 수 있을 것이다. 나오는 '일찍 와라'라고 엄명했지만, 나는 망가진 것 같은 경고음을 견디지 못해 시속 90킬로미터를 유지하며 주행선을 느긋하게 달리기로 했다.

뒷좌석 가득 촬영 기재를 실은 탓도 있을 것이다. 강풍에 균형을 잃고 스물 몇 살 먹은 코롤라가 크게 흔들렸다. 차체가 분해되는 게 아닐까 싶을 정도였다. 내 차는 수리하러 보내고 없어서 하는 수 없이 어머니 차를 빌렸다. 연비는 나쁘고 가속도 느리다. 핸들은 우주선 해치처럼 무겁다. 무엇보다도 큰 문제는 오른쪽으로 핸들을 꺾었을 때 반동으로 대시보드의 글러브박스가 멋대로 열린다는 것이었다. 나는 몇 차례 왼손을 뻗어 조수석의 글러브박스를 닫았다. 옛날에 어머니가 운전석에서 그렇게 왼손을 뻗던 게 문득 생각났다.

오늘 촬영은 대학 취주악부였다. 모차르트의 〈마술 피리〉를 빼면 대체로 평범한 선곡이었다. 〈스타워즈〉〈싱 싱 싱〉, 디즈니에 홀스트까지. 취주악 경험은 없지만 어느 타이밍에 어느 악기 파트가 시작되는지 대략 알 수 있다. 악곡에는 스토리가 있는 터라 스토리를 예측하면 된다. 금관 파트가 시작될 것 같으면 카메라를 미리 금관 쪽으로 향해둔다. 주역이 빛나는 순간을 확실하게 잡아야 한다.

콘트라베이스 여학생이 어째선지 내내 카메라와 눈을 맞추고 있었던 것, 튜바 남학생의 가슴에 소스가 묻어 있었던 게 마음에 걸렸지만, 촬영 자체는 문제없었다. 솔직히 말해 오늘 중으로 영상 편집 작업을 끝내고 싶지만 아마 안 될 것이다. 돌아가면 케이크가 기다리고 있다. 내 생일 케이크다.

내가 태어난 날, 행성 탐사선 보이저 2호가 해왕성을 통과했다. 그리고 스물세 살 되는 생일에 보이저 1호는 태양계에서 이탈했다. 오늘 〈마술 피리〉가 연주됐다는 사실에 묘한 우연을 느끼지 않을 수 없었다.

〈마술 피리〉와 〈평균율 클라비어곡집 제2권〉은 보이저를 타고 태양계 밖, 여기서 200억 킬로미터 가까이 떨어진 우주를 여행하고 있다. 1977년 발사된 보이저에 레코드를 실은 것이다. '골든 레코드'라고 불리는 음반에는 지구와 인류를 나타내는 영상과 동물 울음소리, 다양한 언어의 인사말 등과 더불어 구십 분간의 음악이 수록되었는데, 그중에 〈마술 피리〉와 〈평균율 클라비어곡집 제2권〉도 있다. 골든 레코드의 역할은 단순했다. 태양계 밖을 여행하는 보이저를 외계 생명체가 주웠을 때 그들에게 지구의 문화를 전달하는 것이다.

외계인이 음악을 이해할 수 있을까. 아니, 그들에게 청각이 있긴 할까. 보이저에 골든 레코드를 싣자고 제안한 사람들은 음악에 문화를 초월하는 어떤 보편성이 있지 않을까 생각했을 것이다. 어쩌면 음악이란 우주 그 자체라는 고대 그리스 이래의 사상을 지지했을지도 모른다.

과거에 내게 음악은 우주였다. 처음에는 끝없이 계속되는 공포의 우주로 나타나더니, 다음에는 세계의 모든 것으로서의 우주가 나타났다. 지금은 어떨까. 음악은 우주가 아니라 방 두 개와 거실, 식당이 있는 집 같다. 현실적이고, 그런 대로 넓다. 알 수 없는 것, 보이지 않는 부분은 없다. 모든 게 명확하고 모든 게 손이 닿는 거리에 있다. 하지만 그곳에 심오한 낭만이나 진리 같은 것은 없다.

화장실에 가려고 에비나 휴게소에 들렀다. 새 캔커피를 사 차로 돌아왔을 때, 오디오로 카세트테이프를 틀 수 있다는 것을 깨달았다. 지난번 이 차에 탄 것은 아버지 삼 주기 때였다. 그날 어머니는 아버지 유품을 몇 가지 가져가지 않겠느냐고 제안했다. 작은 상자에는 일기장과 명함 케이스, 넥타이핀, 카세트테이프 하나가 들어 있었다. 나는 차 안에서 그것들을 대충 확인한 뒤 '둘 데가 없다' 하고 거절했다. 이제 와서 아버지의 유품을 어떻게 대해야 할지 알 수 없었다.

그 때문에 갈 곳을 잃은 상자는 트렁크에 내내 놓여 있었다. 지금 이 차에는 카세트테이프가 있고, 그것을 재생할 수 있는 장치가 있다. 덧붙이자면 오늘은 내 서른 살 생일이었다. 서른 살, 내가 태어났을 때 아버지 나이다. 그것들이 어떤 기적적인 암호처럼 느껴졌다. 아버지의 카세트테이프는 이날 재생되기를 기다린 것이 아니었을까.

나는 트렁크에서 상자를 꺼냈다. 카세트테이프는 일기장 사이에 눈에 띄지 않게 숨어 있었다. 제목 등은 아무것도 쓰여 있지 않았지만, 녹음 방지 탭을 말끔하게 부러뜨린 것을 보면 새 것은 아니었다. 어머니는 이 카세트테이프에 뭐가 녹음돼 있는지 모른다고 했다. 물론 나 역시 짐작도 가지 않는다. 음악인지 아닌지조차 알 수 없었다.

아버지는 과거에 유명한 작곡가였다. 아버지가 작곡한 〈초승달〉은 할리우드 영화에도 쓰였다. 내가 네 살 때 일을 모조리 내버리고 갑자기 필리핀으로 떠나 얼마 동안 돌아오지 않았다. 몇 달 뒤 돌아와서는 작곡가를 그만두었다고 말했다. 새로 직업을 찾지도 않고 종일 집에 있던 아버지는 어느 날 다섯 살이 된 내게 피아노를 가르쳐주겠다고 했다. 아버지의 연습은 혹독하고 엄해 어렸던 나는 늘 겁에 질려 있었다. 몇 년 뒤, 내가 아버지의 스파르타 교육을 거부한 다음부터 아버지는 음악과의 관계를 완전히 끊었다. 집에 있던 시디와 레코드, 악기, 악보를 모조리 처분했다. 음악을 듣지 않게 됐을 뿐 아니라 집에서 음악에 관한 말을 하는 것도 허용하지 않았다.

스마트폰에서 흘러나오던 바흐를 껐다. 카세트테이프 케이스를 열었다가 라벨에 '다이가를 위해'라고 쓰인 글씨를 발견했다.

'다이가'는 나다. 아버지가 나를 위해 이 테이프를 남겼다고?

나는 혼란에 빠진 채 테이프를 장치에 넣고 재생 버튼을 눌렀다. 어쩌면 내게 퍼붓는 욕설이 녹음돼 있을지도 모른다. 내가

'이제 피아노를 치지 않겠다'라고 선언했을 때 차가운 말을 많이 들었다. 당시 나는 나름대로 상처를 받았고, 그 뒤로 한 번도 피아노를 치지 않았다.

그렇다면 왜 〈다이가를 위해〉라는 제목을 붙였을까.

아니, 욕설이 아니다. 더 악질적인 것은 사죄의 말이다. 미안했다, 사실은 너와의 관계를 회복하고 싶었다. 혹시 그런 말이 녹음돼 있다면…….

나는 지금도 아버지를 용서하지 않았고, 죽은 뒤에 사과한다고 용서해줄 마음도 없었다. 나는 분명 카세트테이프를 뚝 잘라 가루가 될 때까지 자동차 바퀴로 뭉갤 것이다.

오디오는 아직 고장 나지 않은 듯했다. 테이프가 슥슥 돌아가는 소리가 났다. 고속도로 입구의 턱에 걸려 차체가 흔들렸다. 얼마 동안 무음이 이어지더니 호른 소리가 들려왔다.

음악이었다.

처음 듣는 오케스트라 곡이었다.

도로 정체가 시작된 덕에 나는 운전중인데도 꽤 집중해서 곡을 들을 수 있었다. 삼 분 남짓해서 연주가 끝난 뒤로는 내내 무음이었다. 그 밖에 무슨 메시지가 숨어 있지 않나 해서 끝까지 들어봤지만, 결국 한 곡만 들어 있었다. 테이프가 끝나자 되감아 다시 처음부터 들어봤다.

장대한 호른의 전주에 트럼펫이 들어왔다. 차분하게 확장되는 곡이다. 중반에 클라이맥스를 맞이한 뒤 안정되어 밑음으로 끝난다. 음높이 변화도 없이 완만한 멜로디가 두 번 반복될 뿐인 단순한 구성이었다. 도중에 조바꿈하면서 8분의 6박자로 바뀌는 부분이 작은 악센트일 것이다. 어딘지 모르게 예의 바른 느낌이 있다. 클래식을 좋아하고 음대에서 정규 교육을 받은 고지식한 청년이 자신의 가치관을 모조리 쏟아부어 만든 것 같은 곡이었다.

내 주관적인 분석은 그렇다 치고 이건 누가 만든 곡일까. 그리고 누구를 위해 만든 곡일까. 아버지의 작곡인가, 아니면 다른 사람이 만든 곡을 아버지가 녹음했나.

편성은, 판별할 수 있는 것으로는 호른과 현, 트럼펫, 스네어 드럼, 팀파니다. 후반의 클라이맥스에 다른 악기도 있을지 모르지만 일단 그 정도다. 음높이 변화가 완만한 탓인지 원래 노래가 들어 있을 곡에서 노래가 빠진 듯한 인상도 있었다.

그나저나 멜로디가 촌스럽다. 정통적으로 만든 무난한 곡은, 느낌이 좋다고 말할 수도 있겠지만 굳이 따지자면 내 취향은 아닐 터였다.

그런데 왜 그런지 곡을 듣는데 눈물이 났다. 음악이 음악이라는 것의 온기가 느껴지는 곡이었다. 이건 녹음된 음악이다. 녹음된 음악이라는 것은 얼마든지 재생할 수 있고 복제가 가능하다는 뜻이다. 그러나 그 음악은 과거에 어디선가 연주됐다. 세상에 존재했던 누군가가 고심해 쓴 곡을 누군가가 연주했다. 당연한 사실이지만, 이 곡에는 그 사실을 상기시키는 힘이 있었다.

강렬한 사랑이라고 생각했다. 작곡가가 음악에 대한 사랑을 전부 바쳐 지었다. 그렇기에 나는 이 테이프에서 '음악'의 본질을 느꼈다. 누군가가 어떤 목적으로 만든 곡을 누군가가 연주한다는 기적을 생각했다.

'음악에 대한 사랑'에서 내가 상기한 것은 먼 하늘에 저무는 커다란 해였다. 두 사람이 몸을 맞붙이고 커다란 석양을 보는 풍경이 떠올랐다. 그와 동시에 생각했다. 어째서 나는 이 곡에서 석양을 연상했을까.

눈앞에서 해가 지고 있어서는 아니었다. 해는 이미 완전히 저물어 하늘이 어둑어둑했다.

내비게이션 대신 켠 스마트폰의 앱이 도쿄 도에 진입했다고 알려주었다.

석양.

몇 번을 들어도 같은 풍경이 떠올랐다. 이 곡은 내게 강하게 '석양'이라는 인상을 주었다. 두 사람이 있고 석양이 있다. 그리고 그중 한 명은, 나다. 그것도 어린 시절의 나다. 즐거운 시간이 끝나고 집으로 돌아갈 때의 저녁 해. 초등학생 때까지 하루는 오후 5시에 끝났다. 누군가와 어디서 놀다가도 5시 차임이 울리면 집에 가야 했다. 그런 게 생각났다. 즐거웠던 추억과 즐거웠던 시간이 끝난다는 쓸쓸함이 동시에 느껴지는 곡이다.

물론 '아이'나 '석양'에 대응하는 음이나 멜로디가 있는 것은 아니다.

음악은 여러 면에서 언어와 비슷하다는 게 내 지론이다. 음은 단어를, 음계는 문법을 의미한다고도 말할 수 있다. 하지만 특정한 음이 특정한 의미를 갖는 것은 결코 아니다. 가령 바이올린의 라 샤프가 '바다'에 해당되는 것은 아니다. 음악은 보다 종합적이고 복잡하고 모호한 것이다. 음악이 만들어내는 이미지 중 다수는 개인의 체험과 엮여 있을 뿐. 〈우러르면 드높은〉을 들으면 졸업식이 생각나고, 오펜바흐의 〈천국과 지옥〉을 들으면 운동회가 생각난다. 꿈꾸던 젊은 시절에 듣던 음악은 가슴 속에 가득했던 희망을, 실연했을 때 듣던 음악은 감상感傷을 불러일으킨다.

나는 이 곡을 처음 듣는 것이다. 그런데도 내 마음에 말로 표현할 수 없는 감정이, 음악에 대한 사랑이, 먼 바다에 저무는 석양과 함께 떠올랐다.

음원과 악기를 모두 처분한 아버지는 어째서 이 곡을 마지막까지 남겨두었을까.

곡에 관해 좀 더 알아봐야겠다고 생각했다. 애초에 아버지가 작곡했나. 그렇다면 무슨 이유로 만들었나.

고속도로에서 벗어나 빨간불에 정차한 틈을 타서 나는 인터넷으로 카세트를 구입했다. 내일이면 도착할 것이다. 카세트테이프의 음원을 컴퓨터 파일로 변환해 노이즈를 제거하면 좀 더 듣기 편해질지도 모르고, 파형 데이터에서 뭔가 새로운 것을 알아낼 수 있을지도 모른다.

생일 파티를 끝내고 케이크를 먹고 나자 나오는 "일하면서 무슨 일 있었어?"라고 했다.

"왜?" 나는 물었다.

"어째 생각이 딴 데 가 있는 것 같아서. 전에 촬영 데이터가 깨진 적 있잖아? 그때 같은 느낌이랄지."

그때 일은 지금 생각해도 등골이 오싹하다. 나는 각지에서 열리는 콘서트나 연주회를 촬영, 녹화해 편집한 뒤 디브이디에 옮기거나 유튜브에 올리는 일을 한다. 오늘처럼 대학생 오케스트라의 콘서트가 있는가 하면 초등학생 발표회도 있다. 직장인 동아리나 고등학생의 대회 참가를 촬영하는 일은 많지만, 전문 연주자의 연주회는 거의 없다.

이 년 전, 도코로자와 시 여성회의 합창 무대를 촬영했을 때 데이터가 파손됐다. 내게는 여러 일 중 하나였지만 촬영을 의뢰한 이들에게는 일 년에 한 번뿐인 자랑스러운 무대다. 데이터가 손상되었습니다, 라는 말로 끝날 문제가 아니다. 여러 데이터 복구 회사에 문의해봤지만 복구는 불가능했다. 나는 난생처음으로 무릎을 꿇고 사죄했다. 받은 돈을 돌려주고 앞으로 여성회 콘서트를 무료로 촬영해주겠다고 약속도 했다. 그렇지만 결국 이듬해 여성회는 우리 회사에 촬영을 부탁하지 않았다.

지금 회사는, 스물한 살 때부터 계속했던 밴드를 그만둔 뒤 친구인 스와다와 함께 상업적으로 작곡하자며 세웠다. 광고 음악이나 영화 음악 등의 의뢰를 받을 예정이었다. 그러나 작곡 의뢰는 많지 않았고 어쩌다 들어오는 일도 단가가 낮았다. 프레젠테이션용 이미지 영상을 만들기 위해 값비싼 카메라와 녹음 기기, 편집 장비를 사들였건만, 그것들은 먼지만 모으고 있었다.

스와다의 대학 취주악부 후배가 '콘서트를 촬영하고 싶으니 카메라와 녹음 기기를 빌려달라'라고 부탁한 게 발단이었다. 어차피 쓰지 않는 기기라 처음에는 무료로 빌려주면 그만이었는데, 촬영할 사람이 부족하고 기기를 운반할 차량이 없어 결국 스와다와 내가 도와주게 됐다. 촬영한 영상을 넘기자 이번에는

'편집도 부탁할 수 없나'라고 해 얼마 안 되지만 돈을 받았다. 그때 찍은 영상이 호평을 받아 '내년 이후로도 부탁하고 싶다'라는 말도 들었다. 주위 학교 등의 음악 동아리에 우리 소문이 퍼지면서 그해에 촬영 의뢰가 네 건 들어왔다. 사업적 가능성이 있다고 판단한 나는 접으려 했던 회사 홈페이지에 촬영 의뢰 접수 창구를 만들었다. 유튜브에 올린 합창부 콘서트 영상의 조회수가 올라가면서 다양한 곳에서 의뢰가 밀려들었다. 우리 회사는 지금은 콘서트 촬영 회사다.

"일은 아닌데." 나는 대답했다. "어느 곡이 마음에 걸려서."

나는 아버지가 남긴 카세트테이프 이야기를 나오에게 했다. 악곡 검색 사이트에서 해당곡을 찾지 못했다는 것도. 라벨에 있던 〈다이가를 위해〉 부분은 생략했다.

"들어보고 싶어." 나오가 말했다.

"재생할 기기가 없어. 아까 인터넷으로 주문했는데 내일에나 올 거야."

"차에서 들으면 되잖아." 나오가 말했다. "그 김에 우리 드라이브하자."

나오의 말대로 우리는 자정까지 카세트테이프를 들으며 가까운 곳을 드라이브했다.

"참 좋은 곡 같아. 음악은 잘 모르지만."

차를 갓길에 세우고 가까운 자판기에서 산 캔커피를 마시며 나오는 그렇게 말했다.

"'석양'이랑은 좀 다르려나. 난 굳이 따지자면 '바다'가 떠오르는데. 바람도 파도도 없이 고요한 바다 한가운데에 떠 있어. 뭔가 마음이 편해진다고 할지, 안심된다고 할지."

"다장조 곡이고 으뜸음으로 시작해서 으뜸음으로 끝나니까. 의외성 있는 음도 쓰지 않고 처음부터 끝까지 안정돼 있어."

"그런 이론적인 이유려나?"

"사람들을 안심시키는 음하고 불안하게 하는 음이 존재하는 건 분명하다고 생각해. 이 곡은 안심시키는 음의 연속으로 거의 구성돼 있거든. 마음이 편해진다고 하면 듣기엔 그럴싸하지만, 다르게 표현하자면 지루하다는 뜻이야."

"어째 가시 돋친 말이네. 혹시 아직도 아버지를 원망해?"

나오에게 아버지에 관한 이야기는 모두 했다. 열두 살 때 피아노를 그만두었다는 것. 대학 입학과 동시에 집에서 나왔다는 것. 교환학생으로 간 곳에서 기타를 만나 밴드를 시작했다는 것. 밴드를 해산하고 회사를 차렸다는 것. 그리고 이 년 전에 아버지가 돌아가셨다는 것.

"그런 건 아니야. 그냥……."

나는 거기까지 말하고는 그다음 할 말을 찾았다.

"그냥?"

"그냥, 의외였어. 아버지가 음악을 들었다는 게. 아니, 들었는지 아닌지는 알 수 없지. 테이프를 갖고 있었다는 것뿐이니까."

"이거 정통적인 곡이야?" 나오가 말했다. "이론적인 건 모르지만 난 독창적인 것 같은데."

"왜?"

"글쎄. 환기되는 감정이랄지, 역시 다른 곡하곤 다른 것 같아."

"뭐, 그럴 수도 있겠지."

"다이가는 이제 작곡 안 해?" 나오가 물었다.

"돈이 안 되니까." 나는 대답했다.

"그런 게 아니라."

나오는 그 이상 아무 말도 하지 않았지만, 나는 그녀가 하려는 말을 잘 알고 있었다.

과거에 음악은 내게 우주였다. 그렇기에 음악을 그만둔 나는 대학에서 우주과학을 전공했다.

그렇지만 나는 결국 위대한 천문학자도, 위대한 작곡가도 되지 못했다.

세상에서 가장 위대한 작곡가는 누구인가. 바흐인가, 모차르트인가, 베토벤인가. 비틀스라고 생각하는 이도 있을 것이다. 나는 그런 의견들에도 반대하지 않는다. 그렇다면 세상에서 가장 위대한 천문학자는 누구인가. 분명 갈릴레이 갈릴레오나 아이작 뉴턴이라 대답하는 이가 많을 것이다. 그러나 스무 살 당시의 나는 요하네스 케플러라고 생각했다. 만유인력의 법칙보다 케플러의 법칙 쪽이 훨씬 아름답다고 생각했다.

케플러는 17세기에 행성이 태양을 한 초점으로 하는 타원 궤도를 그리며 움직인다고 발표했다. 오늘날에는 '케플러의 법칙'으로 알려져 있다. 공전 주기의 제곱이 궤도 긴반지름의 세제곱에 비례한다는 '케플러의 제3법칙'은 고등학교 때 물리 시간에도 배웠는데, 케플러는 이 법칙을 《세계의 조화》라는 책에서 표현했다. 대학 도서관에서 《세계의 조화》를 읽었을 때 솔직히 말해 무척 놀랐다. 그 책에 쓰인 것은 내가 생각하는 '과학'이 아니었다.

케플러는 말했다. 기하학 도형의 법칙성이 미와 조화를 이룬다고. 서양 음악은 수학적이며, 행성이란 일종의 음악이라고. 케플러에 따르면, 행성들은 폴리포니를 부르고 있으며 각 행성의 음역은 태양과의 거리로 결정되는 모양이다. 가령 지구는 알토고, 화성은 테너다.

애초에 '하모니'라는 말은 '조합하다'라는 수학 용어였다. '리듬'이라는 말이 수학 용어로 사용됐다는 경위도 아울러 생각하면, 케플러가 행성을 폴리포니로 여긴 것도 잘 알 수 있다. 피타고라스가 음계를 발견한 이래로 음악은 세계의 진리와 직접적으로 이어져 있는 것이었다. 음악은 수학이며 수학은 진리였다.

지금도 기억난다. 필리핀에서 돌아온 아버지는 작곡을 그만두겠다고 했다. 이유는 일절 말하지 않았고 어머니도 모른다고 말했다. 일을 그만둔 아버지는 종일 집에 있게 됐다. 그렇다고 대낮부터 술을 마시는 부류의 인간은 아니었다. 오히려 낭비를 일절 하지 않고 늘 허무를 마주하는 것처럼 보였다. 거실에 놓인 피아노 옆에 앉아 내내 벽만 보고 있었다.

내가 다섯 살이 된 날, 아버지는 너덜너덜한 바이엘 교본을 내밀었다. "내가 다섯 살 때 받은 거다"라면서. 아버지는 다섯 살이던 내게 악보 읽는 법을 가르치고 건반의 역할을 설명했다. 나는 아버지가 시범을 보이는 대로 바이엘 1번을 연주했다. 도와 레를 번갈아 치는 것뿐이었지만, 처음으로 그럴싸하게 아버지 흉내를 낸 내게 아버지는 "그게 아니야"라고 했다. 뭐가 아닌지도 알 수 없었다. 나는 똑같이 건반을 두드렸지만 아버지는 이번에도 "아니야"라고만 말했다.

일 년간 바이엘 1번을 계속 쳤다. 아버지는 '아니야'라는 말밖에 하지 않았고 어디가 어떻게 아닌지 가르쳐주지 않았다. 일 년이 지날 무렵, 나는 똑같은 것을 반복하는 데 대해 눈물을 흘릴 감정도 잃었다. 여섯 살이 되어 처음으로 아버지는 "그 소리다"라고 말했다. 이상하게도 그때 건반을 친 감촉은 지금도 손가락에 남아 있다. 나는 건반을 친다기보다 어루만지듯 누른 것이다. "그 소리다"라고 말한 뒤 아버지는 "한 번 더"라고만 말했다.

난 진리를 손에 넣지 못했다. 너도 같은 일을 겪게 하고 싶지 않아.

아버지는 가끔 그런 말을 했다. 아버지와의 연습은 매일 밤늦게까지 이어졌다. 이웃에서 항의할 때도 있었다. "밤에는 연습하지 마세요"라는 말에 아버지는 무표정하게 "그렇습니까"라고만 대답했다. 그날도 밤늦게까지 연습했다. 이웃사람은 몇 번씩 벨을 눌렀지만 아버지는 "연주 리듬에 맞춰 눌러주면 좋을 텐데"라고만 하고 연습을 계속하라고 했다. 자정이 지나자 내게는 피아노를 계속 치게 한 채 아버지는 옆에 자리를 깔고 누워 눈을 감았다. 자는구나 생각해 연주를 그만두자 누운 채로 "한 번 더"라 했다.

아직 어렸던 내가 음악이 무엇인지, 무엇이 뛰어난지 알 리 없었다. 아버지가 이따금 하는 '진리를 손에 넣는다'라는 말의 의미도 알지 못했고, 그런 피아니스트가 되겠다는 정열도 없었다. 그저 틀렸을 때 아버지가 무서웠고, 솔직히 말해서 한시라도 빨리 피아노 앞에서 도망치고 싶었다. 도망치기 위해서는 아버지가 '오늘은 그만 됐다'라고 해야 했다. 그 말을 듣기 위해서는 아버지가 생각하는 '올바른 음'을 내는 수밖에 없었다.

아무리 날이 더워도 아버지는 에어컨을 켜지 못하게 했다. 잡음을 차단하기 위해서였다. 나는 온몸이 땀에 젖어 몽롱한 의식으로 건반을 두들겼다. 한번은 피아노를 치며 탈수 증상을 일으켜 쓰러진 적이 있다. 수액 주사를 맞고 어머니와 병원에서 돌아오자, 아버지는 "못 한 연습을 만회하자"라며 연습 재개를 선언했다. 나는 잠자코 고개를 끄덕이고 연습을 시작했다. 그때 처음으로 어머니가 감정을 드러냈다.

"미쳤구나."

어머니는 그렇게 말하고는 나를 데리고 집에서 나가려 했다. 아버지는 "신경 쓰지 말고 계속 쳐라"라고 했다. 나는 아버지가, 그리고 음악이 무서웠다. 나는 공포라는 중력에 붙들려 피아노 의자에서 일어서지 못했다.

"둘 다 미쳤어."

그렇게 말한 어머니는 그 뒤로 나를 데리고 나가려 하지 않게 됐고, 상궤를 벗어난 아버지의 교육에 참견하려고도 하지 않게 됐다.

내 집에서 한 달에 한 번 하는 미팅을 끝낸 뒤, 스와다에게 〈다이가를 위해〉 음원을 들려주었다.

"독일 느낌인데." 스와다는 말했다. "뭐랄까, 독일에서 공부한 일본 사람이 만든 음악 같군."

"왜 그렇게 생각하지?"

내 질문에 스와다는 "명확한 근거는 없는데"라며 운을 뗐다. "어둡고 중후한 느낌이 독일 같고, 곡을 너무 고지식하게 쓴 부분은 정규 음악 교육을 받은 일본 사람 같아."

"그런가?"

"별로 자신은 없어. 뭐, 이 프로파일링은 너희 아버지한테도 해당되지."

내가 준 파형 데이터를 보며 스와다는 다시 한번 곡을 재생했다.

스와다는 내가 아는 이들 중 음악을 가장 잘 아는 사람이었다. 나이는 두 살 위, 지금은 해산한 밴드에서 베이스를 담당했는데 부탁하면 키보드도, 기타도, 드럼도 무리 없이 연주했다. 본인은 싫어하지만 노래도 잘했다. 록이나 전자음악뿐 아니라 클래식이나 재즈에 관한 지식도 풍부하다. 회사를 시작할 때 '반드시 성공한다'라는 근거 없는 자신이 있었던 것은 스와다가 같이 하겠다고 해주었기 때문이다. 스와다만 있으면 회사는 무

조건 성장할 것이라 생각했다.

실제로는 그렇게 간단한 이야기가 아니었다. 처음에 몇 개 의뢰가 들어온 작곡을 하며 스와다는 고객과 여러 번 싸웠다. 한 번은 '파도 소리를 쓰지 말고 청靑의 이미지로 곡을 써달라'라는 말에 면전에서 "문외한이 할 법한 소리군요"라고 말했다. "그런 건 불가능합니다. 드뷔시의 〈갈색 머리의 소녀〉는 구체적으로 어느 음이, 어느 소절이 갈색이죠? 〈백조의 호수〉란 제목을 모르는데 백조나 호수를 상상할 수 있는 사람이 있을 것 같아요?"

스와다 때문에 잃은 일거리도 많았다. 태도는 거만하지만 실제로 그런 태도를 뒷받침하는 지식이 있다. 스와다는 스무살 때 라이브 클럽에서 만났다. 함께 출연한 다른 밴드의 키보드를 담당하던 스와다가 공연 뒷풀이 자리에서 내 작곡의 버릇을 지적했다.

"다카하시는 곡을 특이하게 쓰네."

당시 음대생이었던 스와다의 거만한 말투에 조금 울컥했던 게 기억난다.

"무슨 뜻이죠?"

"텐션으로 멜로디를 만들고 그 텐션을 포함하는 화음으로 전조하거든. 잘 안 하는 식인데 어디서 배운 거야?"

처음 들었을 때는 잘난 척한다고 생각했지만 스와다의 판단이 옳았다. 나는 무의식중에 스와다가 말한 방법으로 곡을 쓰고 있었다. 당시 이론적으로 곡을 쓰는 게 아니었고 텐션에 관해서도 의식한 적이 없었다. 안정된 진행중에 갑자기 폭풍이 찾아든다. 그러다가 전조 뒤에 활짝 개는 이미지로 늘 곡을 썼다. 스와다는 내 추상적인 이미지를 논리적으로 설명해준 것이었다.

"아, 이 곡, 다카하시의 버릇하고 같잖아."

두 번째 재생 중에 스와다가 중얼거리듯 말했다. 나는 놀라 "뭐?" 하고 반문했다. 허둥대다가 커피를 쏟을 뻔했다. "무슨 소리야? 설명해줘."

"전조해서 박자가 바뀌는 부분, 같은 텐션을 다음 화음에 넣는데. 다카하시보다 훨씬 세련돼서 알아차리기 힘들지만."

"꼭 내가 세련되지 않은 것 같잖아."

"세련됐다고 좋은 건 아니란 말이지. 그리고 현에 특이한 악기가 들었는데."

"역시 그래? 약간 부자연스러운 느낌이 들었는데."

"음질이 좋지 않아서 쉽지는 않겠지만, 파형을 분석하면 무슨 악기인지 알아낼 수 있을지도 몰라."

"언제 안 바쁠 때 해줄 수 있어?" 나는 부탁했다.

안 돼도 할 수 없다고 생각했는데, 뜻밖에 스와다는 선뜻 "그래"라고 대답했다.

"웬일이야?"

"아니, 이 곡, 꽤 걸작이라고." 스와다가 말했다. "〈다이가를 위해〉라고 제목 같은 것도 있고, 곡을 쓰는 방식도 너희 아버지 경력하고 일치해. 하지만 납득이 안 되거든."

"어느 부분이?"

"너희 아버지 곡은 〈초승달〉밖에 모르지만 그건 드뷔시를 모방했을 뿐인 쓰레기란 말이지. 그런데 이 곡은 훌륭해. 솔직히 〈초승달〉하고 같은 사람이 작곡한 것 같지 않아. 그래서 난 이 곡을 작곡한 사람이 너희 아버지가 아니라고 생각해. 누가 쓴 곡을 너희 아버지가 녹음한 거야. 너한테 들려주려고."

"그런가?"

"그렇다고 믿고 싶어. 자세히 분석해봐야 알겠지만."

"마지막으로 하나만 더 물어도 돼?"

스와다가 떠날 때 나는 말했다.

"뭔데?"

"그 곡을 듣고 뭐가 생각났어?"

"우주." 스와다는 즉각 대답했다. "우주랄지, 태양계야."

보이저는 태양계의 외행성, 다시 말해 목성과 토성과 천왕성, 해왕성의 사진을 찍고 나서 태양계 밖으로 영원한 여로에 올랐다. 보이저가 찍은 마지막 사진은 '가족 사진'이라고 불린다. 태양계 전체의 모습을 담은 사진이다.

우리 집에 있던 유일한 가족 사진은 내가 열두 살 때 처음 참가한 콩쿠르에서 우승했을 때 찍었다. 무표정하게 피아노 앞에 선 나. 부자연스럽게 떨어진 위치에서 카메라와 조금 빗나간 지점을 응시하는 무뚝뚝한 아버지. 내 뒤에서 겁에 질린 표정을 짓고 있는 어머니. 누가 봐도 콩쿠르 우승 기념으로 찍은 가족 사진 같지 않을 것이다.

나는 그때 콩쿠르에서 바이엘 78번을 연주했다. 발표가 끝나자 다른 누구와도 비교가 안 될 정도로 큰 박수가 연주회장을 메웠다. 나는 기쁘지도, 성취감을 느끼지도 않았다. 그저 실수 없이 연주를 마칠 수 있었으니 아버지에게 혼나지는 않겠다는 안도감만 가득했다. 그때 무대 옆에서 연주를 듣고 있던 아버지가 우는 모습이 보였다. 아버지가 우는 것이다. 그 순간 내 마음속에서 뭔가가 끝났다.

그날 밤, 콩쿠르에서 돌아오자 아버지는 웬일로 집에서 술을 마시고는 쓰러지듯 잠들었다. 나는 기회는 지금뿐이라 생각해 공구함에서 꺼낸 망치로 피아노를 부수었다. 나는 견딜 수 없었다. 당시 내게 음악은 공포와 증오 그 자체였다. 그렇게 해서 나는 아버지와 피아노로부터 도망쳤다.

결국 스와다는 〈다이가를 위해〉가 꽤 높은 확률로 아버지가 쓴 곡이라고 단정했다. 〈다이가를 위해〉의 전조는 아버지의 다른 곡들 다수와 특징이 같다는 게 이유였다.

'이건 역시 너희 아버지 곡일 거야. 이런 곡을 쓸 수 있는 사람이 쓰레기 같은 곡을 썼다는 게 이해되지 않지만 말이지. 다카하시한테 유감스러운 소식은 네 특징적인 작곡 기법은 완전히 아버지한테서 물려받았다는 사실이야.'

스와다는 메시지 끝에 '그리고'라고 덧붙였다. '그 현악기는 만지아일 것 같아.'

나는 나와 아버지 일은 일단 뒤로 미뤄놓고 만지아라는 악기에 관해 인터넷으로 조사해보기로 했다. 조사하는 과정에서 유튜브에서 연주 동영상을 발견해 그것을 듣고 아버지의 테이프에 만지아가 쓰였음을 확신했다.

만지아는 동남아시아에서 사용되는 민족 악기다. 음색은 바이올린에 가까운데 기타처럼 가슴에 안고 연주한다. 프렛 대신 나무로 만든 탄젠트라는 돌기를 누르고, 활을 써서 연주한다. 원래 16세기에 스페인 사람이 들여온 현악기가 동남아시아에서 독자적으로 진화한 형태라고 한다.

만지아 연주자 중 유명한 사람이 한 명 있었다. 유튜브에 올라온 동영상은 대부분 그 사람 곡을 연주한 것이었다.

그의 이름은 보젝 델카바오. '델카바오'는 본명이 아니라 출신지 이름인 듯했다. 필리핀 소수 민족인 루테아족 출신인데, 섬을 떠난 뒤로 만지아 연주자로 유명해져 레코드와 시디도 몇 장 냈다. 그다지 신뢰할 수 없을 듯한 인터넷 기사에 따르면 칠 년 전 병으로 세상을 떠났다.

델카바오의 이름은 연주자로서보다 연구 대상으로 자주 등장했다. 어느 민족 음악 연구자의 저서에 델카바오의 인터뷰가 실려 있다고 했다. 인터뷰의 발췌를 찾아냈다.

델카바오는 인터뷰에서 "저는 섬에서 제일 뛰어난 연주자가 아닙니다"라고 대답했다. "작곡가로서는 밑에서 세는 게 더 빠를걸요. 그 때문에 재산을 모으지 못해 섬을 떠난 겁니다."

'재산을 모으지 못해'라는 말이 마음에 걸렸다. 묘한 표현이라는 생각이 들었다.

섬에서 연주자로 성공하지 못했다. 그래서 섬을 떠났다. 섬 밖에서 평가를 받아 지금에 이르렀다. 그런 것이라면 알 수 있다. 그런데 델카바오는 연주자로 성공하지 못해서 재산을 모으지 못했다고 말했다. 재산을 모으기 위해서는 다른 방법도 있을 텐데 마치 '그런 가능성은 없다'라는 말투였다. 델카바오가 살던 섬에서는 일류 음악가가 되는 것 말고 재산을 모으는 방법이 없는 걸까.

더욱이 내가 그와 비슷하다는 점도 있었다. 밴드로 돈을 벌지 못하고 작곡으로도 벌지 못해서, 다시 말해 '재산을 모으지 못해서' 나는 지금 콘서트 촬영 일을 하고 있다. 그가 델카바오 섬을 떠난 것과 같은 이유로 나는 음악으로부터 두 번째로 달아난 셈이었다. 나오는 원래 우리 밴드의 팬이기도 했다. 그렇기에 그녀는 음악가로서의 내 그림자를 아직도 뒤쫓고 있다.

나는 그날 밤을 새워 루테아족에 관해 조사했다.

미개 부족도 아닌데 루테아족에 관해 알려진 사실은 그리 많지 않았다. 루테아족은 필리핀 정부와 유네스코에서 C급 특정 문화 보호구역으로 지정한 소수 민족이다. C급은 문화적 가치가 존재하지만 일정한 조건 아래 누구나 접촉이 가능한 부족을 가리키는 모양이다. 루테아족은 델카바오라는 작은 섬에 살며 숫자는 몇십 년째 다 합해 오백 명 정도라 한다. 그들의 문화적 특색은 음악이 화폐요 재산이자 학문이라는 점에 있었다.

루테아족은 각각 '음악'을 소유한다. 그들이 소유하는 음악은 자기가 지은 것과 부모에게 물려받은 것, 다른 음악이나 토지, 가축 등과 교환해 입수한 것이다. 그들에게 '유복하다'는 '뛰어난 음악을 소유하고 있다'와 같은 뜻이다. 제 아무리 큰 집을 지어도, 배가 아무리 많아도 유복하다고 여겨지지 않고, 풍족한 생활을 할 수 있는 것도 아니라고 한다.

루테아족은 음악을 '화폐'와 '재산'으로 나누어 관리한다. '화폐'로서의 음악은, 소유하는 곡을 그 자리에서 연주해 사용한다. 연주는 악기를 쓸 때도 있고 단순히 멜로디를 흥얼거릴 때도 있다. 평소에는 연주를 대가로 지불해 식료품이나 생활용품을 구입한다. 듣는 이가 연주에 납득하면 자신이 가진 물건을 넘겨주는 것이다.

　'재산'으로서의 음악은 그것을 소유하는 이의 지위도 되고 '화폐'의 가치와도 연관된다. 뛰어난 음악을 가진 이는 그 곡을 연주해 '화폐'로서 유리하게 거래할 수 있기 때문이다. 다만 너무 자주 연주하면 '재산' 가치가 떨어진다. 그 때문에 가치가 높은 음악일수록 좀처럼 연주하지 않는 사태가 벌어진다. 어느 민족 음악 연구자에 따르면, 루테아족 중에서 가장 유복한 남자가 소유한 부족 역사상 최고의 가치를 지니는 음악은 지금까지 단한 번도 연주된 적이 없다고 한다.

　루테아족과 음악은 상상 이상으로 깊은 부분에서 이어져 있었다. 생활용품 거래에 사용되는 것만이 아니다. 루테아족은 숫자를 음으로 학습한다. 1부터의 거리를 음정으로 파악한다고 한다. 그 때문에 루테아족은 완전4도와 완전5도에 해당되는 6과 8을 행운의 숫자로 생각한다. 그들의 언어는 모음과 자음이 적은 대신 음정이 복잡해 다른 언어의 화자에게는 음악처럼 들리기도 한다.

루테아족은 예로부터 음악이 생활의 중심이었는데, 스페인 통치 시대에 서양 음악 이론이 유입되면서 악곡의 성질도 바뀌었다고 한다. 그들은 달이 차고 이지러지는 게 열두 번 반복되면 일 년이 지난다는 사실과 음계가 열두 개라는 사실이 음악과 우주의 연관성을 증명한다고 생각해 별들을 악기며 노랫소리에 비기는 모양이다.

날이 밝았을 때 나는 확신하고 있었다.

나는 델카바오 섬에 가야 한다. 과거 필리핀에 간 아버지는 델카바오 섬에 갔던 게 아닐까. 아버지는 〈다이가를 위해〉에 만지아를 사용했다. 그리고 만지아는 델카바오 섬에서 자주 연주되는 악기다. 루테아족의 역사상 최고 가치를 가지는 음악이란 〈다이가를 위해〉가 아닐까. 아버지는 그것을 어떤 형태로 듣고 테이프에 남긴 게 아닐까.

잠이 싹 달아난 흥분 상태로 그런 생각을 했다. 모두 가설에 불과하고 착각이라 해도 상관없었다. 과거에 음악가였던 내 마음이 델카바오 섬으로 가기를 원했다.

3. 델카바오

그 뒤 실제로 델카바오로 가기까지 반년이 걸렸다. 방문 요건을 알아봐야 했고 스케줄도 조정해야 했다.

각종 문헌을 조사하던 중에 아버지가 델카바오에 간 게 아닐까 하는 가설을 뒷받침해주는 증거를 몇 가지 발견했다. 삼십 년 전에 발행된 음악 잡지의 민족 음악 특집에서 아버지는 만지오와 보젝 델카바오를 언급했다. 아버지가 남긴 일기에도 만지오 연주자가 등장했다. 아버지는 신혼여행으로 세부 섬에 갔을 때 현지 콘서트에서 만지오 연주를 들은 모양이다. 그 뒤 다양한 수단을 동원해 만지오에 관해 조사하는 과정에서 보젝 델카바오를 알게 된 듯했다.

도착한 날, 롭이 섬을 안내해주었다. 그래봤자 작은 섬이다 보니 한 시간 만에 사무소로 돌아왔다. 아이들에게 여러 번 들은 '마이아, 라이아'라는 말에는 딱히 의미가 없는 모양이다. 아직 가사가 없는 노래를 흥얼거릴 때 쓰는 임시 가사 같은 것이라 했다. 아이들은 섬 외부 사람을 보면 노래를 불러 신기한 물건과 교환하기를 원하는 것 같았다.

저녁은 섬 주민이 만든 요리를 먹었다. 기름에 튀긴 닭고기, 새우와 야채 볶음, 파프리카 샐러드, 초무침 그리고 밥을 듬뿍 덜어 먹었다. 식후에는 럼코크를 마셨다. 롭이 들여오는 모양이었다. 나이 든 주민은 외부 사람과 물물교환 외의 수단으로 거래하는 것을 꺼리는 경향이 있지만, 젊은 층을 중심으로 럼코크가 유행중이라고 한다.

저녁식사 뒤 사무소에서 캠니, 롭과 이야기를 나눴다. 나와 롭은 럼주 병이 비도록 얼음이 없는 미지근한 럼주를 마셨지만, 술을 못 마신다는 캠니는 한 모금만 마신 뒤 손대지 않았다.

"이 섬은 아주 흥미롭습니다." 캠니가 말했다. "필리핀 정부가 개방한 뒤로 이 섬에서 지내러 오는 사람들이 많아졌지만, 문화적으로는 19세기에서 20세기 생활 수준을 유지하고 있죠. 가까운 큰 섬과의 교역은 모두 물물교환이고, C등급을 정확하게 지키고 있어요."

사무소에서 지내는 캠니를 경찰관 같은 것이라고 생각했는데 알고 보니 학자인 듯했다. 나는 일본에서 조사한 루테아족의 문화에 관해 캠니에게 물었다.

"'재산'과 '화폐'는 맞을 겁니다. 그렇지만 최근엔 '연주'의 거래 가치 자체가 낮아진 것 같거든요. 섬 주민은 대다수의 경우 물물교환으로 거래합니다."

"음악이 거래의 단위인 게 아닙니까?"

"전엔 그게 중심이었다고 들었습니다. 그렇지만 그건 어디까지나 옛날이야기죠. 숫자를 음으로 배운다는 이야기에 관해선 전 들어본 적이 없군요. 6과 8이 행운의 숫자라는 것도 처음 듣고요."

"그래?" 나는 롭에게 물었다.

"들어보긴 했어." 롭은 대답했다. "할머니나 그런 사람들한테."

"이 섬에서 음악이 사라져가고 있단 뜻이야?"

"그건 너무 과장됐고. 아무리 물물교환이 주류가 됐어도 노래에 의한 거래가 없어진 건 아니거든."

"제 생각엔 여기서 지내러 오는 외지 사람들이 생긴 게 원인이 아닐까 하는데요." 캠니가 말했다.

"왜죠?"

"타지에서 온 사람은 타지의 음악으로 섬 주민과 거래하죠. 섬 주민에게 타지의 음악은 신기하니까 거래 가치가 높아지거든요. 상대적으로 섬 주민이 쓴 곡의 가치가 떨어진 겁니다."

"그렇군요. 아쉬운 일인데요."

"그런가요?" 캠니가 나를 보며 물었다. "중요한 건 이 섬이 타지의 문화와 조화를 이루면서도 C등급으로 인증될 정도의 독자적인 제도를 지키고 있단 겁니다. 그러니까 이 섬에서 나가려고 하는 사람이 얼마 없어서 인구가 유지되는 거죠."

"난?" 롭이 웃었다.

"당신은 예외입니다." 캠니가 대답했다.

나는 문득 깨달았다. 캠니는 델카바오를 '음악의 섬'으로 보지 않는다. 루테아족에 관해서도 '독자적인 언어를 사용하고 물물교환으로 생활하는 소수 민족'이라고만 생각한다.

그때 자가 발전으로 들어와 있던 조명이 갑자기 꺼졌다. 캠니는 랜턴을 두고는 "먼저 자겠습니다"라며 사무소 안쪽으로 사라졌다.

우리는 얼마 동안 침묵했다. 섬 안쪽에서 불어온 기분 좋은 바람이 바다로 빠져나가고, 어둠에 파도 소리만 조용히 들려왔다. 갑자기 롭이 노래하기 시작했다. 처음 듣는 곡이었다.

"자네가 소유하는 곡?" 나는 물었다.

"아니." 롭은 고개를 흔들었다. "요새 필리핀에서 유행하는 노래인데."

"왜 섬을 떠났어?" 나는 물었다.

"우리 할아버지는 이 섬 촌장이야. 그게 무슨 뜻인지 알아?"

"모르겠는데."

"이 섬에서 가장 가치 있는 음악을 소유한다는 뜻이거든."

"루테아족 역사상 최고의 가치가 있다는 음악 말이야?"

"거기까진 모르겠지만 상당한 가치가 있다고 간주되는 건 사실이야. 그저 그 이유 하나만으로 촌장이 됐으니까."

"그 음악을 찾으러 온 거야." 나는 말했다.

"그래? 그거 유감이군. 아마 허탕 쳤을 거야."

"왜?"

"난 할아버지가 소유한다는 음악이 실은 존재하지 않는다고 생각하거든."

"그게 무슨 뜻이지?"

"그 곡은 한 번도 연주된 적이 없어. 한 번도 연주된 적이 없는데 가치를 믿는다는 것도 이상한 이야기지. 섬 사람들은 아무도 신경 쓰지 않지만, 난 내 귀로 들어보기 전까진 존재한다고 생각할 수 없어."

"그건 그러네."

"할아버지는 좋은 곡을 몇 곡 썼어. 어렸을 때부터 난 할아버지가 쓴 곡을 좋아했어. 할아버지가 쓴 〈다이가〉의 연주를 한 번이라도 좋으니까 들어보고 싶었어. 그러려면 내가 좋은 곡을 쓰는 수밖에 없다고 하더군. 그래서 난 죽을 힘을 다해 이런저런 곡을 써서 할아버지한테 들려드렸어. 그렇지만 전부 소용없었어. 아무리 곡을 써도 〈다이가〉를 들을 수 없었어. 그래서 난 섬을 떠나 바깥 음악을 듣고 있어. 좋은 곡이 있으면 할아버지한테 들려드리는데, 그래도 아직 〈다이가〉를 듣지 못했어."

"〈다이가〉라니?"

"할아버지가 쓴 곡의 제목이야. 그리고 자네 이름이고."

"뜻이 뭔데?"

롭은 밤하늘을 가리키며 "저거야"라고 말했다. "'우주'라는 의미."

이십 수 년 만에 앉은 피아노 의자는 생각보다 훨씬 딱딱했다.

델카바오 섬의 교회는 창문이 많지 않고 햇빛을 완전히 차단해 어둑어둑했다. 나는 시험 삼아 건반을 눌렀다. 아버지가 '아니야'라고 하는 목소리가 어디서 들린 듯했다. 한 번 더 다른 방식으로 건반을 눌렀다. 아버지가 '그 소리다'라고 했다.

당장이라도 도망치고 싶은 기분을 억누르며 천천히 연주를 시작했다.

"〈다이가〉는 연주된 적이 있을지도 몰라."

나는 어젯밤 롭에게 그렇게 말하고는 아버지 이야기를 했다. 아버지가 남긴 음악이 바로 〈다이가〉인지도 모른다. 롭은 들어보자고 했지만, 전자기기를 모두 맡겨둔 탓에 음원을 갖고 있지 않았다.

"교회에 피아노가 있어." 롭이 말했다. "서양 피아노야. 그걸로 자네가 연주하면 돼."

나는 "안 돼"라며 고개를 흔들었다. "난 피아노를 칠 수 없어."

어쨌거나 〈다이가〉에 관해, 그리고 아버지에 관해 촌장에게 물어볼 필요가 있을 것 같았다.

오늘 나는 롭과 함께 섬 서쪽에 있는 촌장의 집에 갔다.

촌락의 다른 집과 비슷한 크기의 고상식 가옥이었다. 밖에서 롭의 어머니가 생선을 손질하고 있었다. 롭이 나를 짤막하게 소개하자 생긋 웃으며 뭐라 말했다.

"할아버지는 방에 계신다고."

우리는 나무를 엮은 계단을 올라갔다. 일층에는 천으로 가렸을 뿐인 작은 방이 세 개쯤 있었다. 그중 하나가 과거 롭의 방이었다고 했다.

롭은 맨 안쪽에 있는 방을 가린 보라색 천을 걷었다. 해먹에 걸터앉은 노인이 우리를 쳐다봤다. 그가 할아버지라고 롭이 말했다.

롭이 뭐라 말했다. 조금 긴장한 것 같기도 했다. 촌장은 무표
정하게 대답했다. 몇 번 말이 오간 뒤 롭은 내게 "듣고 싶으면
연주하라는군"이라고 말했다.

"네가 최고라고 생각하는 곡을 연주해라, 피아노는 칠 수 있
을 텐데, 라는데."

"피아노는 칠 수 없어." 나는 고개를 흔들었다. 촌장이 뭐라
말했다.

"할아버지가 '거짓말 마라'라는군. 네가 피아니스트란 건 보
면 알 수 있다고."

우리는 교회로 이동했다.

나는 자신이 없었다. 마지막으로 피아노를 만진 지도 이미 오
래됐는데.

고민한 끝에 나는 아버지가 남긴 〈다이가를 위해〉를 치기로
했다. 악보는 머릿속에 있었다. 그리 어려운 곡은 아닐 것이다.
문제는 내게 그 곡을 연주할 기술이 남아 있을지, 오직 그것뿐
이었다.

지난 몇 달 동안 셀 수 없이 여러 번 들은 곡이었다. 나는 몇
차례 다시 친 끝에 가까스로 리듬을 파악했다. 이 곡은 음악에
대한 사랑이 테마다. 내 생각에는 그랬다. 주제 부분은 가능한
한 부드럽게 연주하고 전개 부분은 리듬을 중시하자.

'다이가'는 우주다. 아버지는 이 곡에 '우주를 위해'라는 제목을 붙였다. 그리고 나는 이 곡에서 명확히 '석양'을 떠올린다. 두 부자가 어디서 돌아오는 길이다. 만약 세상이 조금 다른 방법으로 움직였다면 콩쿠르에서 우승한 나는 아버지와 손을 잡고 석양을 바라보며 돌아왔을지도 모른다. 그 뒤로도 내내 피아노와 마주해 아버지처럼 작곡가가 됐을지도 모른다. 하지만 실제로는 그렇게 되지 않았다.

나는 건반을 누르며 아들의 이름을 '다이가'라고 지은 아버지의 마음을, 음악에 대한 사랑을 느꼈다.

나는 즐기고 있었다. 피아노를 치는 게 이렇게 즐거운 일인 줄 몰랐다.

전조하면서 박자가 바뀔 때 내 버릇이, 그리고 아버지의 버릇이 생각났다. 나는 모든 것을 건 아버지를 생각하고, 혹독했던 훈련의 나날을 생각했다.

실제로 연주해보고, 직접 손가락을 놀려보고 비로소 이 곡의 진가를 알았다는 생각이 들었다. 이 곡은 기초를 따르기만 한 그냥 고지식한 곡이 아니었다. 한 사람이 몇 년 걸려 도달한 기초를 모조리 쏟아부은 곡이었다. 거기에는 사랑과 정열이, 우주와의 조화가 존재했다.

연주가 끝나자 촌장은 "미야스, 모이바"라고 말했다. '그건 내가 소유하는 곡이다'라는 뜻이었다.

그 뒤 촌장이 내게 뭐라 이야기했다. 롭은 그 말을 듣고 몹시 놀란 듯했다.

"〈다이가〉는 아주 오래전에 연주된 적이 있었어." 롭이 말했다. "네가 친 곡은 전에 다른 남자가 이곳에서 연주한 곡이었어. 〈다이가〉를 소유하기 위해 거래의 대가로 내놓은 곡이야. 할아버지는 감동했어. 그리고 방금 네가 연주한 곡을 소유하기 위한 대가로 처음으로 〈다이가〉를 연주했어."

나는 숨을 들이마셨다.

〈다이가를 위해〉는 나를 위해 쓴 곡이 아니었다. 말 그대로 '다이가'를 위해 쓴 곡이었던 것이다.

나는 아버지의 마음을 이해했다. 아버지가 작곡을 한 것은 가족을 위해서도, 명성을 위해서도 아니었다. 훌륭한 음악을 듣기 위해 작곡을 한 것이었다. 그게 바로 진리였다. 아버지는 모든 것을 바쳐 〈다이가를 위해〉를 썼지만, 얻을 수 있었던 것은 〈다이가〉를 한 번 들을 권리뿐이었다.

작곡가를 그만둔 아버지를 생각했다. 아버지는 〈다이가〉를 듣고 자신은 평생 도달하지 못하리라고 절망했을까. 그 한을 푸는 역할을 내게 맡기려고 바이엘을 주었을까. 아버지는 아직 어린애였던 내게 '진리'를 맡긴 걸까.

나는 "다시 오겠습니다"라고 말했다. "다시 한번 여기 와서, 새 곡을 써서, 그리고 제가 직접 연주해서 당신의 〈다이가〉를 손에 넣겠습니다."

〈다이가〉를 손에 넣어 천국에서 자랑하는 게 아버지에 대한 가장 큰 복수가 되리라. 그제야 나는 참된 의미로 음악을 그만 둘 수 있을 것이다.

"그때는 나도 동석하게 해줘." 롭이 말했다. "할아버지의 음악이 실제로 존재한다는 걸 증명하고 싶어."

"물론이지." 나는 대답했다.

교회 스테인드글라스 너머로 투명한 밤하늘이 펼쳐져 있었다. 그곳에 우주가 있었다. 화성의 테너와 지구의 알토가 있었다. 나는 그 속에서 지금도 우주 어딘가를 표류하며 아직 만나지 못한 누군가를 위해 바흐와 모차르트를 나르고 있는 보이저의 모습을 찾았다.

마지막 불량배

제2차 세계대전이 끝난 뒤로 일본에서는 히피가 유행하고, DC 브랜드1980년대 일본에서 유행했던 고급 디자이너 브랜드가 유행하고, 고갸루 1990년대 십대 후반에서 이십대 초반 젊은 여성에게 유행했던 스타일가 유행하고, 바지통이 좁아졌다가 넓어졌다가 했다. 여자의 머리와 치마 길이가 짧아졌다가 길어졌다가 했고, 화장이 짙어졌다가 엷어졌다가 했고, 초식남이 유행하고, 놈코어캐주얼한 유니섹스 패션와 전기 차가 유행했다.

그리고 마지막으로 '허무'가 유행했다.

2018년에 설립된 MLS(미니멈 라이프스타일)사는 '유행을 그만 두자'라는 테마의 세미나로 회원을 늘렸다. 세미나를 수강한 회원들인 'MLS 칠드런'의 노력과, 마침 세계적으로 기능성과 심

플함을 추구하는 풍조가 있었던 것이 일치해 '유행을 그만두자'
는 2020년대에 일대 붐을 일으켰다. 기능성 섬유로 만든 흰색
이나 회색 티셔츠에 데님 또는 치노 팬츠를 곁들이고, 손목시
계나 반지 같은 불필요한 금속은 몸에 걸치지 않고, 연비가 높
은 전기 차를 타고, 퇴근하면 바로 집에 간다. 그게 직장인의 전
형적인 스타일이 됐다. 유행을 신경 쓰는 것, 멋을 내려 하는 것,
자기주장을 하는 것 자체가 촌스럽다는 풍조가 확산되면서, 사
람들의 라이프스타일은 군더더기가 없고 세련된 것으로 균일화
됐고 '유행 자체'가 소멸했다.

그 영향도 있어 종합 문화 잡지 〈ERASER〉는 2028년 4월호
를 마지막으로 휴간했다.

최종호의 특집은 '단샤리 斷捨離. 불필요한 물건을 버리고 심플하게 생활할 것
을 제안하는 사상'였다.

편집자인 모모야마는 '집 안에 있는 필요 없는 물건을 버리는
법' '피하지방을 버리는 법' '불필요한 인간관계를 청산하는 법'
'불가능한 꿈을 포기하는 법' 등 각 기사를 체크한 뒤 마지막 페
이지에 몰래 '다 버리고 나면 이 잡지를 버리세요'라고 덧붙였
다. 인쇄소에 데이터를 넘긴 다음 미리 준비해둔 사표를 구리모
토 편집장의 책상에 놓고 회사를 나왔다. 할 일은 이미 정해두
었다. 역 화장실에서 머리 모양을 바꾸고 특공복 일본의 폭주족이나 불

량배가 입는 옷으로 갈아입은 뒤 주차장에 세워둔 개조 오토바이, 갓
스피드 호에 올라탔다.

갓스피드 호는 수도 고속도로를 달리고 있었다.

밤하늘에 구름 한 점 없었다. 모모야마는 오른쪽 그립을 있는
힘껏 감았다. 최대 출력이지만 속도계는 100킬로미터 남짓으로
안정되어 있었다. 개조한 탓에 오토바이의 속도가 치명적으로
느려졌다. 전방에 붙인 높이 솟은 로켓 카울은 약 17퍼센트, 후
방의 3단 시트는 약 4퍼센트 공기 저항을 상승시켰다. 6연 나팔
을 붙인 탓에 중량도 늘었다. 이날을 위해 입은 특공복의 공기
저항도 속력을 떨어뜨리고 있을 것이다.

모모야마가 개조 오토바이에 관심을 갖게 된 것은 2025년
8월호의 '바로크라는 선택 특집'이 계기였다. 미니멀한 생활 방
식 따위 재미없다, 쓸데없는 게 더 많은 식으로 살자는 테마다.
당시만 해도 아직 잡지가 조금은 팔렸고, 편집부 내에 MLS적인
가치관을 타도하자는 분위기가 있었다.

모모야마는 특집에서 '불량배' 페이지를 담당했다. 삼 년 전
당시 이미 불량배는 멸종 직전이었다. 모모야마는 사가 현 시골
을 누비던 불량 집단 '바사라 단'을 취재했다. 그들은 자신들이
'일본의 마지막 불량배일지도 모른다'라고 했다. 이제는 멤버가

다같이 개조 오토바이를 지그재그로 몰며 6연 나팔을 울리는 것은 새해 첫 해돋이 때뿐이라고 들었다. 법 개정으로 인해 조금이라도 타인에게 불편을 주면 체포되기 때문이었다.

작년 1월 '바사라단을 해산했다'라고 리더에게서 문자 메시지가 왔다. 멤버가 떠나거나 졸업하기도 했고, 사가 현 시골에까지 MLS 사상이 전파됐다. 리더는 새해 첫날 홀로 산길을 달리며 공허하게 메아리 치는 6연 나팔 소리를 듣고 그 자리에서 해산을 결의한 모양이다.

모모야마는 리더에게 버릴 거면 특공복을 자기가 갖겠다고 했다. 오늘 그 옷을 입었다. 등에는 '바사라 단의 폭주 가미가제 God Speed'라고 수놓여 있었다.

운전 제어 기능은 해제했다. 갓스피드 호는 헤드라이트를 깜빡여 주위를 위협하면서 기능이 완벽하게 제어되어 법정 속도로 달리는 전기 자동차들을 추월했다. 사고가 일어나지 않도록 정기적으로 전방을 확인했다. 여유가 있으면 운전석에 앉은 이들의 죽은 물고기 같은 눈을 봤다. 그들은 모두 모모야마의 모습을 보면 금세 외면했다. 기분 좋았다.

오토바이를 몰며 모모야마는 〈ERASER〉에서 일하게 된 날을 떠올렸다. 대형 제조업체에 취직하기로 되어 있던 어느 가을

날, 〈ERASER〉의 'SF 특집'을 읽고 감동했다. 그 자리에서 구리모토 편집장의 트위터 계정에 다이렉트 메시지를 보냈다. 그다음 주에 둘이 만나 식사하고 밤을 새워 술을 마시면서 그날 중으로 취직이 결정됐다.

모모야마는 문화를 사랑했다. 영화도, 소설도, 음악도, 패션도, 미술도 모두 좋았다. 자신은 어째서 문화를 사랑하나. 모모야마는 '불필요해서'라고 생각했다. 문화가 없다고 굶어죽지는 않는다. 하지만 그런 '불필요한 것'이 자신들의 생활에 색채를 부여하고 있었다. 저출산 고령화 경향은 멈출 줄 모른다. 일본 경제는 쇠퇴중일지도 모른다. 하지만 그런 세상에서도 다양한 문화를 접함으로써 사람들은 풍요로운 생활을 할 수 있다. 어떤 것에 감동해 세상이 다르게 보이고 평범한 일상이 특별하게 느껴진다. 그런 기분을 경험할 수 있는 것은 문화 덕택이었다.

MLS의 유행은 자신들에게서 불필요한 것을, 수치화할 수 없는 풍요로움을 빼앗았다. 젊은 세대가 어른인 척 무리할 기회를 빼앗았다. 사람들의 생활에서 다른 어떤 것과도 맞바꿀 수 없는 것을 빼앗았다. 〈ERASER〉의 휴간은 계기 중 하나에 불과했다. 잡지가 계속 나왔어도 자신은 일어서겠다고 결심했을 것이다.

"거기 오토바이, 정지."

사이렌과 함께 뒤쪽에서 경찰의 목소리가 들려왔다. 암행 순

찰차가 바로 뒤를 달리고 있었다. 속도 위반이나 불법 개조, 아니면 둘 다일 것이다. 모모야마는 추월 차선으로 넘어가 앞 차량과 가드레일 사이의 작은 틈새로 뛰어들었다. 차량 사이를 누비며 나아가는 사이에 사이렌 소리가 멀어졌다. 히가시칸토 자동차로를 달리다가 다시 사이렌 소리가 들리기에 완간나라시노 인터체인지에서 빠졌다.

과거에 사람들은 '튀고 싶다'라고 생각했다. 튀기 위해 남과 다른 옷을 입고 다른 음악을 듣고 다른 영화를 봤다. 문화 잡지나 패션 잡지는 '튀고 싶은' 사람을 위해 튀는 사람, 최첨단 문화를 소개했다. 독자는 그걸 모방하거나 참고했다. 그렇게 해서 '유행'이 생겨났다.

독자가 잡지를 보고 모방하면 그때까지 튀던 것이 튀지 않게 됐다. 유행을 앞서는 사람들은 다른 것을 찾았다. 그렇게 해서 '유행의 변화'가 생겨났다. 유행의 변화를 뒤쫓으면서 어떤 이는 폭넓은 지식을 얻었다. 다른 이는 유행의 변화를 뒤쫓는 게 무의미하다는 사실을 깨닫고 자신에게 정말로 중요한 것에 관심을 돌렸다.

인정한다. 유행을 뒤쫓는 행위는 어떤 의미에서 무척 허무하다. 시간도 돈도 투자하건만 축제는 오래가지 못한다.

하지만 그렇게 해서 규범이 되는 문화를 폭력적이다시피 하게 도입함으로써 그때까지 보이지 않았던 게 보이게 된다. 어쩐지 멋있다는 이유로 이해도 못 하는 프랑스 영화를 본다. 머리 좋아 보이고 싶다는 이유로 니체며 마르크스, 피케티를 읽는다. 요새 인기가 있다는 이유로 일본화나 근대 미술 전시회에 간다. 그렇게 해서 사람들은 본래 관심 없었던 것에 관심을 갖는다.

모모야마는 그 '폭력'이 자기 직업이라고 생각했고 본인의 인격도 그렇게 형성됐다.

차는 많지 않았다. 머플러에서 나온 굉음이 조용한 국도에 울려 퍼졌다. 목적지까지 얼마 남지 않았다. 모모야마는 스로틀을 감았다. 그러나 바닷바람 탓에 오토바이는 생각만큼 속도가 붙지 않았다.

MLS사 건물은 가이힌마쿠하리에 있다.

국도에서 마쿠하리 신도심에 들어서니 벌써 일대가 소란스러웠다. 차도에 오토바이를 세우고 도보로 접근했다. 처음에 눈에 들어온 것은 마스코트 군단이었다. 인형 탈을 쓰고 옷을 입은 집단이 '유행을 되찾아라!'라고 쓴 플래카드를 들고 있었다. 예전에 본 적 있는 배梨 마스코트와 곰 마스코트가 선두에 서서, 능청맞은 표정과는 정반대의 추잡한 말이 섞인 메시지를 확성기로 외쳐대고 있었다.

모리걸, 보디콘, 다케노코족, 카프녀모두 한때 일본에서 유행하던 트렌드 혹은 사회현상 등의 집단이 경찰 차량의 진입을 방해하고, 중앙에서는 몇 년 전에 유행했던 록밴드가 연주하고 있었다. 모모야마는 유행의 소멸과 함께 사라져간 이들을 헤치며 나아가 건물 정면에 선 펑크한 복장의 남자, 가키야에게 말을 걸었다.

"이런, 모모야마 씨도 와줬군요."

가키야가 뜻밖이라는 표정을 지었다.

"당연하지."

모모야마는 고개를 끄덕였다. 가키야는 예전 동료다. 나이는 동갑인데 중도 입사라 존댓말을 쓴다.

가키야는 입사 삼 년째에 편집장에게 억지를 써 '펑크 특집'을 기획했는데 판매가 부진했다. 그다음 호의 '쇠고기 덮밥 특집' 담당을 맡기자 화를 내며 사표를 던졌다. 고향인 센다이로 내려가 밴드 활동을 한 모양인데 뜨지 못해 지금은 편의점에서 아르바이트를 한다는 소문을 들었다. 그가 이번 항의 집회를 기획한 주모자였다.

"오랜만입니다."

가키야가 손을 내밀어 악수를 청했다.

"그러게. 쇠고기 덮밥 특집 뒤로 처음이니까 이 년 만인가."

회의에서 구리모토 편집장이 "다음엔 쇠고기 덮밥으로 갑시다"라고 말한 순간, 가키야는 "전 쇠고기 덮밥 기사를 쓰려고 이 업계에 들어온 게 아니란 말입니다!"라며 책상을 내리치고는 회사에서 나가버렸다. 그러고는 두 번 다시 돌아오지 않았다. '쇠고기 덮밥 퇴사 사건'은 지금도 편집부에서 화제에 오르곤 한다.

"그땐 제가 젊었어요."

가키야는 부끄러운 듯 웃었다. "지금 생각하면 편집장님 마음도 잘 알 수 있습니다. 쇠고기 특집을 읽고 감탄했다고요. 체인점 가운데 개성 있는 가게를 배치해서 독자가 다양한 쇠고기 덮밥, 나아가 쇠고기 덮밥 너머에 있는 축산 농가나 쌀 농가에게까지 관심을 갖게 만드는 구성이었죠. 그건 대중에 영합한 단순한 패스트푸드 특집이 아니었습니다. 진정한 의미로 문화 특집이었던 겁니다."

"엄청 안 팔렸지만 말이지."

깜짝 놀랄 만큼 팔리지 않아 반품 들어온 잡지가 창고에 산더미 같았다. 쇠고기 덮밥 특집, 그다음 '스프레드시트 프로그램 특집', 그리고 그다음 '어묵 특집'은 암흑 삼 부작으로 편집부의 오점이 됐다. 잡지가 하도 나가지 않아 방향을 잃고 헤매던 시기였다.

"문제는 팔리느냐 팔리지 않느냐가 아닙니다. 독자가 새로운 정보를 접하는 게 중요한 거죠."

"그만둔 거 후회해?"

"네." 가키야는 고개를 끄덕였다. "그러고 보니 편집장님은 잘 지내시고요?"

"글쎄. 원래도 외출이 많았지만 작년에 휴간이 정해진 뒤로는 정례 회의 때만 출근했거든. 원고는 바로바로 확인하고 답신을 줬지만."

"편집장님께 사과드리고 싶은데요."

모모야마는 "다음에 자리를 만들어볼게"라고 대답했다. 가키야가 의미심장하게 미소를 지었다. 마음에 걸렸지만 물어볼 것까지는 없을 듯했다.

나가노 출신인 모모야마는 내내 도쿄를 동경했다. 일 년에 한 번 친구와 함께 완행 첫차를 타고 도쿄에 갔다. 시부야, 하라주쿠, 오모테산도, 아오야마를 돌며 용돈과 세뱃돈을 털어 옷이며 신발, 시디를 샀다. 거리에서 마주치는 여자는 모두 미인이고 남자는 모두 멋있어 보였다. 딱 한 번 익숙지도 않은 헌팅을 했다가 "도쿄 사람 아니구나?" 하고 웃음을 샀다. 창피했지만 역시 자신들은 촌티가 나는구나 하고 납득했다.

상경하기 위해 죽기살기로 공부해 도쿄에 있는 사립대학에 입학했다.

그러나 막상 도쿄에서 살게 되니 시부야나 하라주쿠에 거의 가지 않게 됐다. 기술의 진보에 의해 옷이나 신발은 인터넷으로 살 수 있었고 음악은 클릭 한 번으로 다운로드할 수 있었다. 점원에게 추천을 받는 일도, 시디 가게에서 몇 시간씩 청음하는 일도 없어졌다. 모든 게 원클릭이었다.

지금 생각하면 유행의 소멸은 그 시점에 시작됐는지도 모른다. 인터넷으로는 원하는 때에 원하는 것을 살 수 있다. 그 대신 가게에서 세련된 사람을 보고 따라해본다든지, 관심 없던 장르의 음악을 듣고 빠져드는 일도 없어졌다. 자신의 취향으로 물건을 고르고 클릭 한 번으로 계산한다. 추천 목록에는 취향에 맞는 상품들이 선택된다. 그곳에는 유행도, 세례도, 폭력도 존재하지 않는다. 그저 스트레스가 없는 편리한 세계가 기다릴 뿐이다.

물론 편리한 게 나쁘다는 말은 아니다. 사회에는 의의가 있는 일일 것이다. 모모야마 본인도 그 편리함을 누리는 입장이다. 불평은 할 수 없다.

다만 뭐랄까, 슬펐다. 사람들이 똑같은 차를 타고 똑같은 음악을 듣고 똑같은 차림새를 하는 게 슬펐다. 타인과 똑같은 것에 불만이 없다는 게 슬펐다. 자신과는 다른 사람을 백안시하는 게 슬펐다.

"……가키야 씨, 그때 그거입니다."

뒤에서 나타난 장발 남자가 가키야에게 각목 몇 개를 건넸다. 가키야가 주위에 각목을 나눠주기 시작했다. 모모야마도 하나 받았다.

"이건 뭐야?"

모모야마가 묻자 가키야는 "입구를 부수는 겁니다"라고 대답했다.

"부숴서 어쩌게?"

"어쩌긴요, 좌우지간 부수는 겁니다. 닥치는 대로 부수는 거예요."

모모야마는 "어, 응" 하고 모호하게 고개를 끄덕였다. 이 집회는 'RTF(유행을 되찾자 페스티벌)'이라고 불렸다. 균일화된 사회가 숨막히는 사람들이 역사에서 사라진 '유행'들의 모습을 하고 균일화의 흑막이라고도 할 수 있는 MLS 본사 건물 앞에 모여 항의 데모를 벌인다.

그것 말고는 정해진 게 없었다.

"MLS를 쳐부숴라! 유행을 되찾아라!"

건물 앞에 모인 사람들이 구호를 반복해서 외쳤다. 모모야마는 뒤를 돌아봤다. 길 건너 건물 앞에서 텔레비전 방송국이 중계중이었다. 아침 정보 프로그램을 진행하는 여자 아나운서가 있었다. 그녀는 이 광경을 보고 대체 뭘 보도할까. 모모야마는 알 수 없었다.

"자, 지금이다! 입구 유리를 깨!"

가키야의 호령으로 저속한 차림새의 남자들이 유리에 각목을 휘둘렀다. 끄트머리에 있던 모모야마도 협력하려고 유리에 한 발짝 다가간 순간 건물 속에서 플래시가 터진 것을 깨달았다.

"안에서 찍고 있어!"

모모야마가 소리쳤다. "조심해!"

유리를 깨려던 남자들이 동작을 멈추었다.

"신경 쓰지 마! 깨부숴버려!"

동작을 멈춘 남자들에게 가키야가 지시했다.

모모야마는 맨 앞줄을 벗어나 가키야에게 다가갔다.

"이봐, 이대로는 얼굴까지 선명하게 찍힐 텐데. 괜찮겠어?"

"상관없어요. 저 사람들도 그 정도는 각오했다고요. 모모야마 씨는 괜한 참견 하지 마세요. 그보다 모모야마 씨, 불량배 복장이잖아요. 불량배면 나쁜 짓을 해야죠. 유리 한두 장도 못 깨면서 무슨 불량배입니까. 아, 혹시 겁먹었어요?"

"그런 게 아냐. 그저 유리를 깨는 목적을 모르겠어."

"파괴에 목적은 없어요."

남자들은 일심불란하게 각목으로 유리를 내리쳤다. MLS를 쳐부숴라, 유행을 되찾아라. 구호는 그칠 줄 몰랐다. 한 남자의 각목이 부러지자 가키야가 바로 보충했다. 다른 남자가 마침내 유리에 금을 냈다. MLS를 쳐부숴라, 유행을 되찾아라. 금이 점점 커졌다.

마침내 유리가 깨졌다.

모모야마가 어렸을 때 속이 들여다보이는 투명 디자인이 유행했다. 컴퓨터, 시계, 전화, 카메라, 다리미……. 온갖 가전제품이 투명해졌다. 모모야마는 투명 디자인이 싫었다. 생일선물로 받은 게임보이도 투명했던 탓에 거의 쓰지 않았다.

왜 투명 디자인이 싫었는지 어른이 되고 나서 이유를 알았다. 가령 인간은 누구나 피부 밑에 장기와 뼈, 근육이 있고 소화중인 음식, 대변도 있다. 피부는 그것들을 감춰준다. 옷은 피부의 연장이다. 더러운 것이 보이지 않게 해준다. 짧은 다리를 얼버무리고 군살을 숨겨준다.

반대로 투명 디자인은 내부 구조 즉 기능 자체를 아름다운 것으로 내보인다.

투명 디자인의 유행은 이미 지나갔다. 아니, 이제는 유행이라는 개념이 거의 소멸했다.

그러나 인간은 틀림없이 점점 투명해지고 있다. 허세를 부리는 것, 폼을 잡는 것, 발돋움을 하는 것. 다시 말해 인격을 옷으로 싸는 것은 볼썽사납다고 여기고, 정직하게 사는 것, 본심을 말하는 것, 결점을 드러내는 것을 권장한다. 난해한 영화를 본 젊은이는 이해한 척하지 않고 얼마만큼 의미불명이었는지 농담을 섞어 이야기하기 시작했다. 《카라마조프 가의 형제들》이나 《암야행로》를 읽었다는 자랑보다 읽지 않았다는 자학이 더 반응이 좋았다. 사람들은 옷을 벗어 알몸이 되었고, 그리고 투명해졌다.

모모야마는 투명 디자인이 싫었고 투명한 가치관도 싫었다. 허세나 폼 잡기, 발돋움이 지금의 자신을 만들었다고 믿었다.

'정직하게, 투명하게, 심플하게, 그리고 미니멀하게'

MLS 본사 건물 1층에 붙은 포스터에 그렇게 쓰여 있었다. 옆에서 나타난 화장이 짙은 여자가 "MLS 같은 건 죽어버려!"라며 포스터를 아무렇게나 잡아떼어 구기고는 뭐라 부르짖으며 휙 던졌다.

입구 유리가 깨진 뒤 집회에 참가한 이들이 모조리 안으로 몰려 들어갔다.

건물 1층에 MLS 직원은 아무도 없었다. 안내 직원도, 경비원도, 조금 전까지 있었을 카메라맨도 없었다.

안으로 쏟아져 들어온 집단은 제멋대로 파괴하기 시작했다. 로비의 소파가 부서져 속에 들어 있던 솜이 사방에 흩어졌다. 포스터는 떨어지고 모니터는 깨지고 안내 데스크가 각목을 맞아 부서졌다.

"MLS를 쳐부숴라! 유행을 되찾아라!"

외침 소리가 울려 퍼졌다. 모모야마는 벽에 기대서서 그런 광경을 멍하니 바라봤다. 불량배 복장을 하고 있는데도 어째선지 폭도가 된 참가자들 틈에 섞여 파괴 활동을 할 마음이 나지 않았다. 가키야 말처럼 '겁먹은' 걸까.

그런 것은 아니라고 생각한다.

학창시절, 수준에 맞지 않게 부르디외의 책을 샀다. 프랑스의 사회학자다. 지배 계급은 자신들이 특별하다고 자기규정을 하기 위해 생활 양식과 요리, 가재도구, 예술에 집착한다. 피지배 계급과의 사이에 차이가 있다는 사실로 스스로를 정당화하는 것이다. 그런 내용이 쓰인 책이라고 위키백과에 쓰여 있었다. 모모야마는 책이 너무 어려워서 몇 십 페이지 읽고 그만두었다.

아마 패션도 그럴 것이다. 패션의 지배 계급 사람들은 피지배 계급과 차별화할 수 있도록 옷을 고른다. 음악도, 영화도, 문학도, 미술도 그런 측면이 있었을 터다. 그곳에는 '차이'라는 주제가 있었다. 사람들은 누구와도 다른 누군가가 되기를 원했다.

그러나 가령 궁극의 보통이라 할 놈코어의 유행은 차이 자체를 앗아갔다. 보통이, 자연체가, 기능적인 것이 매력적인 것으로 간주됐다.

물론 유행을 만든 것은 '차이'다. 비지배 계급은 지배 계급에 끼려고 그들을 모방한다. 모방당한 지배 계급은 다른 패션으로 새로운 차이를 만든다. 그런 반복으로 인해 예를 들면 통 넓은 바지가, 굵은 눈썹이 유행하게 됐다.

그러다가 마지막으로 MLS는 차이의 가치를 빼앗아 유행을 소멸시켰다.

모모야마는 소란스럽게 건물을 파괴하는 이들을 보며 자신은 어디까지나 '차이'를 원한 것이었음을 깨달았다. 겁먹은 게 아니라 단순히 그들과 같은 행동을 하고 싶지 않았다.

모모야마는 자신 외에 유일하게 파괴 활동에 가담하지 않은 인물을 발견했다.

가키야였다. 비상구 문에 기대선 가키야는 팔짱을 끼고 무표정하게 사람들을 바라보고 있었다. 그리고 몇 번 혼자 고개를 끄덕이더니 문을 열고 비상구 안으로 사라졌다.

모모야마는 가키야를 쫓아갔다. 문 너머 복도 왼쪽에 비상구가 있고 오른쪽에는 다른 문이 있었다.

오른쪽으로 갔다. 가키야가 뒷문으로 밖에 나갔을 것 같지는 않았다. 왜 그렇게 생각했는지는 알 수 없었다.

오른쪽 문을 열자 엘리베이터와 업자용 반입구가 나왔다. 사람은 없었다. 엘리베이터가 꼭대기 층인 15층에 서 있었다. 모모야마는 엘리베이터를 호출했다. 얼마 뒤 엘리베이터가 왔다. 큰 엘리베이터였다. 벽이 거울이라 자신의 모습이 비쳤다. 머리 모양도 복장도 기묘했다. 특공복 자락이 바닥에 끌렸다. 그러고 보니 바사라 단의 리더는 키가 컸다. 사이즈가 맞지 않았다. 멋내기의 기본부터가 틀렸다.

15층에 무엇이 있는지 모모야마는 알지 못했다. 아무것도 없을지도 모른다. 가키야는 뒷문을 통해 밖에 나갔을지도 모른다.

엘리베이터가 15층에 멈춰 서고 문이 열렸다. 어둑어둑한 복도 끝에 비상구를 나타내는 초록 불빛이 보였다. 모모야마는 복도를 나아가 두꺼운 비상구 문을 노크했다. 반응은 없었다. 그때 문 안쪽에서 음악이 들리는 것을 깨달았다

재즈다. 문에 귀를 갖다댔다. 재즈만이 아니었다. 사람들 말소리도 들렸다. 꽤 많은 사람이 있는 것 같았다. 다시 한번 노크해도 역시 반응이 없었다. 모모야마는 문을 열었다.

"모모야마 씨, 뭐 하세요?"

그건 자신이 할 말이라고 하려다가 말았다. 너무 판에 박힌

대답이었다. 모모야마는 "보다시피 불량하게 구는 중인데"라고
대답했다. "그건 그러네요." 가키야가 웃었다.

MLS 본사의 15층은 바였다. 작은 무대에서 재즈를 연주하고
있다. 맞은편 벽 쪽에 15석쯤 되는 긴 카운터가 있고 창가에는
테이블이 늘어서 있었다. 자리는 거의 만석이었다.

모모야마는 놀랐다. 이런 곳에 바가 있을 뿐 아니라 특공복을
입은 자신이 이곳에서 조금도 겉돌지 않았다. 카운터 끝에는 고
스로리 패션'고딕'과 '롤리타'를 합친 일본의 패션 스타일의 여자가 앉아 있고
그 옆에는 여장을 한 중년 남자가 있었다. 근처 테이블에서는
우라하라 계하라주쿠 일대의 젊은 층을 대상으로 한 패션 브랜드를 일컫는 말 삼인
조가 술을 마시고, 비보이풍 남자는 빈티지 같은 복장의 여자와
어깨동무를 한 채 재즈 연주에 맞춰 몸을 흔들고 있었다.

"원래는 여기 회원만 들어올 수 있는데요."

가키야가 바 입구에 선 직원을 가리키며 말했다.

"회원?"

"MLS 회원요."

"너 MLS 회원이냐?"

"그렇죠. 아, 구리모토 씨! 모모야마 씨가 왔어요!"

가키야의 시선이 향한 곳에 캐주얼한 복장을 멋지게 차려입
은 남자가 서 있었다. 간접 조명 불빛을 받아 왼팔에 찬 손목시

계가 번득였다. 평소와 차림새가 달라 잠깐 누군지 알아보지 못했지만, 분명히 구리모토 편집장이었다.

"제법 멋진데, 모모야마."

구리모토가 웃었다.

"편집장님도 MLS 회원이십니까?"

그렇게 묻자 구리모토는 잠깐 당혹한 표정을 지었다가 "그래"라며 고개를 끄덕였다.

"언제부터요?"

"오래됐어."

"어째서죠? MLS는 적 아니었습니까?"

"무슨 소리야?"

사정을 파악하지 못하는 구리모토에게 가키야가 설명했다. 모모야마 씨는 밑에서 하는 집회에 참가했거든요. 그런데 어떻게 된 건지 여기 존재를 알아차린 모양입니다. 그러니까 모모야마 씨는 MLS 회원인 건 아니고요.

"그래." 구리모토가 고개를 끄덕였다. "이거 봐, MLS는 적이 아냐. 오히려 우리 편이지."

"무슨 뜻인지 모르겠습니다."

"〈ERASER〉는 유행을 뒤쫓는 잡지였어. 하지만 난 계속 유행을 뒤쫓는 게 허무하다고 느꼈어. 만약 사람들한테 문화를 사랑하는 마음이 있다면 유행 따위 상관없을 거야. 자기가 좋아하는 걸 원하는 식으로 뒤쫓으면 되니까. 하지만 사람들은 유행에 휘둘려서 본질을 보려 하지 않아. 그렇게 해서 인터넷 시대가 되고 정보 전파가 빨라졌어. 한 달 전에 유행했던 게 구식이 되고 또 새로운 게 유행해. 사람들은 주변에 이야기를 맞추기 위해서 유행을 따르고 붐이 지나가면 죄다 잊어버려. 그게 계속 반복되는 거야. 허무하지 않나?"

"깡그리 무시하면 되잖습니까." 모모야마는 반박했다. "사람들이 유행을 어떻게 소비하건 저하곤 상관없어요."

"그렇지만 사람들은 모방을 해. 내가 마음에 든 복장을 따라 하고 내가 듣는 음악을 따라 들어. 좋아하는 걸 추구하고 싶어도 '유행을 따르는군요'란 말을 듣고 타인과 같은 취급을 받아. 그런 게 싫었던 거야."

참 시시하군요, 라고 하려는 모모야마의 말을 구리모토가 가로막았다.

"넌 방금 시시하다고 말하려 했지. 알 수 있어. 그래, 맞는 말이야. 아주 시시해. 내가 가지고 있던 불만은 '타인이 나를 어떻게 생각하는가' 그것만 신경 쓰기 때문에 발생하는 거야. 그래, 시시해. 그래서 이 시시함을 끝내야겠다고 생각한 거야. MLS는 유행이란 개념을 없애. 그러면서 나도, 그리고 나만 아니라 모든 인간이 '타인이 자신을 어떻게 생각하는가'란 시시한 고민에서 해방돼 진짜로 좋아하는 걸 추구할 수 있게 되는 거야. 예를 들어 넌 지금 불량배 복장을 하고 있지. 불량배는 학교나 사회의 규칙에 속박되기 싫어서 머리를 염색하고 리젠트 스타일을 하고 오토바이를 개조했어. 그런데 그 귀결은 뭐였지? 불량배는 모두가 비슷한 복장을 하게 됐어. 비슷하게 오토바이를 개조했어. 학교나 사회의 규칙이 싫었으면서 그들의 집단엔 엄격한 규칙이 생겨났어. 시시하지 않나? 이 시시한 순환을 없애기 위해서 세계를 투명하게 만들고 싶어지지 않아?"

뭔가 잘못된 것 같았지만 반박할 말이 생각나지 않았다. 모모야마는 반론 대신 "여기는 대체 뭡니까?"라고 물었다. "다들 MLS하곤 거리가 먼 차림새인데요."

"MLS 회원은 모두 자기가 좋아하는 걸 순수하게 즐기길 원해. 아무도 흉내 내는 사람이 없이 말이지. 여기는 회원이 자유롭게, 있는 그대로의 모습으로 사람들을 만날 수 있는 장소야. 세상에서 유행을 소멸시켜서 드디어 자기만의 오리지널리티를 추구할 수 있게 됐어. 이제 아무도 모방하지 못해."

"그런 터무니없는 소리가……."

재즈 연주가 끝났다. 다음 곡을 준비하는 듯했다. 건물 밖에서 경찰 사이렌 소리가 커졌다. 바깥을 바라보던 사람들이 환성을 질렀다. 창가로 천천히 이동한 가키야가 "슬슬 끝나겠는데요"라고 했다. 구리모토가 "잘했어"라며 고개를 끄덕였다.

모모야마는 모든 것을 깨달았다. 집회는 MLS의 자작극이었던 것이다. 방송국도 카메라맨도 모두 한패였다. 가키야가 선동해 폭동을 일으키고 그 모습을 보도하게 한다.

보십시오, 이 비참한 광경을. 유행 따위에 휘말리는 자들의 소행입니다. 그런 식으로 보도될 게 틀림없다. RTF는 유행을 되찾으려는 이들이 얼마나 어리석은지 세상에 똑똑히 알리기 위한 집회였다.

"넌 어쩔래?"

구리모토가 물었다. "MLS 회원이 되고 싶다면 추천해줄 수도 있어."

모모야마는 창밖을 봤다. 무장한 경찰이 마스코트의 인형 옷을 벗기고 있었다. 모리걸이 경찰봉으로 맞고 있었다. 창유리에 자신의 모습이 어슴푸레 비쳤다. 기장이 긴 특공복을 입고 있었다. '바사라 단은 해산했다'라는 리더의 말이 생각났다.

즉 자신은 인류 최후의 불량배였다.

모모야마는 주먹에 힘주어 구리모토의 턱을 후려갈겼다.

거짓과 정전

쿡 앤드 휘트스톤식 전신電信 기사인 새뮤얼 스톡스는 이십 년 전 폭행 사건으로 체포된 삼촌의 재판을 방청한 이래 처음으로 맨체스터 순회 법원을 찾았다. 이십 년 전과 다른 점은 이번에는 증인이라는 중요한 역할을 맡았다는 것이었다. 아니, 증인은 단순히 신분에 불과했다. 자신은 '정전正典의 수호자'인 '앵커'로서 이 법정에서 마지막으로 중요한 일을 해내야 했다.

법원 안은 스톡스가 기억하는 것과 똑같았다. 입구에 큰 영국 국기를 내걸고 문장紋章이 그려진 태피스트리를 한 단 높이 설치된 단상 가장자리에 걸었다. 정면에는 배심원들이 앉았고 왼편에는 흰 법복을 입은 판사가 보였다. 피고인이 앉을 자리는 입구에서 볼 때 오른편, 방 중심에 증언대가 있다. 그 주위를 빙

둘러싸듯 방청인용 의자가 놓여 있었다.

깃털 달린 모자를 쓴 남자 법정변호사가 중앙에 있는 두 쪽짜리 문 옆에 서 있었다. 얼마 지나 남자가 과장된 몸짓으로 문을 여니 비로소 피고인이 들어왔다.

수의를 입은 피고인이 자리에 앉자 판사가 이름을 확인했다.

"프리드리히 엥겔스 맞습니까?"

엥겔스가 "네" 하고 대답하자 판사는 천천히 고개를 끄덕였다. 창문으로 비쳐든 빛을 받아 판사의 법복이 빛났다.

"1844년 1월 9일 오전 10시 30분. 지금부터 워딩턴 공장 습격에 관련한 맨체스터 특별 순회 재판을 시작하겠습니다."

먼저 고급스러운 펠트 모자를 쓴 검사가 앞으로 나와 간단히 자기소개를 했다. 런던에서 십이 년간 사무변호사로 일했고 공장 습격 관련 재판은 이번이 두 번째라고 했다.

"배심원 여러분 중에는 '엥겔스'란 이름을 듣고 어느 공장을 떠올린 분도 계실 겁니다. 그렇습니다. 이 독일 청년 프리드리히 엥겔스는 에르멘 앤드 엥겔스 방적공장의 경영자 프리드리히 엥겔스 시니어의 아드님입니다."

검사는 익숙한 듯이, 자신감 어린 어조로 자신의 주장을 이야기했다. "피고인은 에르멘 앤드 엥겔스 방적공장의 후계자이면서……"

거기까지 말하더니 배심원석을 둘러봤다.

"소란을 피우고 불평하는 재주밖에 없는 아일랜드인들에 가담해 워딩턴 공장의 습격, 그리고 그 뒤의 폭동에 참가한 혐의를 받고 있습니다."

배심원들 사이에 메마른 웃음이 일었다. 스톡스는 이 검사가 영 좋아지지 않았다.

"저는 이 법정에서 유럽에 존재하는 흉악한 인간이 아일랜드인과 나폴레옹 보나파르트만이 아니라는 것을 입증하고자 합니다. 이미 아일랜드인 수십 명이 순회 재판에서 유죄를 선고받은 바 있지만, 독일인인 피고가 저지른 죄는 그저 날뛴 것뿐인 아일랜드인들보다 더 악질적입니다. 피고인은 폭동을 빌미로 사업 경쟁 상대의 공장을 파괴함으로써 엥겔스 공장의 가치를 상대적으로 올리려 했기 때문입니다."

검사는 잠시 뜸을 들였다가 모자를 벗는 배심원들에게 가볍게 머리를 숙였다.

"그럼 배심원 여러분께 제가 사건을 설명해드리고자 합니다."

검사는 사건의 경과를 막힘없이 이야기했다. 아일랜드인을 중심으로 한 워딩턴 공장 노동자들은 임금 인상 요구가 받아들여지지 않은 것을 알자 공장을 습격하기로 공모했다. 기계를 부수고 경영자인 워딩턴 경을 습격하고 저항하는 다른 노동자들을 공격했다. 이 폭동으로 워딩턴 경을 지키려던 로버트 영이라는 젊은 노동자가 목숨을 잃었다. 이전 재판으로, 습격에 가담한 아일랜드인 노동자 열두 명이 유죄 판결을 받았고 열여섯 명이 현재 재판중이다. 유죄가 선고된 노동자 중 습격 주모자에게는 사형이, 나머지 열한 명에게는 유배형이 선고됐다.

그리고 이미 유죄 판결을 받은 아일랜드인 중 몇 명이 당일 습격에 엥겔스가 가담했다고 증언했다.

검사는 긴 대사를 마치고는 증인석으로 시선을 돌렸다. 잘 닦은 가죽구두에서 소리가 났다.

"자, 여기서 첫 번째 검찰 측 증인을 부르고자 합니다. 리처드 제인 씨, 나오시죠."

스톡스의 사각死角에서 몸집이 매우 왜소하고 불결한 남자가 일어나 증인석으로 나갔다.

"리처드 제인입니다."

제인은 벗어진 머리를 긁적였다.

"공장이 습격받은 날 뭘 봤는지 말씀해주시겠습니까?"

"전 올드샐 공장에 다니는데, 집은 강 건너에 있거든요. 허름한 아파트인데 옆집에 메리란 아일랜드 여자가 살아요. 이 여자가 어찌나 시끄러운지 진짜 열받는단 말이죠. 밤이면 밤마다 뭔소리인지 악을 써대는 바람에 제대로 잠을 자본 지 오래됐지 뭡니까.”

“제인 씨, 제가 묻는 건 공장 습격 이야기입니다. 습격이 있었던 날 뭘 봤는지 말씀해주세요.”

검사는 ‘미리 맞춰본 대로 해라’라는 듯 미간에 주름을 잡으며 말했다.

“아, 예. 그날은 제가 피곤해서 일찍 잤거든요. 습격받은 공장은 우리 집에서 멀어서 습격에 관해선 아무것도 몰랐어요. 12시쯤이었나, 메리가 큰 소리로 고함을 치길래 잠이 깬 겁니다. 남자도 같이 있었어요. 싸운다기보다 남자가 메리를 달래는 느낌이었죠.”

“남자에 관해 아시는 게 있습니까?”

“유별난 도련님이에요. 품위 있는 복장으로 근방을 얼쩡거리면서 아일랜드인들하고 어울리는 사내죠. 여기선 유명하다고요. 메리네 집에도 자주 왔는데, 그 사람이 있었던 거예요. 하도 시끄러워서 항의할까 했는데 결국 그냥 잤어요.”

“감사합니다.” 검사는 증인을 자리로 돌려보냈다. “피고인은 아일랜드인 집단과 친밀한 관계를 맺고 있어서 그들이 모이는 장소에서도 여러 차례 목격된 바 있습니다. 그리고 사건 당일 밤, 애인인 아일랜드인 여성 메리 번스와 함께 있었던 겁니다. 이 정보에 메리 번스가 습격에 가담한 죄로 현재 재판을 받는 중이라는 사실을 추가하겠습니다. 자, 피고인은 반론할 말이 있습니까?"

검사가 엥겔스에게 시선을 돌렸다. 어지간히 자신이 있는지 얼굴에 여유 있는 웃음을 띠고 있었다.

엥겔스는 허공을 물끄러미 바라보며 얼마 동안 뭔가를 생각했다. 피곤한지 눈 밑이 거뭇했지만 스톡스의 눈에는 침착한 표정으로 보였다. 법정을 메운 정적 가운데 누가 침을 삼키는 소리가 들렸다.

"두 가지 반론할 게 있습니다." 엥겔스는 검사를 똑바로 보며 대답했다. "첫째, 유럽에 존재하는 가장 흉악한 인간은 아일랜드인이 아니라 노동자를 부당하게 착취하는 자본가입니다. 그리고 둘째, 메리는 습격에 가담하기는커녕 워딩턴 공장 공격을 끝까지 반대했습니다. 워딩턴 경은 노동자 생각을 하지 않는 악질 자본가지만, 공장을 습격하면 자신들의 입장이 불리해질 뿐이라고 생각해서입니다."

"워딩턴 경에 원한이 있었다는 걸 시인하는군요?"

검사가 즉각 질문했다.

"네." 엥겔스는 고개를 끄덕였다. "워딩턴 공장의 노동 환경은 그보다 더 나쁠 수 없었습니다. 고작 주 5실링에 아침 6시부터 밤 10시까지 쉬지도 못하고 일하게 했습니다. 전 습격에 참가한 노동자들을 동정합니다. 그들은 단순히 자신들의 목소리를 들어주기 바란 것뿐입니다."

"배심원 여러분." 검사는 가슴을 폈다. "피고인이 방금 한 증언으로 퍼즐의 마지막 조각인 '동기' 부분이 메워졌다는 걸 결코 잊지 마시기 바랍니다."

스톡스가 배심원들의 표정을 보니 엥겔스가 열세였다. 게다가 그는 변명할 마음도 없는 듯했다.

재판이 시작된 뒤로 내내 굳은 표정이던 엥겔스의 법정변호사가 스톡스를 흘깃 봤다. 이제 곧 나설 차례라는 신호였다.

스톡스는 고개를 끄덕였다.

사 년 전부터 준비는 돼 있었다. '앵커'로서 '정전'을 지키기 위한, 그리고 세계의 '계산량'을 줄이기 위한 준비다. 그날 '정전의 수호자'의 '중계자'에게서 메시지를 받은 이래로 이삭 줍기처럼 소소한 임무를 되풀이했다. 오늘 재판에서 증언하는 임무는 그것을 매듭짓는 일이었다. 오늘로 육백 년에 걸쳐 활동해온 '정전의 수호자'가 마침내 '역사 전쟁'을 종결하는 것이다.

CIA 모스크바 지국의 활동 정지가 결정됐을 때, 공작원(케이스 워커) 제이컵 화이트는 조지아 트빌리시에 있었다. 모스크바를 떠나 베를린에 도착한 것은 수요일이었다. 그다음 주 월요일에 베를린에서 모스크바로 돌아가는 비행기를 예약했지만, 티켓은 KGB로부터 시간을 벌기 위해 산 것이었다. 화이트는 베를린에 도착하자마자 이스탄불을 경유해 트빌리시로 갔다. 출장중인 GRU 국장 알렉세이 코로보프에게서 소련 공군의 LDSD 레이더에 관련된 서류를 넘겨받을 예정이었다. 화이트의 가방에는 코로보프에게 주려고 준비한 지폐 10만 루블과 트로펠이라는 소형 카메라, 그리고 코로보프가 희망한 솔제니친의 책이 들어 있었다.

코로보프를 만나는 날 아침, 트빌리시에 있는 호텔로 연락이 왔다. '니콜라이가 열이 났다'라는 내용이었다. '니콜라이'는 CIA의 터너 국장을, '열이 났다'는 모든 임무를 즉각 중지하라는 명령을 의미했다. 터너가 마침내 모스크바 지국의 활동 정지를 결정한 것이다. 당연히 코로보프에 관한 임무도 중지였다. 코로보프를 만나기로 약속한 19시, 화이트는 호텔 근처 펍으로 가 혼자 술을 마셨다.

터너가 전부터 모스크바 지국의 활동을 중단시키고 싶어했다는 것은 알고 있었다. 첫 번째 요인은 워터게이트 사건이고 두 번째 요인은 베트남 전쟁이었다. 두 가지 탓에 정부는 CIA의 활동 규모를 축소해야 했다.

결정타는 얼마 전 모스크바 미국 대사관에서 발생한 화재였다. 미국 대사관 건물에는 CIA 모스크바 지국의 사무실도 있었다. 불이 나자 현지 소방대원이 미국 대사관으로 몰려들었다. 직원들은 대피를 권고받았지만 캠벨 지국장은 연기 속에 끝까지 사무실에 남았다. 소방대원으로 가장한 KGB 직원이 혼란을 틈타 사무실에서 서류를 훔칠 게 틀림없다고 확신해서였다. 지국장은 사무실 입구에 선 채, 안으로 들어가려는 소방대원으로 가장한 KGB를 감시했다. 불은 무사히 꺼졌고 염려했던 서류도 지켰지만, KGB가 마이크로파를 이용해 원격으로 화재를 일으켰다는 소문에 상부는 크게 동요했다. '소련의 기술력은 우리의 예상을 능가했을 가능성이 있다. 전모를 확인하고 안전을 확보할 때까지 활동을 중단해야 한다'라는 의견이 나왔다. 그렇게 해서 모스크바 지국의 활동 정지가 결정된 것이다.

그날 마신 술은 그렇게 맛없을 수 없었다. 코로보프를 배신하는 모양새가 되어 더욱 괴로웠다. 그는 지금쯤 약속한 서류를 지참하고 이쪽에서 지정한 호텔로 찾아가 아무도 없는 것을 보고 놀라 낙담하고 있을 것이다. GRU 국장이 목숨을 걸고 빼낸 정부 기밀 서류가 바로 코앞에 있건만, 이쪽에서 할 수 있는 일은 아무것도 없었다. 즉시 중지 명령은 코로보프에게 임무가 중지됐다고 알릴 수도 없다는 것을 의미했다.

밤이 깊어 위스키 병이 비었을 무렵, 카운터 옆자리에서 "아이가 어떻게 생기는지 아세요?"라고 누가 영어로 물었다. 금발을 어깨까지 기른 젊은 남자가 자신에게 미소 짓고 있었다. 펍에 손님은 자신과 남자뿐이었다.

"남녀가 섹스해서 정자와 난자가 결합해서 수정하는 거야. 미국에선 세 살 때 배우는 사실이지, 동정童貞 씨."

화이트는 그렇게 대답했다.

젊은이는 "역시 미국 사람이군요"라고 했다. "막연히 그럴 것 같더라고요."

"자네는 독일인이지?" 화이트는 독일어로 대꾸했다.

"대단한데요. 어떻게 알았죠?" 젊은이는 영어로 말했다.

"그게 다가 아니야. 자네 부모님 중 한쪽은 미국인이군. 십중 팔구 아버지가. 아버지는 무역 관련 일을 하고 있어. 유복한 가정에…… 자네는 학생이야. 장학금을 받지 않고 유학하고 있어. 모스크바의 루뭄바 대학 학생이지?"

"어떻게 그런 것까지 알죠?"

젊은이는 위스키를 병으로 주문해 화이트에게 따라주었다.

"직업상 그 정도는 알 수 있어."

트릭을 밝히자면 간단한 이야기였다. 아까 남자가 다른 손님에게 모스크바 유학생이라고 이야기하는 것을 들었다. 화이트는 별반 이 남자를 주목했던 것은 아니고 펍 안에 오가는 모든 대화를 듣고 있었다. 소련 당국을 속여 넘겨 트빌리시까지 오기는 했지만 KGB의 감시를 받고 있을 가능성은 제로가 아니었다.

그가 쓰는 영어는 어렴풋이 독일어 악센트가 있었지만 그런 것치고는 유창했다. 독일에 사는 미국 출신 아니면 미국에 사는 독일 출신 둘 중 하나인데, 미국에 사는 사람은 모스크바로 유학 올 수 없다. 그리고 모스크바에서 비非공산권 학생을 받을 수 있는 것은 루뭄바 대학뿐이다. 나머지는 대충 찍은 것이었지만 독일에 사는 미국 출신은 외교관 아니면 무역상이 많다.

"클라인입니다. 당신한테 자기소개를 할 거리는 별로 없을 것 같지만요."

이름을 밝힌 젊은이는 뜻밖에도 화이트가 자신의 신원을 알아맞힌 이유를 물으려 하지 않았다.

"화이트야. 모스크바 미국 대사관의 주재 무관이지."

주재 무관이라는 직함은 진짜였다. 모스크바 지국원 중 다수는 그런 위장 직함을 갖고 있었다.

"트빌리시엔 일 때문에 오셨나요?"

"응, 뭐." 화이트는 고개를 끄덕였다. "그런데 사정이 생겨서 좀 전에 몽땅 헛수고가 됐거든. 그래서 낙담해서 술을 마시고 있는 거지. 자네는 여기에 무슨 일로?"

"지난주부터 트빌리시의 공업소에 부기 실습을 나와 있거든요. 전공하곤 전혀 관계없는 일이라 매일 지루해 죽겠어요."

"전공은 뭔데?"

클라인은 "음" 하며 고민했다. "설명하기가 좀 어렵네요. 다소 거창하게 말하자면 '공산주의의 기원'인데요."

"아주 흥미로운 테마로군." 화이트는 말했다. "자세히 들어보고 싶은데."

클라인은 팔짱을 꼈다. "음, 뉴턴을 아세요?"

"몰라. 미국에선 만유인력의 법칙을 안 배우거든."

"아시잖아요." 클라인은 웃었다.

"뉴턴이 뭐가 어쨌는데?"

"예를 들면 이런 거죠. 만약 뉴턴이 세상에 존재하지 않았다면 만유인력은 발견되지 않았을까요?"

화이트는 잠시 생각하고 나서 "그건 아닐걸"이라며 고개를 흔들었다.

"왜죠?"

"만유인력의 발견에는 스토리가 있거든. 이미 케플러가 타원 궤도의 법칙이며 공전 주기와 궤도 긴반지름의 관계를 발견한 다음이었어. 당시 과학자들은 필사적으로 그 원인을 찾아내려 했고. 뉴턴은 우연히 퍼즐의 마지막 조각이 됐을 뿐이야. 뉴턴이 없었어도 만유인력이 발견되는 건 시간문제였을걸."

"미국에선 그렇게 배우나요?" 클라인이 놀라 물었다.

"물론이지." 화이트는 대답했다.

"당신이 말한 대로 뉴턴이 없었어도 만유인력은 발견됐을 겁니다. 그럼 마찬가지로 디킨스가 세상에 존재하지 않았어도 《올리버 트위스트》는 쓰였을까요?"

"그것도 아니겠지. 《올리버 트위스트》의 탄생에 역사적 필연성은 없어."

"맞습니다. 그게 중요한 점이죠. 제가 하려는 말은, 역사상의 성과는 두 종류로 나눌 수 있다는 겁니다. 어떤 특정 인물이 없었어도 존재했을 것과 어떤 특정 인물이 없었다면 존재하지 못했을 것, 이렇게 두 종류로."

"그 이론이 자네 연구와 무슨 상관이 있지?"

"같은 질문을 공산주의에 적용해보죠. 현재의 공산주의 사상은 마르크스와 엥겔스가 공동으로 쓴 〈공산당 선언〉에서 비롯됐습니다. 마르크스와 엥겔스, 둘 중 하나가 없었다면 공산주의는 존재했을까요?"

"그건 아주 까다로운 질문인데." 화이트는 대답했다. "자네는 어떻게 생각하지? 공산주의는 만유인력인가, 아니면 《올리버 트위스트》인가."

"《올리버 트위스트》라고 생각합니다. 그것도 《올리버 트위스트》보다 훨씬 고도의 역사적 우연이에요. 물론 공산주의란 말 자체는 마르크스나 엥겔스와 무관하게 존재하고 있었지만, 소위 공산주의, 다시 말해 소련이 채용한 마르크스주의적 공산주의는 두 사람이 만났기에 탄생한 겁니다. 헤겔의 계보를 잇는 극단적 무신론자였던 마르크스와, 산업혁명 이후의 영국에서 차티스트 운동을 접해 노동자의 계급 문제에 깊은 관심을 갖고 있었던 엥겔스. 이 두 사람이 우연히 만나면서 탄생한 사상이라고 생각하거든요."

"그러니까 마르크스란 정자와 엥겔스란 난자가 수정하지 않았다면 공산주의는 태어나지 않았다는 말이군. 그런 이야기라면 미국인은 익숙해."

"아주 그럴싸한데요." 클라인이 웃었다. "딱 그렇습니다. 마르크스가 사상을, 엥겔스가 경제를 짊어진 셈이죠."

"그렇군."

"전 지금 마르크스를 만나기 전의 엥겔스, 즉 수정 전의 난자를 연구하는 중입니다. 영국에서 일하던 시대의 엥겔스에 관해 흥미로운 자료가 최근에 발견돼서 말이죠."

화이트는 예정보다 하루 일찍 트빌리시에서 돌아왔다. 모스크바 지국은 활동이 정지됐지만 물론 KGB에서는 그런 줄 모르니 자신에 대한 감시도 계속되고 있었다. 출퇴근 중에도 이전과 마찬가지로 KGB의 누군가가 자신을 감시했다. 그들의 어깨를 치며 '그럴 필요 없어'라고 가르쳐주고 싶은 기분이었다. CIA는 모스크바에서의 활동을 중단했다고.

미국 대사관에서 엘리베이터를 기다리며 주재 무관으로 모스크바 미국 대사관에 처음 출근한 날을 떠올렸다. 새로 이사온 스탈린 시대의 고층 아파트에서 내려와 정거장에서 노면 전

차를 기다리는데 건너편에 검정 쥐굴리 ^{공산주의의 상징격인, 후륜구동 소}^{형 자동차}가 서 있는 게 보였다. 차 안에서 자신을 보던 젊은 남자는 눈이 마주치자 금세 시선을 돌렸다. 이전의 경험으로 '감시하는구나'라고 느꼈지만 영 석연치 않았다. 자신은 아직 공작원으로 활동하기는커녕 출근조차 하지 않았는데.

캠벨 지국장은 "당연한 일이야"라고 말했다. "자네는 앞으로 매일 KGB의 감시를 받게 될 거야. 집엔 도청기가 설치돼 있고 소련 국내 어디를 가나 항상 감시가 따라붙을 테지."

본국의 브리핑에서 소련이 다른 나라와 다르다는 이야기는 많이 들었지만 이 정도일 줄은 몰랐다. "제가 공작원이란 걸 KGB는 벌써 파악한 겁니까?"

"몰라." 지국장은 대답했다. "자네가 공작원이건 주재 무관이건 상관없어. KGB는 어차피 모스크바의 모든 미국인을 감시하고 있을 테니까."

그날 이래 모스크바에 있을 때는 집에서도 본심을 입에 담은 적이 없다. 아내와 중요한 이야기를 할 때는 필담으로 하고 이야기가 끝나면 종이를 태웠다. 그렇게 이 년을 보냈지만 그게 힘들게 느껴진 적은 없었다. CIA에 들어간 순간부터 공산주의와의 싸움에 인생을 바치기로 결심했다.

제정 러시아의 귀족이던 화이트의 할아버지는 1920년에 볼

셰비키에게 살해당했다. 할머니와 어머니는 콘스탄티노플을 경유해 뉴욕으로 피신했다가 그 뒤 보스턴으로 넘어왔다. 고등학교를 졸업하고 바로 공장에 취직한 어머니는 진주만 공격 일주일 전 직장에서 만난 미국인과 결혼해 미국이 일본 및 나치 독일과 전쟁을 벌이는 동안 제이컵 화이트를 낳았다. 어머니는 조국 이야기를 일절 하지 않았지만 소련이 화제에 오르면 언제나 슬픈 표정을 지었다. 소련은 어머니에게서 행복한 어린 시절을 빼앗은 것이다.

집은 가난했지만 화이트는 우편배달을 해 살림에 보태는 한편, 장학금을 받아 보스턴 대학에서 러시아어를 배웠다. 베트남 전쟁에 종군한 뒤 CIA에 들어간 그는 브뤼셀과 프라하 근무를 거쳐 드디어 염원하던 소련 부서로 발령을 받았다.

엘리베이터가 왔다. 기술 공작원 둘이 내려 밖으로 나갔다.

9층에서 내려 경비중인 해병대원에게 고개를 까닥하고 내부 계단을 이용해 7층으로 내려왔다. 정치부가 위치한 사무실 반대편에 두꺼운 금속 문이 있다. 자물쇠를 열고 짤막한 복도를 지나 복도 끝의 빗장을 열었다. 두꺼운 금속으로 뒤덮이고 창문 하나 없는 방으로 이어지는 문이 열렸다.

"'데캉글' 건은 미안하게 됐어."

좁은 사무실에 들어가니 핀을 잔뜩 꽂은 모스크바 지도 앞에서 있던 캠벨 지국장이 말했다. '데캥글'은 코로보프의 코드 네임이었다.

"어떻게 된 겁니까?"

화이트는 물었다. 방 안쪽에서 연로한 공작원이 미국의 소련 부서에서 보낸 전신을 정리하고 있었다.

"어떻게 되긴. 터너가 활동 정지를 결정했어. '안전이 확보되면' 재개하겠다더군."

"지금까지 안전했던 적이 있나요?"

"나도 그렇게 말했다고. 그래도 대답은 똑같았어."

"소련의 LDSD 레이더 기술이 어디까지 왔는지 알면 미국의 신형 전투기 개발 기간이 삼 년은 단축됐을 겁니다. 전 그 서류를 손에 넣으려고 일 년 이상 계획을 짰단 말입니다."

"나라고 그걸 모르겠나. 그렇지만 위에서 정한 걸 어쩌겠어."

화이트는 그 이상 따지기를 그만두었다. 활동 정지가 누구보다도 분한 사람은 지국장일 것이다. 그는 화재가 났을 때 KGB에게서 서류를 지키려고 끝까지 사무실을 떠나지 않던 사람이다.

침묵이 흘렀다. 화이트는 잠금장치가 달린 캐비닛을 열고 코로보프 관련 서류를 정리해 '임무 중단' 도장을 찍어 다시 캐비닛에 넣었다.

달리 할 일도 없어 멍하니 책상 앞에 앉아 있으려니 지국장이

"이걸 봐"라며 편지 한 통을 내밀었다.

"이게 뭔데요?"

"어제 볼쇼이 극장 앞에 차가 서 있는데 창으로 누가 던져 넣더군."

화이트는 편지를 폈다. 고지식하고 꼼꼼한 글씨로 빽빽하게 메워져 있었다. 서두에 '나는 당신에게 대단히 중요한 기밀 정보에 접근할 수 있는 입장입니다'라고 쓰여 있었다.

'내가 가진 정보에 관심이 있다면 다음 주 목요일까지 동물원 거리의 버스 정류장 벽에 붉은 동그라미를 치십시오.'

편지를 보낸 사람은 신원을 밝히지 않았지만 끝머리에 모스크바 전자전파 연구소의 우편 수취 번호인 C943번과 총무부 전화번호가 적혀 있었다.

"어떻게 생각해?" 지국장이 물었다.

"편지를 준 사람은 어떤 인물이었습니까?"

"코트를 입은 남자였어. 키는 그리 크지 않았고. 요령 좋게 봉투를 넣자마자 어디론가 사라져버려서 얼굴은 몰라."

"50퍼센트라고 생각합니다."

50퍼센트는 편지를 쓴 사람이 자신들에게 협력하기를 원하는 확률이었다. 소련에서의 첩보 활동이 다른 나라와 크게 다른 것은 이쪽에서 정보원을 스카우트할 수 없다는 점이었다. 이쪽에서 먼저 말을 꺼내면 정보원은 KGB와 내통해 거짓 정보를 넘기고 거액의 보수를 요구한다. 그 때문에 소련에서는 협력자가 스스로 나서기를 기다릴 수밖에 없었다. 하지만 협력자 중 다수는 KGB가 판 함정이었다.

"어느 부분이 수상하지?" 지국장이 물었다.

"남자는 미국에 협력해야겠다고 생각했습니다. 그걸 위해 미국인한테 편지를 쓰고자 했습니다. 편지가 누구 손에 넘어갈지 알 수 없으니 신중하게 일을 진행하려고 합니다. 거기까진 좋아요. 그런데 하고 많은 사람 중에 우연히 CIA 지국장한테 편지를 줄 수 있는 걸까요?"

"그래, 바로 그 점이야." 지국장은 대답했다. "게다가 차 밖에서 어떻게 내가 미국인이라는 걸 알았을까."

"반대로 KGB의 함정치곤 허술하다는 생각도 드는군요."

"그것도 그래."

"어쨌거나 확실하게 할 수 있는 이야기는 두 가지입니다. 만약 남자가 진짜로 모스크바 전자전파 연구소에 근무하고 기밀 정보에 접근할 수 있다면 데캥글의 열 배 이상의 가치가 있으리란 것, 그렇지만 우리는 활동 정지중이란 것이죠."

모스크바 지국은 편지를 쓴 이에게 '에메랄드'라는 코드 네임을 붙이고 새 캐비닛을 마련해 보관하기로 했지만, 임무를 개시하게 될 가망성은 거의 없어 보였다.

 대사관 직원이 에메랄드에게서 두 번째 편지를 받은 것은 두 달 뒤였다. 직원 이야기에 따르면 역시 볼쇼이 극장 앞에서 차창으로 편지를 던져 넣었다고 했다. 지난번과 똑같은 수법이었다.
 편지는 '유감입니다'라는 말로 시작됐다.

 지난번 편지를 드린 뒤로 매일 동물원 거리 버스 정류장을 확인했지만 결국 붉은 동그라미를 발견하지 못했습니다. 내내 어째서 관심을 끌지 못했는지 생각했습니다. 제 예상은 다음 네 가지입니다. 첫째, 저를 KGB가 판 함정이라고 생각했다. 둘째, 편지가 합당한 인물의 손에 들어가지 못했다. 셋째, 제가 가진 정보에 관심이 없다. 넷째, 일단 무시해 제가 얼마만큼 진심인지 시험하고 있다.
 저는 이 네 가지 가능성을 하나씩 해결해 신뢰를 얻기로 했습니다.
 첫째에 관해, 솔직히 말씀드려서 제가 할 수 있는 일은 얼마 없습니다. 다만 분명하게 말씀드릴 수 있는 사실은, 제 목적이 소련 현 체제의 개혁이고 제가 금전을 요구할 일은 없으리라는 것입니다.

둘째, 이 봉투에 지난번 편지의 사본을 동봉했습니다. 이번 편지는 올바르게 들어가기를 바랄 따름입니다.

셋째, 저는 빅토르 베렌코에 관해 압니다. 그는 소련 공군 기지에서 미그 25 전투기 훈련 비행중에 탈주해 망명했습니다. 미국 정부가 미그 25를 분해해 소련의 항공 기술에 관해 많은 것을 알아냈다는 이야기도 들었습니다. 예를 들면 저는 베렌코가 망명한 뒤 내려진 미그 25 설계 변경 명령이나 신형 전투기의 구체적인 설계도에도 접근할 수 있습니다. 그뿐 아니라 개발을 검토중인 수직이착륙 비행기나 LDSD 레이더, 육해공군 오 개년 계획의 개요, 신형 전자 병기 같은 정보에도 접근이 가능합니다. 제가 가진 정보의 중요성을 아실 수 있으리라 믿습니다.

넷째에 관해서는, 이 편지로 제 열의를 짐작하실 수 있겠죠.

에메랄드는 또다시 버스 정류장에 붉은 동그라미를 칠 것을 요구했다.

편지를 끝까지 읽은 뒤, 화이트는 "명확한 게 있습니다"라고 말했다. "에메랄드가 첫 번째 편지를 지국장님께 드린 건 우연이었다는 겁니다. 십중팔구 차 번호로 미국 대사관 차량을 식별

했겠죠."

"그래. 그래서 이번엔 대사관 직원 손에 들어갔군."

"이번 편지로 에메랄드가 진짜일 확률은 80퍼센트로 높아졌다고 생각합니다. 더욱이 이자는 매우 귀중한 정보에 접근할 수 있는 입장에 있죠."

"설령 함정이라 해도 뛰어들고 싶군." 지국장이 말했다. "PNG가 될 위험을 무릅쓸 가치가 있어."

PNG(페르소나 논 그라타)는 '바람직하지 않은 인물'을 의미하는 외교 용어다. 소련 국내에서 스파이 활동이 발각되면, 관련된 미국인은 루뱐카KGB 본부가 있던 지역명으로, KGB 자체를 상징하는 말이 됨에서 PNG를 선고해 국외 추방 처분을 내린다. 한편 소련인 정보원은 고문한 뒤 총살했다.

"이자가 접근할 수 있다고 주장하는 모든 정보가 미국의 향후 십 년 군사 계획에 영향을 미칠 수 있습니다. '신형 전자 병기'란 것도 마음에 걸리는군요. 대사관 화재를 일으키는 데 쓰였을지도 모르죠. 이자의 마음이 변하기 전에 연락을 취해야 할 것 같은데요."

"동감이야."

"문제는 우리가 활동할 수 없다는 건데요."

두 달 전에 내려진 활동 정지 명령은 아직 유효했다.

"터너하고 이야기해보지." 지국장은 말했다. "터너가 활동 정지를 해제할 마음이 없어도 이 건은 예외야. 에메랄드와 연락을 취하지 않으면 미국은 영원히 후회하게 될걸."

지국장은 큰소리를 쳤지만 결과적으로 터너의 허가를 받지 못했다. 본부에서 온 전신에는 이 임무의 불안 요소가 나열되어 있었다. 에메랄드가 관심을 끌기 위해 본래 접근이 불가능한 정보에까지 접근할 수 있다고 주장하고 있을 가능성. 에메랄드의 정보가 진짜라 해도 필요가 없을 가능성. 그리고 에메랄드의 존재가 소련의 대형 '마스터플랜'의 일부일 가능성이다. 그의 역할은 거짓 정보를 흘려 미국의 군사 계획을 혼란에 빠뜨리는 것일지도 모른다는 게 본부의 주장이었다.

여러 가능성을 고려해 터너가 내린 지시는 '현상 유지'였다.

"현상 유지라니 그게 뭔 소리야!" 지국장이 고함쳤다. "요는 아무것도 하지 말란 거 아냐."

"또 '마스터플랜'입니까." 화이트는 한숨을 쉬었다.

"마법의 주문이지. 쿠바에서 실패한 것도, 베트남에서 실패한 것도 모두 '마스터플랜'이야."

"모스크바로 이동한 뒤로 온 시내를 찾아다녔지만 그런 건 어디에도 없던데요."

"답은 간단해. '마스터플랜'은 존재하지 않는 거야."

지국장은 그렇게 말했다.

터너는, 아니, 터너뿐 아니라 CIA 상부 인간은 대부분 KGB를 과대평가했다. '과대히 평가한다'라는 말은 상당히 순한 표현이다. 솔직히 상부는 과대망상에 빠져 있었다.

창설 이래 CIA는 매번 선수를 빼앗겼다. 예외적으로 성공한 일부 작전을 제외하면 대부분이 실패로 끝났다. 한국에서, 쿠바에서, 베트남에서 CIA는 실패를 거듭해왔다. CIA에 의한 군비나 기술 추정은 예외 없이 빗나갔다. CIA가 입수할 수 있었던 (몇 안 되는) 정확하면서 가치 있는 정보는, 작전을 통해 자력으로 손에 넣은 것이 아니라 대립국을 배신한 군인이나 민간인이 넘긴 것이었다.

화이트는 이런 '실패의 연속'으로 상부가 병든 게 아닐까 생각하고 있었다. 작전은 세우는 족족 실패하는데, 가치 있는 정보는 아무것도 하지 않아도 제 발로 걸어 들어온다면 CIA라는 존재 자체가 필요 없어진다. 그건 곤란하니 CIA는 소련의 '마스터플랜'이라는 환상을 만들어냈다. 이를테면 KGB는 정보전략에서 미국을 크게 앞서며, 장대한 계획을 실행하기 위해 가짜 정보원을 보내고 거짓 정보를 유포해 미국을 혼란에 빠뜨리려 하고 있다는 것이다.

모스크바 지국의 공작원으로서 다양한 정보원과 이야기를

나누고 확신했다. 소련에는 '마스터플랜' 따위 존재하지 않는다고. 그들은 미국과 같은 수준으로 즉흥적인 행동만 반복하고 있었다. 미국과 다른 점은 누가 됐든, 그리고 어떤 수준의 행동이 됐든, 국가를 배신하면 처형된다는 것이다. 그렇기에 미국과 교섭을 시도하는 시점에서 정보원은 목숨을 거는 셈이었다. 미국에 협력하는 이에게는 크게 두 가지 특징이 있다는 게 화이트의 생각이었다. 하나는 조국에게 목숨을 위협당하고 있어 미국으로 도망치지 않으면 어차피 죽는 인물. 또 하나는 목숨을 걸고서라도 반역 행위를 하고 싶을 만큼 조국에 원한이 있는 인물. 에메랄드의 편지는 후자일 가능성을 강하게 시사했다.

'현상 유지' 명령을 받고 지국장은 분노 어린 답신을 보냈다.

에메랄드는 전례 없는 규모의 군사 정보를 제공해줄 가능성이 있습니다. 그 정보는 미국 육해공 군사 계획을 십 년 이상 단축시킬 수도 있습니다. 지금까지 우리가 수억 달러를 들이고 수백 명의 직원을 위험에 빠뜨려가면서 입수하려 한 정보에 에메랄드는 접근할 수 있습니다. 저는 본건에 PNG의 위험을 무릅쓸 가치가 있다고 생각합니다. 임무 개시는 시기상조일 수도 있지만 접촉은 해둘 필요가 있지 않을까요.

지국장 또한 자신의 직업 경력을 걸고 있었다. '지금까지 CIA 가 해온 활동은 무의미했다'라는 의미를 답신에 담은 셈이기 때문이다.

여기에 대해 터너의 답은 심플했다.

현재 이쪽에서 에메랄드의 신뢰성을 검토중이다. 결과가 나오기까지는 '현상 유지'다.

지국장은 메시지가 찍힌 종이를 찢어발길 듯한 기세로 책상에 내동댕이쳤다.

오전 7시, 평소와 같은 시간에 고르코보 거리의 아파트를 나선 안톤 페트로프는 동물원 거리를 향해 천천히 걷기 시작했다. 지은 지 삼십 년쯤 된 15층 아파트에는 전자전파 연구소 직원이 다수 살았다. 예전에는 1층에 슈퍼마켓이며 청과물 가게가 있었지만 물자 부족으로 인해 몇 년 전에 문을 닫았다. 지금은 완전히 폐허가 되어 금속 간판은 녹슬었고 깨진 유리 너머로 보이는 어두침침한 내부에는 거미줄이 가득했다.

코트 주머니에서 손을 빼니 손가락이 곱았다. 어제까지만 해도 괜찮더니 오늘은 부쩍 추워졌다. 페트로프는 주머니에서 꺼낸 장갑을 끼려 했지만 손이 떨려 잘되지 않았다.

미국인에게 제안한 최종 기한은 어제였다. 어제 아침 지나칠 때 버스 정류장에 아직 붉은 동그라미가 없었다. 미국인이 야간에 움직일 가능성을 생각하면 오늘 아침이 마지막 기회일 것이다. 지난밤은 긴장과 흥분으로 잠을 설쳤다. 용기를 내어 차 안에 편지를 던져 넣은 그날부터 그런 밤이 많아졌다.

첫 번째 교섭에 실패한 뒤 나름대로 열심히 생각했다. 머릿속에 준비한 노트에 다양한 가능성을 적고 하나씩 신중하게 검토했다. 뭐가 문제였나. 뭐가 '붉은 동그라미'를 저해했나. 페트로프는 요소를 넷으로 나누어 자기 딴에는 각각의 문제점을 최대한 해소했다고 생각했다. 미국인에 관해 아는 것은 거의 없지만, 그들이 자신과 마찬가지로, 그리고 이 나라의 현 체제와 달리 합리적일 것이라 생각했다. 과학자인 자신이 할 수 있는 일은 합리적인 제안뿐이었다. 지금은 그들의 합리성에 기대하는 수밖에 없었다.

조국을 배신하기로 결심하고부터 첫 번째 편지를 건네기까지 육 년이 걸렸다. 미국인과 직접 이야기할 가능성을 생각해 몰래 영어도 공부했다. KGB가 편지를 개봉할 위험성도 고려해 영어 암호까지 생각했다.

그러나 단 하나, 용기가 부족했다. 몇 년 동안 볼쇼이 극장 앞에서 미국인의 차 번호를 단 차량을 그저 바라보기만 했다. 마지막에 자신의 등을 떠민 이는 아들 일리야, 그리고 망명한 파일럿 베렌코였다.

나라에서 금지하는 서양 음악에 큰 관심이 있던 일리야는 레드제플린이라는 밴드의 레코드를 구할 수 없겠느냐고 물었다. 아들 세대에서는 서양 음악이 유행이라고 했다. 페트로프는 그때부터 암시장에서 레드제플린의 레코드를 찾기 시작했다. 발견한 적도 한 번 있었다. 레코드 자체는 못 살 가격은 아니었지만, 만성적인 물자 부족에 시달리는 이 나라에서는 레코드를 재생할 기기를 구할 수 없다는 것을 알았다. 그때 갑자기 '미국인이라면 구할 수 있지 않을까' 하는 생각이 들었다. 아들에게 레코드를 재생할 기기조차 주지 못하는 이 상황은 분명히 잘못됐다는 확신이 생겨났다.

베렌코 사건은 미국인이 필요로 하는 정보에 자신이 쉽게 접근할 수 있음을 자각하는 계기가 됐다. 전부터 조국에 대한 원한은 있었지만 베렌코 덕분에 '미국에 기밀 정보를 유출한다'라는 구체적인 계획이 세워졌다.

엄밀히 말하면 동물원 거리는 출퇴근길에 지나는 경로는 아니었다. 멀리 우회한다고 할 정도는 아니라도 전자전파 연구소까지 최단 경로는 아니다. 그러나 고르코보 거리는 야간 교통량도 많아 미국인이 버스 정류장에 표시를 남기기 쉽지 않을 가능성이 있었다.

페트로프는 일부러 왼쪽 장갑을 떨어뜨리고는 주우면서 뒤를 확인했다. 조깅 중인 젊은 남자 한 명과 반대 방향으로 가는 차 한 대. 감시받는 낌새는 없다.

정류장에 붉은 동그라미가 있으면 그다음 무엇을 할지도 정해두었다. 자기 전문 분야는 아니지만 자료실에서 열람한 군사계획 백서의 내용을 암기했다가 레닌 도서관에서 노트에 적었다. 그 노트를 건네는 것이다. 어떻게 건넬지를 쓴 편지도 이미 준비해두었다. 볼쇼이 극장 앞에서 또 미국인 차가 지나가기를 기다리만 하면 된다.

정류장에 도착했다. 짐짓 허연 입김을 내쉬어 지쳐 휴식을 취하는 인물을 가장하며 낡은 벤치에 앉았다. 벤치에 붉은 동그라미는 없었다. 정류소 표시판을 구석구석 확인했지만 그곳에도 붉은 동그라미는 없었다. 땅바닥과 도로도 어제와 똑같았다.

페트로프는 일말의 희망을 걸고 주위를 둘러봤다. 미국인이 어디서 지켜보고 있지 않을까 생각해서였다. 맞은편 아파트 창가에 여자가 보였지만 환풍기를 틀더니 실내로 돌아갔다.

페트로프는 낙담했다. 얼마 동안 일어설 수도 없었다. 자신에게는 일이 합리적으로 처리되는 것이 가장 중요했다. 어느 날, 이 나라에 합리성을 바라는 것은 불가능하다는 것을 깨달았다. 모든 게, 과학마저도, 이데올로기며 체제 유지라는 목적을 위해 소비되고 있었다. 진리를 추구하기 위해 과학자가 된 입장에서 용납할 수 없었다. 그렇기에 모든 것을 잃을 각오를 하고 편지를 보낸 것이었다.

평소의 자신답지 않게 노여움이 치밀었다. 미국인에 대한 것이기도 했고, 이 나라와 미국을 포함한 세계에 대한 것이기도 했고, 자기 자신에 대한 것이기도 했다. 노여움만큼 불합리한 감정이 없다는 것을 알면서도 페트로프는 오른손으로 벤치를 내리쳤다. 인생의 본질적인 부분을 바꾸려고 주체적으로 행동한 것은 태어나서 처음이었다. 그러나 미국인은, 그리고 세계는 자신에게 아무것도 해주지 않았다.

페트로프는 일어서서 '냉정해지자'라고 스스로를 타이르며 연구소를 향해 걸어갔다. 뭐가 문제였을까, 뭔가 놓친 것이라도 있었을까.

이십 분 뒤, 연구소에 도착해 입구에서 경비병에게 신분증을 보이는 동안에도 미국인이 답하지 않은 이유를 생각했다. 경위는 몰라도 자신의 편지가 KGB의 손에 들어간 게 아닐까. 편지에 신원을 알 수 있는 정보는 남기지 않았으니, KGB는 자신이 얼굴을 내밀 때까지 기다리는 게 아닐까. 페트로프는 그리 생각하고 싶지 않은 두 가지 가능성만 남아 있다는 것을 깨달았다. 편지는 미국인의 손에 들어가지 못했다. 또는 들어가기는 했는데 미국인은 아무것도 하지 않았다.

연구실 책상에 앉자마자 허둥지둥 들어온 기사가 자신을 불렀을 때, 페트로프는 어쨌거나 이 이상은 위험하다는 결론을 내렸다. 이 이상 행동을 계속할 수는 없었다.

"주임님, JK427이 정상적으로 셧다운 되지 않습니다."

"또?" 페트로프는 말했다. "강제 종료 해도 돼."

"고장 날지도 모르는데요."

페트로프는 고장 나도 상관없다는 말을 삼키고 "알았어"라며 일어섰다. 책상에 코트를 두고 연구실을 나섰다. 지하 실험실로 가기 위해서였다.

JK427은 신형 정전靜電 가속기였다. 과거 전자 연구실 실장이었던 우르마노프의 주도로 개발되어 막대한 예산이 투입됐다. 우주 개발과 관련한 반중력장의 생성이 당초 목적이었다. 고압 전류를 사용해 고속 전자를 방출해서 시공의 왜곡을 만들어내 유사 중력장을 형성한다는 것이었다. 전자의 가속 에너지는 전극의 전압 차에 의존하는지라 고전압을 가하기 위한 대규모 발전소가 교외에 세워졌다.

페트로프가 전자 연구실에 배속된 것은 스물두 살 때였다. 그 날로 JK427이 반중력장을 만들어낼 확률은 제로라는 것을 알 수 있었다. 개발에 예산을 물 쓰듯 쏟아부은 결과, 유례를 찾아 볼 수 없는 전압 차가 실현됐고 전자의 속도는 계속 상승했지 만, 시공의 왜곡은 관측되지 않았다. 설령 관측된다 해도 그것 을 제어해 우주 정거장에 이용한다는 계획에는 무리가 있었다. 애초에 발전기와 변압기, JK427을 어떻게 우주 공간으로 운반 한다는 건가.

근무를 시작한 지 얼마 안 돼서 페트로프는 낙담했다. 반중력 장의 생성이 공상에 불과하다는 사실에만 낙담한 게 아니었다. 우르마노프는 예산을 따내려고 실험 결과를 계속 날조해왔다. 페트로프가 아무리 진지하게 연구해도 우르마노프는 불리한 데 이터를 계속해서 은폐했다. 그의 보고서 속에서 JK427은 반중 력장의 생성에 성공해 십 년 이내로 실용화가 가능했다.

사 년 뒤, 페트로프는 전임자인 남자가 정치적 이유로 퇴직 하면서 선임들을 건너뛰어 전자 연구 부문 수석 엔지니어로 승 진했다. 그러면서 형식상으로는 우르마노프와 서열이 동등해졌 다. 페트로프의 첫 업무는 우르마노프를 고발하는 것이었다. 그 날, 페트로프는 태어나서 처음으로 편지를 썼다. 받는 이는 연 구소 소장이었다. '우르마노프는 실험 데이터를 조작해 정부로

부터 부정하게 연구비를 타내고 있습니다.'

페트로프는 자신이 사 년간 작성해온 실험 노트를 참조하며 실제 데이터와 우르마노프가 제출한 보고서의 차이를 하나하나 증명했다. 우르마노프의 비뚤어진 인격과 연구실에서 보이는 거만한 태도 등은 언급하지 않고 지극히 합리적으로, 과학적으로 고발했다고 생각했다.

그러나 그 결과, 페트로프는 실험 조수로 강등됐다. 당에서 예산을 타낼 수 있는 우르마노프는 연구소 입장에서 귀중하기 때문이었다.

그로부터 삼 년이 지나 정치적인 이유로 실각한 우르마노프가 해고되기까지 페트로프는 연구소 화장실 청소만 할 수 있었다. 마침내 직장에 복귀해 받은 업무는 이전과 똑같은 JK427의 실험 담당이었다. 우르마노프를 제외하고 연구소에서 JK427을 다룰 수 있는 사람은 페트로프뿐이었다.

지하 실험실에 다다라 JK427의 상태를 살폈다. 몇 년 전부터 상태가 불량했던 변압기 탓에 셧다운이 올바르게 행해지지 않았다. 변압기를 수리하고 싶어도 필요한 부품이 이 나라에는 없었다. 반중력장 계획이 좌절된 뒤로 JK427은 무용지물이 되어가고 있었지만, 막대한 투자를 한 탓에 해체할 수도 없었다.

고장 난 JK427은 전극 간에 전자를 계속해서 방출하고 있었다. 전극 간에 몇 차례 방전이 일어나더니 멈추었다. 겨우 고쳐 졌나 하고 안심하자 또 방전이 일어났다. 어제 고장 났을 때는 방전의 연속과 정지가 여섯 번 반복됐는데 오늘도 똑같았다.

페트로프는 강제 종료는 하지 말고 이대로 방치할까 망설였다. 그러면 기계가 완전히 고장 날지도 모른다고 기대해서였다.

마지막 방전의 연속이 그치고 난 뒤 JK427은 고요해졌다. 그러나 얼마 지나 또 방전이 시작됐다. 이번에도 여섯 번이었다.

실험 과학자의 습성으로 페트로프는 JK427의 방전이 일어나는 회수를 무의식중에 세고 있었다. 일곱 번, 열한 번, 두 번. 네 번, 두 번, 열일곱 번.

7, 11, 2, 4, 2, 17. 무슨 의미가 있는 걸까. 멍하니 여러 가능성을 생각하다가 이전에 자신이 만든 영어 암호표와 숫자를 맞춰봤다.

DNTSTP.

DON'T STOP. '멈추지 마라'라는 의미였다.

저도 모르게 웃음이 새어 나왔다. 기계의 고장이 만들어낸 우연이라고는 해도, 미국인과의 교섭을 포기하려던 자신에게 보내는 메시지처럼 느껴져서였다.

CIA는 아무런 답도 하지 못했지만, 에메랄드는 단념하지 않고 세 번째 편지를 대사관 직원의 차에 던져 넣었다. 두 번째 편지로부터 석 달이 흘렀을 때였다.

지난번 편지를 드린 뒤로 뭐가 문제였는지 제 나름대로 생각해봤습니다. 아마 나를 아직 충분히 믿지 못하시는 거겠죠. 그래서 위험을 무릅쓰고 제 신원을 밝히기로 했습니다.

저는 모스크바 전자전파 연구소에서 JK427이라는 프로젝트에 참여하는 상급 엔지니어 안톤 페트로프입니다. 고르코보 거리의 고층 아파트 7층에 살고 아내와 열일곱 살 먹은 아들이 있습니다. 전에는 수석 엔지니어였는데 다툼이 생겨 강등됐습니다. JK427은 국내 최고의 고압 정전 가속기입니다. 지금은 실각한 우르마노프라는 유명한 과학자에 의해 반중력장의 생성을 목적으로 개발됐습니다. 반중력장 생성에는 성공하지 못했지만 몇 가지 흥미로운 데이터는 얻을 수 있었습니다.

전자전파 연구소의 자료 센터에는 그 밖에 레이더며 로켓 등에 쓰는 전자부품 자료가 있습니다. 저는 총무부에 신분증을 맡기고 서명하면 거의 대부분의 자료를 열람할 수 있습니다. 증거로 군사 계획 백서의 사본 일부를 동봉합니다. 내용을 상세히 베낀 노트 몇 권을 갖고 있는데, 그것을 넘겨드리고 싶습니다. 또 앞으로 연락할 기회가 생긴다면 당신이 필요로 하는 정보를 입수하는 것도 가능합니다. 아쉽게도 저는 미국인이 어떤 정보를 원하는지 모릅니다.

이번이 마지막 기회라 각오하고 이 편지를 보냅니다. 이 이상 제가 할 수 있는 일은 없습니다. '붉은 동그라미'라는 연락 수단이 문제가 있을지도 모른다고 생각해 다른 연락 수단도 적어두겠습니다.

에메랄드 또는 안톤 페트로프는 편지 끝에 집 전화번호를 쓰고 '아내는 일찍 잠자리에 드니 23시 이후라면 제가 전화를 받을 겁니다'라고 덧붙였다.

"진짜군." 지국장이 말했다. "에메랄드는 포기하지 않았던 거야."

"본부에 연락하죠." 화이트는 말했다. "이만한 재료가 있으면 장관님도 '현상 유지'란 말은 못 하실 겁니다."

기대했던 대답에는 못 미쳤지만 본부도 이번만은 접촉을 허가했다.

전신 서두에 '우리는 다양한 리스크를 우려하고 있다'라 쓰여 있었다.

일개 엘리트 엔지니어가 과연 이런 위험을 무릅쓰며 연락을 취하려 할지 의심된다. 그러나 자료를 분석한 공군 담당자는 첨부된 군사 계획 백서에 강한 관심을 보였다. 에메랄드에게 노트를 받아 내용을 확인한 뒤 임무를 속행할지 검토하겠다.

"에메랄드는 목숨을 걸고 이렇게까지 했는데, 대체 그놈들은 뭘 해야 믿겠다는 거지?"

지국장은 노여움을 억누르지 못하고 말했다.

"일단 접촉 허가가 내려진 건 진전이라고 할 수 있죠."

에메랄드와의 연락은 화이트가 담당하기로 했다. 지국 내에서 작전 회의가 열려 실행일은 닷새 뒤로 정했다. 그날은 미국 대사 부인의 생일이라 대사관에서 파티가 열릴 예정이었다. 지국장은 KGB가 도청하는 회선을 이용해 대사관 직원들에게 생일 파티를 알렸다. 당일 KGB의 주의를 대사관 부근으로 유도하기 위해서였다.

임무 실행일 저녁, 화이트는 정장을 하고 대사관이 자리한 건물로 향했다. KGB가 설치한 도청기 앞에서 과장되게 대화를 나눈 다음 안으로 들어가 안쪽 방에서 옷을 갈아입고 붉은 머리 가발을 썼다. 파티를 준비하던 직원을 가장해 차를 타고 대사관을 나섰다. 대사관 문 앞에서 밀리치야소련에서 경찰을 가리키던 말로,

2011년에 '폴리치야'로 개명를 확인했다. 의심하는 것 같지는 않았다.

화이트는 차로 모스크바 시내를 돌아다녔다. 급정차도 하고, 잇따라 몇 번씩 모퉁이를 돌고, 갑자기 유턴도 했다. 감시 탐지라 불리는 작업이다. CIA 공작원이 정보원을 만날 때, 임무가 KGB에게 발각되는 것은 대체로 공작원이 KGB의 감시를 받고 있을 경우다. 현시점에서 에메랄드에게는 감시가 붙지 않았을 것이다. 공작원인 자신이 감시를 받고 있지 않다면 그와 접촉해도 위험은 없으리라.

거리가 완전히 어두워진 뒤, 감시가 따라붙지 않은 것을 확인하고는 가발을 벗고 차에서 내렸다. 그곳에서 여러 블록을 걸었다. 시내 감시 카메라의 위치는 파악하고 있었다. 카메라에 잡히지 않도록 주의하며 모스크바 강 근처에서 버스를 탔다. 버스에는 퇴근하는 노동자가 다수 타고 있었다. 주변을 계속 유의했다. 무선 이어폰이 지직거릴 때마다 화이트는 긴장했다. 이어폰의 본체는 주머니에 든 무선 수신기로, KGB의 주파수대를 도청할 수 있었다. 그들이 연락을 취하면 이어폰으로 정보가 들어온다.

버스에서 내려 두 시간쯤 모스크바 시내를 돌며 에메랄드의 집 근처 공중전화 박스를 향해 걸어갔다. 눈은 오지 않았지만 얼어 죽을 것처럼 추웠다. 추위와 싸우며 걷는 동안에도 주위

창문이나 차에서 감시하지 않는지 마지막까지 확인을 게을리하지 않았다. 23시가 지나 비로소 괜찮겠다고 확신해 공중전화 박스 앞에 섰다.

전화 한 통 거는 데 참 오래 걸렸다. KGB는 모스크바 모든 공중전화의 통화 기록에 접근이 가능했다. 미국 대사관에서 나온 사람이 공중전화를 쓰면 KGB는 분명히 도청할 것이다. 그런 사태를 피하기 위해서도 필요한 조치였다.

화이트는 머릿속에 새겨둔 에메랄드의 전화번호를 눌렀다.

얼마 지나 "네" 하고 억양이 없고 낮은 목소리가 들렸다.

"안톤 페트로프 씨입니까?" 화이트는 물었다.

"네."

"연락받고 전화 드렸습니다. 약속하신 물건을 들고 지금 나오실 수 있습니까?"

"네, 됩니다."

"그럼 동물원 거리 버스 정류장에서 뵙죠."

"알겠습니다."

화이트는 전화를 끊고 다시 한번 주위를 살폈다. 밤이 깊어 고르코보 거리는 인적이 없었다. 얼마 지나 차 한 대가 지나갔지만 자신을 감시하는 낌새는 없었다. 화이트는 현재 자신을 감시하는 자가 없다고 백 퍼센트 확신했다. KGB는 자신이 생일 파티에 참가중인 줄 알 것이다. 그들이 그렇게 생각하는 동안에는 자유롭게 활동할 수 있다.

동물원 거리 버스 정류장에 도착한 지 이십오 분 뒤, 에메랄드가 허연 입김을 토해내며 나타났다. 마른 체격에 안경을 낀 신경질적으로 보이는 남자였다.

"죄송합니다." 에메랄드가 사과했다. "아내가 깨서요. 외출하는 이유를 설명하느라 시간이 걸렸습니다."

"괜찮을까요?"

"네. 여러 번 써먹을 수 있는 수단은 아니지만 잘 설명했으니까 의심하지 않을 겁니다."

에메랄드는 코트 속에 입은 셔츠를 걷고 몸 앞뒤로 끼워둔 노트 일곱 권을 꺼내 화이트에게 건넸다. 화이트는 노트를 서류가방에 넣고 정류장 벤치에 앉았다. 에메랄드도 즉각 옆에 앉았다. 맞은편 아파트는 절반 정도의 집에 불이 밝혀져 있었지만 이쪽을 보는 사람은 아무도 없었다.

"편지 감사합니다." 화이트는 말했다. "첫 편지부터 정확히 전달됐는데, 여러모로 사정이 있어서 움직일 수 없었습니다. 반년이나 걱정을 끼쳤습니다."

"괜찮습니다."

에메랄드가 표정을 바꾸지 않고 대답했다.

"주신 노트는 본국으로 보내 전문가의 분석을 받을 겁니다. 당신께 연락 드리는 건 분석 결과가 나온 다음이 되겠죠. 필요하신 게 있으면 본국과 교섭해보겠습니다. 돈이 필요하신지요?"

"현재로선 금전은 필요 없습니다. 이 나라엔 물자가 없어서 돈이 있어봤자 의미가 없거든요."

에메랄드는 나지막이 레드제플린의 레코드와 레코드플레이어가 갖고 싶다고 말했다. 아들이 듣고 싶어한다고 했다. 화이트는 레코드플레이어는 커서 어렵다고 설명한 뒤 그 대신 카세트테이프와 카세트를 준비하겠다고 약속했다.

그 뒤 두 사람은 삼십분 분쯤 이야기를 나눴다. 화이트는 에메랄드에게 모스크바 지국 전원이 궁금해했던 '왜 이런 편지를 쓸 생각을 했나?'라는 질문을 했다. 에메랄드는 "당신은요?" 하고 물었다. "당신은 왜 이 일을 하고 있습니까?"

잠깐 망설이다가 솔직하게 이야기하기로 했다. 어차피 에메랄드가 함정이면 자신은 노트를 받은 시점에서 이미 일선을 넘은 셈이니 PNG는 피할 수 없을 것이다. 화이트는 조부모가 모스크바 출신이라고 이야기했다. 그리고 그들이 볼셰비키에게 재산을 몰수당했다는 사실도. 베트남 전쟁에서 많은 동료를 잃었고, 세상에서 공산주의를 말소해야 평화를 되찾을 수 있다고 생각한다는 것도 말했다.

에메랄드는 뜻밖에도 "전 잘 모르겠군요"라고 대답했다. "그런 이데올로기 문제엔 별로 관심이 없어서요."

"그럼 어째서죠?"

"합리적이지 않기 때문입니다. 과학자는 당의 마음에 들 데이터만 추출해 보고합니다. 아니면 예산이 나오지 않거든요. 그 때문에 재능 있는 과학자가 일자리를 잃고 과학의 발전이 정체되고 있습니다. 그런 의미에서 저는 현 체제가 바람직하다고 생각하지 않습니다."

"그렇군요" 하고 고개를 끄덕이면서도 화이트는 심정이 복잡했다.

과연 자신은 가슴을 펴고 '우리는 합리적이다'라고 에메랄드에게 말할 수 있을까. CIA도 다를 바 없다. 예산을 타내기 위해 대통령에게 유리한 정보만 주고 있다. 쿠바에서, 베트남에서, 아프가니스탄에서 자신들은 억측과 희망적 관측으로 그릇된 정보를 제공해 국가를 궁지에 빠뜨렸다.

에메랄드는 레드제플린 외에 자살용 캡슐을 원했다.

"편지를 보낸 순간부터 죽을 각오는 돼 있습니다." 그는 말했다. "그렇지만 고문이나 재판은 견딜 수 없어요. 신변의 위험을 느끼면 바로 죽을 수 있게 캡슐을 주시면 좋겠습니다. 그런 캡슐이 존재한다는 건 알거든요."

화이트는 "교섭은 해보겠지만 기대는 하지 마십시오"라고 대답했다. "자살용 캡슐은 리스크가 큽니다. 가령 당신이 거리에서 폭한에게 습격을 받았다고 치죠. 경찰이 당신 소지품에서 캡슐을 발견한 순간, KGB는 당신이 스파이라는 걸 알아차릴 겁니다. 캡슐을 소지하는 것만으로도 입장이 위태로워지는 겁니다."

"물론 평소에 들고 다니진 않습니다."

"교섭은 해보죠."

그렇게 대답하면서도 화이트는 본부가 자살용 캡슐의 양도를 허가할 리 없다고 생각했다. 캡슐에는 다양한 위험 부담이 따른다. 에메랄드에게 말한 것만이 아니었다. 캡슐을 받은 정보원이 겁이 없어져 필요 이상으로 대담한 행동을 한 경우도 있었다. 또 스파이 행위가 발각된 게 아닌데 의심에 사로잡혀 불안해진 나머지 캡슐로 자살하는 바람에 발각된 경우도 있었다. 캡슐을 주면 정보원뿐 아니라 모스크바 지부와 공작원에게도 위험이 미친다.

완전히 납득한 것 같지는 않았지만 에메랄드는 "알겠습니다"라며 고개를 끄덕였다.

마지막으로 몇 가지 확인(주로 카메라를 써서 자료를 촬영할 수 있는지에 대한 확인)을 했다. 굳은 악수를 주고받고 '앞으로는 이쪽에서 먼저 연락하겠다' 하고 알린 뒤 에메랄드와 헤어졌다.

다소 감상적인 밤이었다. 드디어 에메랄드를 만날 수 있었다. 캡슐 문제를 빼면 대체로 느낌은 나쁘지 않았다. 그가 대단히 이성적이고 냉정한 인물이라는 것도 알았다. 전형적인 과학자로, 시험 답안지를 채점하는 교사처럼 담담하게 소련의 잘못된 점에 표시를 하는 것 같았다.

집을 향해 모스크바 밤거리를 걸으며 여러 가지 생각을 했다. 공산주의가 증오해야 할 사상이라는 점은 분명하다. 처형당한 여러 정보원과 반정부주의자를 생각할 것까지도 없이, 굶주림에 시달리는 이 나라 국민을 생각하면 그 사상이 근본적인 부분에서 잘못됐다고 하지 않을 수 없다.

그러나 공산주의와 대치하는 미국은 어떨까. 우리는 정말 옳은 일을 하고 있는 걸까. 우리는 에메랄드가 기대하는 것 같은 국가일까.

화이트는 그 점에 관해 늘 깊이 생각하기를 피했다. 그런 의심 자체가 공산주의가 낳은 것이라고 생각하지 않으면 모스크바에서 첩보 활동을 할 수 없었다.

마침내 손에 넣은 에메랄드의 노트에는 주로 동독에서의 소련 군비에 관한 정보가 쓰여 있었다.

'아직 에메랄드를 전적으로 믿을 수는 없다. 특히 그가 정보를 제공하기로 결심한 동기 부분에 의혹이 남는다. 그는 정치적으로 위험한 입장에 있지도 않고, 이데올로기적 불만을 품고 있는 것도 아니며, 금전을 원하는 것도 아니다. 그런 인물이 위험을 수반하는 행동을 할까.'

CIA 본부의 분석 팀은 그렇게 전제한 뒤 '노트의 내용은 다른 정보와 모순되지 않을 뿐 아니라 아직 파악하지 못했던 새로운 정보도 다수 포함되어 있다'라고 이어갔다. '노트에 쓰인 내용은 KGB가 함정으로 준비했다기에는 너무나도 구체적이며, 만약 모두 사실이라면 대단히 귀중한 정보라는 것을 인정하지 않을 수 없다.'

화이트는 노트의 내용이 틀리지 않음을 확인하기 위해 동독으로 가 현지 정보원에게 몇 가지를 문의했다. 대체적으로 문제가 없다는 것을 알고 본부와 지국에 그 결과를 알린 다음, 에메랄드의 다음 임무를 계획하기 위해 모스크바로 귀환하기로 했다.

프랑크푸르트 공항에서 출발이 지연되고 있던 모스크바행 비행기를 기다리는데 뜻밖의 인물이 화이트의 어깨를 쳤다. 독일인 유학생 클라인이었다. 그는 "진짜 있었군요"라고 했다.

"진짜?"

"아뇨, 여기서 당신을 만나게 되지 않을까 했거든요."

그는 귀국했다가 신학기를 앞두고 모스크바로 돌아가는 길이라고 했다.

잠시 근황을 주고받은 뒤, 화이트는 '공산주의의 기원'이라는 클라인의 연구 주제를 꺼냈다.

"최근 교수님 지시로 연구 주제를 변경했지 뭡니까."

"어째서? 흥미로울 것 같은 주제였는데."

"당에 찍힐 가능성이 있다고 해서요. 저도 그런 위험은 무릅쓰고 싶지 않으니까 '마르크스주의 사상에서 엥겔스의 역할'이란 온건한 테마로 바꿨죠. 뭐, 하는 건 그렇게 크게 다르지 않지만요."

"지루할 것 같은 주제군."

"당의 취향이에요. 그들 돈으로 공부하고 있으니까 어쩔 수 없죠."

"'마르크스주의 사상에서 엥겔스의 역할'은 대체 어떤 건데?"

"여러모로 복잡하고 이야기하자면 길어서 간단히 말할 순 없는데요."

"그건 그렇겠지만 전부 듣다 보면 비행기가 떠날 거야. 어떻게 간략하게 추릴 수 없나?"

"글쎄요…… 엥겔스의 역할을 한마디로 표현한다면 '전부'인데요."

"전부?"

"전에 마르크스란 정자와 엥겔스란 난자가 우연히 만나면서 공산주의가 탄생했단 이야기를 했죠. 그게 다가 아니라 공산주의란 아기를 성인이 될 때까지 키운 것도 엥겔스였거든요."

"다시 말해 엥겔스는 공산주의의 어머니였다?"

"그런 거죠. 엥겔스는 원래 유복한 가정 출신이고 본가가 방적 공장을 경영했다는 건 아세요?"

"모르는데. 엥겔스는 독일인이라는 것밖에 몰라."

"엥겔스는 이십대 때 아버지가 경영하는 방적 공장의 맨체스터 지점에서 일하게 됐어요. 거기서 영국 공장 노동자의 실태를 알고 계급 문제에 관해 생각하게 됐죠. 엥겔스가 영국에서 쓴 논문은 무신론자에 혁명 사상을 갖고 있던 마르크스에게 영향을 줍니다. 그렇게 해서 공산주의가 태어난 거예요."

"그건 엥겔스가 공산주의의 '난자'란 이야기지. '어머니'란 건 어떤 부분에서 그렇다는 거지?"

"물론 사상만으로 공산주의 국가가 탄생하진 않습니다. 혁명엔 '활동'이 필요하단 말이죠. 두 사람은 조직 안에서 혁명을 위해 노력하지만 그러던 중에 중대한 문제점이 부상합니다."

"어떤 문제점?"

"마르크스 본인이에요. 마르크스는 천재지만 까다로운 인간이었습니다. 마음에 안 드는 사람이 있으면 철저하게 배제하려고 들었어요. 동지 중에 적을 다수 만들어 조직에서 소외됐고요. 게다가 생활 능력도 없었거든요. 늘 돈에 쪼들리는 데다 낭비벽까지 있어서 빚이 많았어요. 그런 마르크스를 도와준 사람이 엥겔스였던 거죠. 엥겔스는 당이 활동을 시작한 뒤로 의절하고 있던 아버지한테 머리를 숙여 영국에서 공장 경영을 다시 시작합니다. 그래서 방적 공장의 실적을 극적으로 향상시켜 충분한 자산을 모아선 매달 거액의 돈을 마르크스한테 보내게 된 겁니다."

"아이러니한 이야기로군. 공산주의의 어머니한테 특출한 자산가의 재능이 있었다니."

"그런 거죠. 제가 좋아하는 에피소드가 하나 있는데요. 1863년, 엥겔스와 이십 년간 함께 지낸 메리 번스란 여자가 세상을 떠났어요. 엥겔스는 종교를 부정해서 결혼은 하지 않았지만 사실상 아내나 다름없는 존재였죠. 엥겔스는 절망 가운데 마르크스에게 보내는 편지에 그걸 보고했거든요. 그 편지에 마르크스가 뭐라고 답했을 것 같으세요?"

"상상도 못 하겠는데."

"그런 건 됐고 돈 좀 줘, 였어요. 진짜 몹쓸 인간 아닌가요? 엥겔스도 이 답장엔 화를 냈다는데, 그 뒤로도 결국 송금을 계속

한단 말이죠. 우정을 위해, 그리고 마르크스의 재능을 위해."

"그야말로 '어머니'로군."

"그렇죠."

"그러고 보니까 저번에 트빌리시에서 만났을 때 '흥미로운 자료가 발견됐다'라고 했는데."

"아, 그거요. 〈공산당 선언〉이 아직 쓰이지 않았을 때, 다시 말해 마르크스와 본격적으로 공동 작업을 하기 전에, 엥겔스는 맨체스터에서 재판을 받았어요. 경영자의 착취와 장시간 노동에 분노한 노동자가 봉기해 공장을 습격하는 사건이 있었거든요. 그러면서 범행 그룹하고 밀접한 관계였던 엥겔스도 체포된 거죠. 당시 영국에서 기계를 파괴하는 행위는 중죄라, 폭동을 일으킨 죄까지 합쳐서 실행범 중 다수가 사형이나 유배형을 받았습니다. 엥겔스도 유죄 판결을 받을 수 있었는데, 변호사가 마지막 순간에 사건 당일 밤 엥겔스를 봤다는 증인을 찾아내서 엥겔스의 무죄를 입증했어요. 엥겔스는 사건 당일 밤, 당시 최신식이었던 전신 장치의 가격 협상을 하러 솔퍼드의 드포 연구소로 갔는데, 그날이 연구소 창립 기념일이라 아무도 없어서 헛걸음을 했거든요. 그런데 불행 중 다행으로 한 전신 기사가 우연히 출근했다가 연구소 앞에 서 있던 엥겔스를 봤다는군요."

"자료란 건?"

"일련의 재판 기록입니다. 그 자료가 발견됐어요."

"어디가 흥미로운데?"

"유죄 판결을 받았다면 엥겔스는 오스트레일리아로 유배됐을 겁니다. 그리고 엥겔스는 실제로 유죄 판결을 받기 직전이었어요."

"그래, 그런 이야기군." 화이트는 가볍게 손뼉을 쳤다. "단 한 명의 증인이 엥겔스를 돕지 않았다면 공산주의는 탄생하지 않았고 소련도 존재하지 않았다."

"그렇죠. 공산주의의 어머니는 오스트레일리아에서 일생을 마쳤을 테니까요. 냉전은 태어나지 않고, 대규모 도청도, 장시간 미행도, 위험한 잠입 수사도 모두 존재하지 않았을 거예요. 그렇게 생각하면 어째 감개무량하지 않습니까?"

"그러게."

화이트는 '엥겔스를 구한 증인은 지옥에 떨어져도 모자란 중죄인이군'이라는 말을 삼켰다.

탑승 안내가 시작되어 화이트는 짐을 들고 일어섰다. 연락처를 교환하고 언제 모스크바에서 식사라도 하자고 약속한 다음, 다음 편을 기다리는 클라인과 헤어졌다.

화이트는 약속이 지켜질 리 없다는 것을 알고 있었다. 공작원인 자신과 함께 있는 모습을 모스크바의 KGB에게 보였다간 클라인은 대학에서 추방될 것이다.

　변압기가 고장 난 JK427의 이상을 페트로프가 깨달은 것은 미국인을 처음 만난 날로부터 삼 주가 지났을 때였다.

　미국인을 만난 다음 날은 자신답지 않게 들떠 있었다. 오랜 세월 홀로 생각해온 상상의 세계가 현실이 됐다. 창구 역할을 맡은 미국인은 상상했던 것보다 훨씬 젊었지만 일단은 합리적인 인간으로 보였다. 그 합리성이 바로 자신이 원하던 것이었다.

　냉정함을 되찾고 나서 페트로프는 자신의 장래에 관해 다시금 생각했다. 확실하게 할 수 있는 말은, 미국인이 JK427에 아무런 관심도 보이지 않았다는 것이었다. 이 연구는 자신에게 의미가 없을 뿐 아니라 미국인에게도 가치가 없나 보다.

　뭔가 새로운 연구를 하고 싶었다. 레이더나 군용기 부품 같은 미국인이 관심을 가질 만한 종류의 연구를. 그러려면 JK427에서 해방돼야 한다.

　페트로프는 변압기 고장을 구실로 출력을 한계 이상으로 높여 가동하기로 했다. 그러면 JK427이 완전히 고장 날 것이라 생각했다. 어쨌거나 JK427을 아는 사람은 자신뿐이다. 고장 나면 수리할 부품도 없으니 프로젝트 자체가 종료할 것이다.

페트로프는 레버를 올려 지금까지 시도해본 적 없는 출력으로 전자를 방출했다.

그런데 전극에 아무런 변화도 일어나지 않았다. 뿐만 아니라 JK427 내부에서 누전되는 기색도 없었다.

이상했다. 유입되고 있을 대량의 에너지가 어디로 가는지 알 수 없었다. 페트로프는 실험을 몇 번씩 되풀이했다. 그런데 결과는 똑같았다. 과거에 우르마노프가 정한 한계치를 넘어 전자를 사출하면, 아무 일도 일어나지 않고 에너지가 어디론가 사라졌다.

기사와 상의해볼까 망설였지만 결국 스스로 점검하기로 했다. 내부에서 합선되는 것도 아니었고 기재도 정상적으로 작동했다. 게다가 한계치 이하에서 JK427은 멀쩡했다. 전극 위치를 조정하고 사출 벡터를 변경해봐도 결과는 달라지지 않았다. 한계치 이하에서는 정상적으로 방전이 일어났지만 한계치를 넘은 전자는 방출되지 않고 에너지는 어디론가 사라졌다.

그날부터 페트로프는 여러 가설을 세워 실험을 되풀이했다. 맨 처음에는 전자가 현행 장치로는 관측이 불가능한 다른 입자로 변했을 가능성을 검토했다. 그게 부정되자, 전극 간에서 어떤 미지의 물질과 반응했을 가능성을 생각했다. 그러나 그것도 아니었다.

연구소가 문을 닫기 직전까지 연구실에서 실험 노트를 수식으로 가득 메우며 가설과 검증을 반복했다. 돌아오는 길에 페트로프는 오랜만에 웃고 말았다. 아이러니한 일이다. 기계를 망가뜨리자고 결심했는데 망가져주지 않고, 자신은 실험에 몰두하고 있었다.

온갖 조건 아래 장치를 작동해봐도 결과는 똑같았다. 우르마노프의 한계치 이상으로는 뭘 어떻게 해도 전자가 어디론가 사라져버렸다.

유력한 가설이 생겨난 것은 삼 주 뒤였다.

그날, 오랜만에 기사가 와서 JK427의 셧다운에 실패했다고 보고했다. 두 번째도 같은 현상이 발생했다. JK427은 단속적으로 전극 간에서 방전하고 있었다.

시행착오 끝에 더는 방법이 없다고 강제 종료를 하려 했을 때, 페트로프는 발전기에서 JK427로 전기가 들어가지 않는다는 것을 깨달았다. 몇 번을 시도해도 고출력 전자가 방출되지 않았건만, 이번에는 에너지가 없는데도 전극 간에서 방출이 발생하고 있었다. 어떤 의미에서 에너지는 보존되고 있었다.

JK427은 지금까지 방출되지 않은 에너지의 '본전을 찾고 있는' 게 아닌가. 바꿔 말하면 고출력 전자가 어느 시공간에 보존되고 있다가 시간차로 방전되고 있는 게 아닌가.

이 현상으로 너무나도 비현실적인 가설이 생겨났다. 그것을 검증하기 위해 페트로프는 연구실로 돌아와 계산을 시작했다.

곧 계산이 맞지 않는다는 것을 알았다. 사차원 공간에서 과도한 에너지가 부여된 전자를 로런츠 변환 하면, 시공에 보존된 에너지는 현재에 대해 마이너스의 방향으로, 즉 과거를 향해 방출되는 것이다. 시간차 방전의 가설이 옳다면 전자는 반물질이어야 했다.

몇 번씩 계산을 되풀이한 끝에 역시 가설이 잘못됐다는 답에 도달한 뒤, 페트로프는 다시 고출력으로 JK427을 가동했다.

자신의 생각이 근본적으로 빗나간 게 아닐까 깨달은 것은 두 번째 방출을 시도하던 중이었다.

가설은 옳았다. 그리고 계산도 옳았다. 즉 전자는 과거를 향해 방출되고 있었다. 오늘 아침 전극 간에서 방전된 전자는 지금 자신이 방출한 전자다. 그런 일이 있을 수 있느냐고 감정이 이해를 거부하는 한편, 그 가설이 현시점에서 유일하게 합리적인 해석이라고 이성이 말했다. 감정과 이성이 충돌했을 때, 페트로프는 항상 이성을 신뢰했다.

곧바로 부하 에너지와 방전 시의 벡터를 계산했다. 지하 실험실에서의 실험을 사차원 공간 상의 좌표로 바꿔 방출된 전자가 어디로 날아가는지 예상했다.

몇 차례 실증 실험을 반복한 뒤 페트로프의 가설은 막다른 골목에 부닥쳤다. 이 실험의 가장 큰 문제는 전자를 미래가 아니라 과거를 향해 방출한다는 점이었다. 실험이란 뭔가를 시험해 결과를 조사하는 작업이다. 그런데 JK427의 경우, 결과가 먼저 나오고 나서 시험해야 했다. 이쪽에서 전자를 방출해도 전자가 과거로 사라져버리니 정량적인 실험이 불가능한 것이다. 더욱이 부하 에너지, 전극의 거리, 방출 벡터와 전자의 도착 시간 및 도착 좌표의 관계성을 정확히 확인하기 위해서는 대략 천칠백 시간 이상의 과거로 전자를 방출해야 했다.

페트로프가 할 수 있는 일은 미래의 자신이 현재의 자신에게 전자를 보내기를 기다리는 것뿐이었다. 미래에서 전자가 온 것을 확인하고 천칠백 시간 이상 기다렸다가 이전 자신이 전자를 받은 시공으로 전자를 방출해야 했다.

사흘 정도 JK427 앞에서 기다렸지만 미래의 자신에게서 전자가 오지 않았다. 현재의 자신이 할 수 있는 일은 아무것도 없었다. 미래의 자신에게 기대를 걸고 그저 하염없이 기다릴 뿐이었다. 답답했다. 중대한 진리가 바로 코앞에 있건만 아무것도 할 수 없다.

페트로프는 과거로 날아간 전자의 도착지를 생각했다. 어쩌면 자신이 보낸 전자들은 수십 년 과거로 갔는지도 모른다. 자신이 아직 어린애였을 때 세계 어딘가에서 전자가 방출된 것이다. 전신 기사였던 아버지가 전자를 받았다고 상상해봤다. 만약 그런 기적이 일어났다면.

부모와 연락이 뜸해진 지 오래됐다. 부모는 열렬한 당원이었지만 페트로프는 어렸을 때부터 당의 사상에 관심이 없었다. 자신을 열중하게 한 것은 과학뿐이었다. 대학에 들어간 뒤로는 연구에 몰두했다. 논문이 높은 평가를 받아 당의 기대를 받으며 전자전파 연구소에 들어가 이 분야에서 가장 권위 있던 우르마노프 밑에 배속됐다. 당시 수석 엔지니어의 아버지가 백군으로 볼셰비키와 싸웠다는 사실이 드러나는 바람에 우연히 자리가 비었다. 그 자리에 사상 최연소로 지명됐다. 고발할 수 있는 입장이 됐기에 우르마노프가 실험에서 저지르고 있던 부정을 고발했다. 고발은 흐지부지되고 강등 처분을 받았다. 우르마노프 고발을 못마땅하게 여긴 부모와 의절했다. 나중에 당의 인원이 교체되면서 비호를 잃은 우르마노프가 실각했다. 그렇게 해서 JK427로 돌아왔다.

강등도 직장 복귀도 납득할 수 없었다. 둘 다 과학적 성과와 무관했다. 이 나라는 합리적으로 사고하지 않는다고 실망했다.

미국인에게 편지를 보내기는 했지만 앞으로 자신이 어떻게 하고 싶은지 그리 깊이 생각하지는 않았다. 체제가 바뀌면 좋겠다는 막연한 바람은 있었지만, 자신의 편지만으로 실현할 수 있는 일일까. 아니면 자신은 베렌코처럼 미국으로 망명하고 싶은 걸까. 하지만 그 경우 가족은 어떻게 되나. 아내는? 일리야는?

어쨌든 계속하자.

페트로프는 그렇게 생각했다. 장차 어떻게 될지는 알 수 없지만 계속하다 보면 보이는 것도 있을 것이다. DON'T STOP이다.

그 순간, 페트로프는 하나 생각난 게 있었다. 넉 달 전 자신은 'DNTSTP'라는 메시지를 받았다. 천칠백 시간이나 기다릴 필요가 없었다. 기억 속에 답이 있었다.

페트로프는 에너지와 벡터를 대략적으로 추산해 기계가 고장 나지 않도록 주의하며 레버를 조작했다. 규칙성을 수반한 시공간 방출이 반복됐다. 일곱 번, 열한 번, 두 번, 네 번, 두 번, 열일곱 번. 이렇게 두 세트. 문제는 없다. 여느 때처럼 전자는 방출되지 않고 사차원 공간으로 사라졌다.

연구실로 돌아와 방출을 행한 시공간 좌표와 부하 에너지, 전극의 거리 및 벡터, 과거에 자신이 메시지를 받은 일시를 이용해 정확한 계산식을 도출했다.

그렇게 해서 페트로프는 역사를 지배하는 방정식을 얻었다.

이 방정식이 있으면 '수신 전극이 존재한다'라는 조건 아래 임의의 과거 지점으로 메시지를 보낼 수 있다.

모든 것이 해결된 뒤, 페트로프는 이 중대한 발견을 누구에게 보고해야 하나 생각했다. 결론은 바로 나왔다. 모스크바 전자전파 연구소는 아니다. 미국인이다. 미국인은 분명 이 연구에 관심을 보일 것이다.

에메랄드와의 두 번째 접촉을 앞둔 날, KGB에게 구속되어 있던 GRU 국장 코로보프가 국가 반역죄로 처형됐다는 보고가 들어왔다. 코로보프의 집에서 CIA가 정기적으로 건네던 소형 카메라와 대량의 루블화 지폐가 발견됐다고 했다.

코로보프가 KGB에게 의심을 산 이유는 알 수 없었다. 적어도 몇 달 전, 화이트가 트빌리시에서 레이더 관련 자료를 받으려 했을 때만 해도 코로보프는 아직 의심을 받고 있지 않았다. 그렇기에 출장 업무도 맡겨졌다.

트빌리시에서 임무가 중단된 이래로 모스크바 지국은 코로보프에게 연락하지 않았다. 연락이 끊긴 것 때문에 코로보프가 무모하게 행동했을까. 코로보프는 용의주도하고 냉정한 사람이었다. 그가 안이하게 위험한 행동을 할 것 같지는 않았다.

화이트는 이중 스파이의 존재를 의심했다. CIA 내부에 소련의 정보원이 있어 코로보프에 관한 정보를 준 게 아닐까.

아니, 그건 아니다, 라고 화이트는 다시 생각했다. '이중 스파이'라는 발상은 두 가지 의미로 옳지 않았다. 첫째는 그 발상이 CIA에 만연하는 '마스터플랜'이라는 망상과 다르지 않다는 점에서, 둘째는 코로보프의 처형을 '이중 스파이' 탓으로 돌려 스스로를 면죄하려 한다는 점에서였다. 본부의 명령이었다고는 하지만 코로보프가 처형된 책임의 일부는 자신에게 있었다. 모스크바 지국은 코로보프를 저버렸다. 그는 고독과 절망 속에 체포되어 고문을 받고 처형당했다.

자신 때문에 에메랄드가 처형당하는 사태가 벌어져선 안 된다는 마음으로 신중하게 감시 탐지를 벌였다. 모스크바 시내를 몇 시간씩 걷고, 버스를 탔다가 바로 내렸다. 감시가 없다는 충분한 확증을 얻고 나서 지난번과 같은 공중전화 박스에서 에메랄드에게 전화했다.

십오 분 뒤, 동물원 거리 버스 정류장에 도착하자 서류 가방을 소중히 안은 에메랄드가 기다리고 있었다.

"지난번 반성한 부분을 참고해봤습니다." 그는 말했다. "벨소리에 아내가 깨는 일이 없도록 바로 전화를 받았죠."

"고맙습니다."

매일 밤 전화기 앞에서 기다렸을 에메랄드를 생각하니 딱해졌다. 언제 전화할지 이쪽에서 알릴 수단은 없다. 바꿔 말해 그는 매일 밤 전화기 앞에서 내내 대기했던 것이다.

화이트는 "약속한 물건입니다"라며 쇼핑백을 내밀었다. "레드제플린의 카세트테이프와 카세트, 그리고 지폐로 1만 루블이 들었습니다. 그 밖에 전에 당신이 주신 것과 같은 모양의 노트에 본부가 지정한 '목록'이 쓰여 있습니다. 당신이 자료 센터에서 접근 가능하다고 하신 정보 중 우리가 강하게 필요로 하는 정보 목록입니다. 펜형 소형 카메라와 촬영용 펜탁스, 사용 설명서, 당신이 우리에게 연락할 때 쓸 특수한 편지지도 동봉했습니다."

"자료 센터는 항상 직원이 감시하기 때문에 촬영은 어려울 것 같은데요."

"자료를 연구소 밖으로 갖고 나오는 건요?"

"코트 같은 걸로 감추면 가능할지 모르지만 자료를 대출할 때 신분증을 맡겼다가 반납이 확인되면 돌려받는 시스템이라, 갖고 나오면 그 뒤로 연구소에 못 들어가게 됩니다. 입구에서 경비원한테 신분증을 제시해야 하거든요."

"그렇지만 종래 방식, 그러니까 자료 내용을 당신이 기억해 노트에 베끼는 수단은 한 번에 얻을 수 있는 정보량이 제한되는 데다 내용에 오류가 발생할 가능성도 있습니다. 게다가 당신 전문이 아닌 정보는 기억해서 적기도 쉽지 않을 것 같은데요."

"그건 그렇습니다만."

에메랄드를 설득하며 자신의 마음이 두 갈래로 찢어지는 것을 깨달았다. 한편으로는 에메랄드의 가치를 본부가 알아주기를 바랐다. 본부는 아직 에메랄드가 KGB의 함정이 아닐까 의심하고 있었다. 의심을 풀지 못하면 코로보프 때처럼 그를 버리게 될지도 모른다. 본부의 신용을 얻으려면 정보가 필요하다. 그것도 소련이 가장 감추고 싶어 하는 정보를 에메랄드가 제공해야 한다.

그러나 다른 한편으로는 그를 위험에 빠뜨리고 싶지 않다는 마음도 있었다. 센터에서 자료를 갖고 나오는 것은 그에게 큰 위험 부담일 것이다. 들켰다간 변명의 여지가 없다. 화이트는 에메랄드에게 경의를 갖고 있었다. 에메랄드가 이 나라에서 나고 자란 것은 세계적으로 크나큰 손실이었을 터다. 그는 이데올로기나 금전을 위해서가 아니라 개인의 신조에 따라 행동하고 있었다. 성실하고 숭고한 행위다. 그런 그에게 스파이 행위를 시키는 상황이 몹시 안타까웠다.

"부디 무리는 하지 마십시오."

"네." 에메랄드는 어두운 표정으로 대답했다.

이상한 소리를 한다는 자각은 있었다. 자신은 '무리해라'라 말하면서 '무리하지 마라'라고도 하는 것이다. 합리성을 중시하는 에메랄드에게 그런 말밖에 하지 못하는 자신이 화가 났다.

그 뒤, 비상시에 에메랄드가 모스크바 지국에 연락할 방법 등 몇 가지를 확인했다. 자신이 이야기하는 동안 에메랄드는 뭔가 말하고 싶어 근질거리는 듯했다.

추위가 풀려서인지 지난번 접촉했을 때에 비해 거리에 사람이 많았다. 두 사람은 일어나 동물원을 향해 걸으며 이야기했다. 차나 사람이 지나갈 때마다 두 사람은 이야기를 중단하고 침묵했다. 주위에 아무도 없는 것을 확인한 뒤에야 천천히, 신중하게 대화를 재개했다. 그렇게 해서 앞바다에 뜬 빈 병처럼 조금씩 전진했다.

"얼마 전 연구소에서 중요한 발견이 있었습니다."

동물원 입구를 지키는 경비병이 보이지 않게 된 뒤 에메랄드가 작은 목소리로 말했다. 다른 어느 대화보다도 타인이 듣기를 원치 않는 듯했다.

"어떤 발견이죠?"

"자세한 이야기를 하자면 깁니다만, JK427을 이용해 특수한 방출이 가능하다는 걸 알았거든요."

"특수한 방출?"

"우르마노프형 정전 가속기로 전자를 고압 방출하면 특정 조건 아래 전자가 사차원 공간을 통과한다는 걸 알았습니다."

"죄송합니다. 지식이 짧아서 무슨 의미인지 모르겠습니다."

"전자를 임의의 과거 일시, 장소로 방출할 수 있다는 뜻입니다. 이 기술을 활용하면 초광속으로 통신하는 것도, 과거로 통신하는 것도 가능합니다."

"과거와 통신할 수 있다는 겁니까?"

"네." 에메랄드가 고개를 끄덕였다. "통신은 통신이라도 이쪽에서 일방적으로 전자를 보내는 것뿐이고 수신하려면 전극 두 개가 필요합니다. 그리고 시공 벡터의 제한 탓에 송신 범위를 유럽으로 한정해도 대략 이백삼십육 년 전 과거까지만 송신할 수 있고요. 이백삼십육 년 전이 전극이 발명된 다음인지 알 수 없으니 그 한계치에 의미가 있는 건 아닙니다만."

"당신은 그게 사실이라고 생각해서 이야기하는 겁니까?"

"물론이죠." 에메랄드는 고개를 끄덕였다. "상식에 어긋나는 발견이지만 사실입니다. 확인하려고 연구소에서 집으로 몇 번 간단한 메시지를 보내봤습니다. 다행히 대학 학습용으로 만든 간이 전극 남는 게 집에 몇 세트 있었거든요."

"그래서 실제로 통신이 왔습니까?"

"통신이 온 걸 확인했습니다. 그보다 '집에 도달한 전자를 이튿날 실험실에서 방출했다'라고 하는 편이 정확하겠습니다만."

화이트는 '제정신이 아니다'라 하고 싶은 것을 참았다. 에메랄드는 지극히 냉정하게 황당무계한 이야기를 하고 있었다. 조용히 미친 건가 하는 의심이 들었지만, 이 자리에서는 말을 맞춰주기로 했다. 적어도 그가 입수할 수 있는 정보는 중대한 가치가 있었다.

"솔직한 의문인데, 만약 미래에서 온 통신을 수신한 뒤 그 내용을 영구히 보내지 않으면 어떻게 되죠? 당신 이야기로는 일단 받은 메시지를 언젠가 다시 보내지 않으면 앞뒤가 맞지 않는데요."

과학자에게는 모순을 지적하는 것으로 응하는 게 좋을 것이다. 에메랄드의 '발견'은 문제투성이다. 잠깐만 생각해도 이만큼 모순이 생겨난다.

"에너지 보존 법칙을 대전제로 하면 세 가지 가능성을 생각할 수 있습니다." 에메랄드는 대답했다. "첫째는 미래가 몇 개의 세계로 분기돼 있다는 가능성입니다. 분기된 세계 중 하나에서 메시지를 보낸 겁니다. 둘째는 아무리 '보내지 않겠다'라고 각오해도 어떤 이유로 미래의 어느 타이밍에서 반드시 보내게 된다는 가능성이죠. 셋째는 첫째나 둘째와 양립합니다만, 미래에서 이 기술을 얻은 다른 누군가가 제게 보내고 있을 가능성입니다."

"그렇군요."

"제 발견에 별로 관심이 없으십니까?" 에메랄드가 물었다.

"그런 건 아닙니다." 화이트는 고개를 흔들었다.

"이 기술을 사용하면 과거의 다양한 사건에 간섭할 수 있을지도 모릅니다. 그쪽은 전문이 아니라 전 잘 모릅니다만, 제2차 세계대전을 미연에 방지하는 것도 불가능하지 않을 겁니다. 그래도 관심이 생기지 않으십니까?"

"당신 이야기가 모두 사실이라면 물론 관심은 생기죠."

"전 거짓말을 하는 게 아닙니다."

"네. 그 점은 의심하지 않습니다."

"저희는 이런 부분에서 협력할 수 있지 않을까 생각하는데요. 가령 제가 접근할 수 있는 정보만으론, 어느 연대의 누구에게 어떤 메시지를 보내면 제2차 세계대전을 막을 수 있는지 알 수 없어요. 그 부분에 당신이 협조해주시면 좋겠습니다만. 수신용 전극이 있는 장소를 표시한 정확한 지도와 메시지 내용, 그리고 어느 해 어느 시각에 보내면 되는지 가르쳐주시면 내일이라도 연구소에서 보낼 수 있습니다."

에메랄드는 흥분한 표정이었다. 그 때문에 화이트는 자신의 의견을 어떻게 전달하면 좋을지 몰라 난감해졌다. 에메랄드는 아직 완전히 본부의 신용을 얻지 못했다. 그의 '발견'은 도무지 사실 같지 않았고, 혹여 어떤 진실을 포함하고 있다 해도 현 단계에서 CIA가 구체적인 행동에 나설 성싶지는 않았다. 오히려 그의 신용을 떨어뜨려 향후 임무를 곤란하게 할 위험이 있다.

"그 건에 관해서는 신중하게 움직이기로 하죠."

화이트는 말했다. "만약 사실이라면 대단히 중요한 한편 위험한 발견입니다. 저희 쪽에서도 안이하게 움직일 수 없습니다."

"그렇겠죠." 에메랄드가 대답했다.

동물원 밖에서 헤어진 뒤 집을 향해 걸으며, 화이트는 JK427에 관해 본부에 보고하지 말도록 지국장에게 부탁하기로 했다.

화장실 문을 노크하는 소리를 듣고, 페트로프는 반사적으로 카메라를 무릎 위에 놓고 군사 레이더 관련 자료를 허리띠에 끼운 다음 셔츠를 내렸다. 카메라를 서류 가방 바닥에 넣었을 때, 서두르는 바람에 렌즈 커버가 벗겨져 바닥을 굴렀다. 렌즈 커버는 화장실 문 밑 틈새까지 곧장 굴러갔다가 힘을 잃으며 진로를 바꿔 다시 돌아왔다. 심장이 멎는 줄 알았다.

"얼른 하고 나와"라는 목소리가 들렸다. 페트로프는 가슴을 쓸어내렸다. 적어도 KGB가 나타난 것은 아닌 듯했고 누가 자신을 수상하게 생각하는 것도 아닌 듯했다.

페트로프는 "나갑니다"라 대답하고 물을 내렸다. 서둘러 문을 열자 언짢은 표정의 남자가 서 있었다.

자료 촬영은 아직 반밖에 끝내지 못했지만 이 이상은 쉽지 않을 것이다. 점심시간 중에 자료를 집으로 가져가 촬영하는 게 최선이겠지만, 신분증 문제를 생각하면 현실적인 방안이 아니었다. 페트로프는 고육지책으로 대출한 자료를 화장실로 가져와 사진을 찍었다. 셔터 소리를 감추려고 의도적으로 신음 소리를 낼 때도 있었다. 그럴 때면 자신이 대체 뭘 하고 있는 건지 알 수 없어졌다.

자료를 펴 모든 페이지를 촬영한다는 알기 쉬운 수단은, 자료 내용을 외워 노트에 적는 것에 비해 압도적으로 효율적이었다. 그만큼 페트로프가 자료를 대출하는 빈도가 높아져 발각될 위험성도 증가했다.

이 방식에도 한계는 있다. 자료를 청구할 때 신분증을 제시하고 서명했다. 군사 백서, 레이더 자료 등 연구와 관계가 없는 자료를 실명으로 빌린 것이다. 누가 이상하게 생각해 조사라도 했다간 모든 게 끝장이었다.

게다가 소지품 검사도 있다. 대략 한 달에 한 번, 부정기적으로 출근할 때 소지품 검사를 받았다. 지난주 검사를 받았을 때는 촬영하지 않은 날이라 운좋게 들키지 않았지만, 서류 가방에 카메라가 든 날 검사가 있으면 연행될 게 틀림없다.

센터에서 자료를 반납했을 때, 직원이 "내일부터 규정이 바뀌니까 주의해주십시오"라고 말했다.

"어떻게 바뀌는데요?"

"자료를 대출할 때 어떤 용도로 빌리는지 간단한 사유서를 제출해야 합니다."

페트로프는 식은땀이 났다.

"왜 그렇게 바뀌는 겁니까?"

직원은 "그건 모릅니다"라 대답하더니 의심 어린 눈초리로 쳐다봤다.

"아뇨, 번거로워지는구나 싶어서 말이에요."

의심을 사지 않도록 평정을 가장해 그렇게 말했다. 직원은 이미 페트로프의 뒤에 선 남자의 서류를 확인하고 있었다.

서둘러 연구실로 돌아오며 필사적으로 생각했다. 이 타이밍에 자료 센터의 규정이 바뀌는 데 뭔가 의미가 있는 걸까. KGB가 뭔가 정보를 얻은 걸까. 의심을 산 시점에서 자신은 끝장이다. 미국인에게 보낸 편지의 초고도 있고 그들에게 받은 '목록' 노트며 루블화 지폐 다발도 집에 있었다.

그날은 아무것도 손에 잡히지 않았다. 나름대로 각오하고 있었건만 정작 체포될 생각을 하니 갑자기 겁이 났다.

KGB의 고문에 관해 온갖 소문을 들었다. 앉을 수도 없을 만큼 좁고 캄캄한 방에 며칠씩 서 있게 한다든지, 얼음물을 채운

욕조에 하룻밤 내내 집어넣는다든지, 자백할 때까지 손톱발톱을 하나씩 뽑는다든지. 시베리아로 보내진 사람들이 어떤 말로를 걷는지도 들었다. 소문이 사실인지 아닌지는 알 수 없었다. 살아 돌아온 사람이 없었기 때문이다.

우르마노프를 고발할 때조차 망설임이 없었던 자신답지 않게 심약해져 있었다. 미국인의 지시대로 촬영을 계속할 자신이 없었다. 이전처럼 노트에 적어야겠다고 생각했다.

다음 날 출근해 지하 실험실로 가자 기사가 "실험실은 당분간 폐쇄한다는데요"라고 알려주었다.

"무슨 이유로?" 페트로프는 물었다. 뭔가 좋지 않은 일이 벌어질 징조라는 생각이 들었다.

"발전소에서 전기가 안 온다나 봅니다. 연구소의 자가발전기를 가동하는 중인데, 전력 제한 때문에 다른 실험실도 폐쇄됐습니다."

"무슨 일이 있었는데?"

"그거야 모르죠."

기사는 그렇게 말하고는 실험실에서 나가버렸다.

실험실 폐쇄는 일주일 정도 이어졌다. 센터 규정은 직원의 예고대로 바뀌어 자료를 대출할 때 사유서를 써야 하게 됐다. 밤 늦게 아내가 잠든 뒤, 페트로프는 울리지 않는 전화기 앞에 앉아 미국인이 준 편지지를 폈다. 물에 적시면 글씨가 보이는 특수한 종이라고 했다.

불길한 조짐이 이어지고 있습니다. 자료 센터의 규정이 변경되고 실험실은 폐쇄됐습니다. KGB에서 뭔가 낌새를 챈 걸지도 모릅니다. 연구실 문을 누가 노크할 때마다 KGB가 온 게 아닐까 싶어 심장이 멎을 것 같습니다. 소지품 검사의 빈틈을 노려 촬영을 계속하는 중입니다만, 제 행동이 발각되는 것도 시간문제이지 싶습니다.

물론 각오는 돼 있습니다. 죽는 건 그렇게 무섭지 않습니다. 제가 두려운 건 KGB에게 고문을 당하는 겁니다. 전에 말씀드렸던 자살용 캡슐 문제를 한 번 더 검토해주실 수 없을까요. 언제든 죽는 게 가능하다고 느낄 수 있다면 좀 더 용감하게 행동할 수 있을지도 모릅니다.

이튿날, 페트로프는 평소보다 한 시간 반 일찍 일어나 조깅을 하며 연구소를 지나쳐 모스크바 강 근처 우체통에서 편지를 부쳤다. 집으로 돌아와 샤워를 하는데 아내가 "여보" 하고 불렀다. 물을 잠그고 "왜?" 하고 물었다.

"침실에 있는 은색 막대기가 빛나는데. 위험하니까 어떻게 좀

해봐."

페트로프는 전극 이야기라고 직감했다. 알았다고 대답한 다음 급히 옷을 입었다. 전원을 켜지도 않았는데 침실의 전극이 단속적으로 방전하고 있었다.

"어떻게든 해볼게"라며 아내를 내보낸 뒤, 페트로프는 빛의 규칙성을 노트에 기록했다. 보낸 이는 스스로를 치과 의사라고 소개했다. 메시지는 이전보다 길어 출근 전까지 해독하기는 불가능했다. '연구실이 폐쇄되어 출근 시간이 변경됐다'라고 평계를 대며 평소에는 자신보다 늦게 집을 나서는 아내를 배웅했다.

이미 출근 시간은 지난 뒤였다. 페트로프는 본격적으로 메시지를 해독하기 위해 연구소에 몸이 아파 쉬겠다고 연락했다. 처음 하는 결근이었다. 연구에서 밀려나 삼 년간 매일 화장실 청소를 했을 때도 한 번도 쉰 적이 없었는데.

세 번째로 만났을 때, 에메랄드는 자료를 촬영한 대량의 필름을 화이트에게 건넸다. 그가 편지에 쓴 '불길한 조짐'은 다행히 아직까지 큰 장벽이 아닌 듯했다. 자료 센터에서 새로 채용한 사유서 제도는 많은 직원이 번거롭다고 불평해 대략 한 달 만에 폐지된 모양이었다. 실험실 폐쇄도 약 열흘 만에 해제되어 지금은 평소대로 연구가 가능하다고 했다. 그러나 그때 경험으로 에메랄드는 자살용 캡슐을 강력하게 원하게 됐다.

그는 "캡슐을 못 주겠다면 이 이상 협력하는 건 어려울 수도 있습니다"라고 강한 어조로 말했다. "이번엔 괜찮았지만 KGB가 언제 어떻게 저를 구속할지 상상도 할 수 없으니까요."

예상치 못한 사태는 헤어질 때 에메랄드가 "화이트 씨" 하고 부르면서 시작됐다.

"그게 누구죠?"

화이트는 시치미뗐다. 에메랄드에게 물론 자신의 이름을 알려준 적이 없었다. 그가 자신의 이름을 알 것 같지 않았다.

"당신 이름입니다. 아닌가요?"

화이트는 "아닌데요"라 대답하고는 "왜 '화이트'라고 생각하신 겁니까?" 하고 물었다. 자신의 이름이 제이컵 화이트라는 것은 국가기밀이 아니다. 어떤 경로로 대사관 주재 무관이라는 것을 알면 공개되는 명부로 이름은 알아낼 수 있다. KGB도 파악하고 있는 정보다. 하지만 일개 과학자인 에메랄드가 어떻게 그런 것을 알았을까.

"메시지입니다. 전에 말씀드렸죠. 치과 의사라는 인물에게서 메시지가 왔다고요."

"치과 의사?"

"네, 그렇습니다."

"그 메시지에 제 이름이 있었다는 말씀입니까?"

"네. 결과적으로는 틀린 모양입니다만, 제가 해독을 잘못했는지도 모르죠. 영어는 잘 못하거든요."

화이트는 참지 못하고 "메시지에 또 어떤 내용이 있었죠?"라고 물었다.

"당신이 제 발견을 믿지 않는다고 했습니다. 믿게 하려면 미래에 일어날 일을 예언해야 한다고요. 메시지를 보낸 게 제가 아니라서 전 별로 내키지 않습니다만."

"미래에 일어날 일이라고요?"

"네. 제가 번역을 잘못한 게 아니면, 일주일 뒤 미국에서 중대한 전신이 들어올 거라는군요. 그 전신으로 코로보프란 인물이 체포된 일의 진상이 밝혀질 거라고 했습니다. 그런 형태로 수신하는 건 처음이라 신빙성은 별로 없습니다만."

그 시점에서 화이트는 아직 에메랄드가 과대망상에 빠졌다 생각하고 있었다. 어디선가 자신의 이름을 알게 됐고 코로보프가 처형된 것은 신문을 읽고 알았다. 두 정보를 조합해 이야기를 꾸며냈을 뿐이라고 생각했다.

"코로보프 이야기는 어디서 들었습니까?"

"어디서요? 제 침실에서 들었는데요. 미래에서 메시지가 왔거든요."

"당신은 지금 대단히 위험한 이야기를 하고 있습니다."

화이트는 인적 없는 어둠을 둘러본 뒤 말했다. "그 이야기는 이제 그만하기로 하죠."

지국장의 의견은 화이트와 달랐다.

"소련이 시공간 통신 기술을 개발했다고 생각하면 여러 의혹이 해소돼. 느닷없이 체포된 코로보프도 미래의 KGB에서 연락한 걸지도 몰라."

"그런 일은 있을 수 없습니다." 화이트는 말했다. "뭣보다 그런 기술이 존재한다면 미래의 KGB가 과거에 전달할 메시지는 하나뿐입니다."

"무슨 메시지지?"

"'공산주의는 실패했다. 지금 당장 그만둬라'란 거죠."

정확히 일주일 뒤 본부에서 날아든 전신이 화이트의 생각을 바꿔놓았다. 본국의 소련부에 소속된 공작원 홈스가 체포됐다는 내용이었다. 홈스는 워싱턴 소련 대사관을 통해 소련 국내에 있는 협력자 명단을 KGB에 팔아넘겼다고 했다. 현재도 홈스를 취조하는 중인데, 명단의 자세한 내용은 아직 밝혀지지 않았지만 코로보프 체포에 관해서는 이미 관여를 시인했다고 했다.

국외 탈출 가능성을 포함해 CIA에 협조하는 정보원의 안전을 어떻게 확보할지, 결론이 나오지 않는 회의가 시작됐다. 밤이 깊어진 뒤에야 내일 이후로도 대응을 계속할 것을 확인한 다음 직원들은 일단 퇴근했다.

사무실의 작은 테이블 앞에 앉아 본국에서 단속적으로 보내는 전신을 보며 화이트는 에메랄드 생각을 했다. 그는 현재 접촉하는 정보원 중에서도 가장 중요한 인물이었다. 그가 가져다줄 수 있는 정보는 미국의 군사 계획을 십 년 이상 단축시킬 것이라고 했다. 이미 몇몇 성과를 거두어 분석관들은 다음 정보가 제공되기를 손꼽아 기다리고 있었다.

"어때, 맞았지?"

회의 내용을 정리한 전신을 본부에 보낸 뒤 지국장은 화이트의 어깨를 쳤다.

"뭐가요?"

"시공간 통신 기술 말이야. 에메랄드는 미래하고 교신한 거야. 틀림없어."

"그걸 믿으시는 겁니까?"

"당연하지." 지국장은 고개를 끄덕였다. "홈스가 체포된 건 어제야. 그런데 에메랄드는 일주일 전에 그걸 예언했어."

"홈스가 체포될 걸 알아차린 KGB가 정보를 흘렸을 수도 있죠."

"'마스터플랜' 말인가? 자네도 그런 음모론을 믿어?"

"아뇨, 그런 건 아닙니다. 그렇지만 과거와 통신할 수 있다는 황당무계한 사실에 비하면 본부의 음모론 쪽이 더 현실적이란 생각이 드는군요."

"허튼소리."

지국장은 돌아섰다. "애초에 KGB가 무슨 이점이 있어서 그렇게까지 해서 우리한테 신뢰를 사려고 하지? 자네는 하여간 융통성이 없군."

"아닙니다." 화이트는 고개를 흔들었다. "전 어디까지나 객관적인 의견을 말씀드리는 겁니다. 객관적인 의견을 말씀드린 데엔 이유가 있습니다. 에메랄드가 주장하는 시공간 통신에 관해 본부에 말하면 그들은 반드시 음모론이라 할 거란 겁니다. 전 에메랄드를 직접 만났고, 신뢰할 수 있는 사람이란 느낌을 받았습니다. 하도 현실성 없는 이야기라 시공간 통신에 관해선 내내 과대망상이라고 의심했는데, 홈스 일로 생각이 바뀌었습니다."

"그럼 자네 생각엔 어쩌는 게 좋을 것 같나?"

"먼저 확인해둘 점은 에메랄드가 대단히 위험한 상황에 처해 있다는 겁니다. 홈스는 틀림없이 KGB에 에메랄드에 관한 정보를 넘겼을 테죠."

"당연히 넘겼겠지. 아니, 홈스는 맨 먼저 에메랄드를 찔렀을 거야. 현재 에메랄드만큼 중요한 정보원은 없어."

"맞습니다. 바꿔 말하면 에메랄드는 이제 곧 KGB에게 구속되거나, 이미 구속돼서 고문을 당하는 중이거나, 구속돼서 이중 스파이가 됐거나, 셋 중 하나일 수밖에 없다는 뜻입니다. 불행 중 다행인 건, 홈스가 에메랄드의 본명에 접근할 수 있는 입장이 아니었다는 거죠. 그자는 기껏해야 지국과 본부의 전신 기록을 읽고 에메랄드가 전자 및 전파 관련 기밀 정보에 접근할 수 있는 기술자라는 것밖에 알아내지 못했을 겁니다. 해당되는 기술자가 모스크바에 몇 명이나 있을지 모르지만, KGB가 아직 완전히 가려내지 못했기를 기도할 따름입니다."

"그러게. 촌각을 다투는 사태야."

"그렇지만 현 단계에서 에메랄드가 구속되지 않았다면 이쪽에도 아직 기회는 있습니다."

"무슨 소리지?"

"시공간 통신을 써서 과거로 메시지를 보내 홈스의 스파이 행위를 미연에 방지하는 겁니다. 그럼 에메랄드에 대한 위협을 배제할 수 있죠. 어쨌거나 방법은 그것밖에 없어요. 홈스의 취조가 끝난 다음이면 에메랄드의 구출 작전을 개시한들 KGB를 앞

지르지는 못할 테죠. 시공간 통신이 진짜라는 가능성에 걸지 않으면 그 사람을 구하긴 쉽지 않을 겁니다. 물론 본부에 알릴 필요는 없습니다. 사실 그럴 시간도 없고요."

"그래, 그런 뜻이군." 지국장이 손뼉을 쳤다. "메시지 송수신에 성공하면 이번 위기 자체가 발생하지 않을 테니까 본부에 보고할 필요도 없다는 말이지."

그 순간, 화이트는 기시감을 느꼈다. 최근 비슷하게 손뼉을 친 경험이 있었던 것 같다.

"프랑크푸르트 공항!"

화이트는 저도 모르게 말했다.

"프랑크푸르트 공항이 왜?"

"프랑크푸르트 공항에서 프리드리히 엥겔스 연구자하고 이야기를 나눴거든요. 그 사람은 아주 작은 우연으로 엥겔스가 유배형을 모면했다고 했습니다. 그 우연이 없었다면 공산주의는 탄생하지 않았을 겁니다."

화이트는 애써 기억을 더듬어 클라인의 이야기를 떠올렸다. 엥겔스를 구한 것은 한 전신 기사였다. 그리고 에메랄드는 전극만 있으면 온 유럽에, 그리고 이백 년 전으로 메시지를 보내는 게 가능하다고 했다. 화이트의 머릿속에서 하나의 우연이 빛을 발했다. 그 우연은 공산주의를 탄생시키기 위한 우연이 아니라

공산주의를 소멸시키기 위한 우연이었다.

"그게 무슨 이야기인가?"

"사상 최대의 임무 이야기입니다." 화이트는 전에 없이 흥분하며 그렇게 말했다. "JK427을 이용해 백삼십 년 전 전신 기사에게 메시지를 보내는 겁니다. '재판에서 증언하지 마라'든 '엥겔스를 유죄로 만들어라'든 상관없겠죠. 상세한 내용이나 올바르게 메시지를 전달하기 위한 방법은 생각해봐야겠지만, 이게 성공하면 엥겔스는 오스트레일리아로 유배되고 공산주의는 탄생하지 않을 겁니다. 그럼 소련도 탄생하지 않고 냉전도 태어나지 않겠죠."

"자네가 무슨 말을 하는지 모르겠군."

지국장은 곤혹스러운 표정을 지었다.

"바꿔 말해서 백삼십 년 전으로 CIA 정보원을 보내 공산주의가 탄생하는 걸 막는 겁니다."

"그런 짓을 하면 세계는 어떻게 되는데?"

"모릅니다." 화이트는 고개를 내저었다. "어쩌면 제 존재도 사라질지 모르죠. 하지만 만약 저희보다 소련이 먼저 시공간 통신 기술을 사용했다간 세계는 더 비참한 상황에 놓일 겁니다. 미국 자체가 소멸할 수도 있고요. 게다가 제 직업은 원래 목숨을 걸고 세상에서 공산주의를 소멸시키는 일입니다. 그걸 수행할 수 있는 기회입니다. 임무를 허가해주십시오."

"자네가 무슨 말을 하는지 잘 이해가 되지 않는 이상, 일단 자세한 이야기를 들어보지 않으면 판단을 내릴 수 없어. 게다가 본부에 보고하지 않고 행동하는 의미를 좀 더 생각해봐야 해." 지국장이 말했다.

지국장은 마지막까지 좀처럼 판단을 내리지 못했다. '예언'이 적중했다는 사실과 무단으로 임무를 개시하는 사태의 중대성을 저울질하는 듯했다. 최종적으로 화이트가 끌어낼 수 있었던 것은 '적어도 KGB의 위협이 눈앞에 닥친 상황을 에메랄드에게 알릴 합리성은 존재한다'라는 결정뿐이었다. "그다음 일은 내가 책임을 질 수 있는 규모가 아니야."

어차피 누구도 책임질 수 있는 일이 아니다. 역사에서 공산주의를 없애려고 하는 건데.

화이트는 지옥에 떨어질 각오를 하며 서둘러 대사관 건물을 나섰다. 냉정하게 생각하면 자신은 제정신이 아닌 듯했다. 존재가 지극히 의심스러운 기술을 믿고 터무니없는 도박을 하고 있었다. 흡사 뭔가에 씐 것 같았지만 애초에 자신은 줄곧 뭔가에 씌어 있었다. 미국에서, 베트남에서, 그리고 여기 모스크바에서도. 공산주의라는 그릇된 사상 탓에 수백만, 수천만에 이르는 사람들이 고통받고 있었다. 서쪽도 동쪽도 많은 사람이 죽었다. 공산주의라는 잘못을 바로잡으려다가 미국인도 일그러지고 말았다. 전세계를 파괴할 수 있는 양의 핵폭탄이 제조되고 관계없는 제삼국에서 전쟁이 벌어졌다. 모든 게 잘못됐다. 잘못의 근원은 백삼십 년 전 영국에서 열린 재판에 있었다.

역사는 때로 중대한 양자택일을 강요당한다. 전쟁인가, 비전쟁인가. 폭력인가, 비폭력인가. 정직인가, 거짓인가. 대통령이 아니어도, 황제가 아니어도 판단을 그르칠 때가 있다. 프리드리히 엥겔스에게 무죄 판결을 내린 판사는 잘못된 판단을 내렸다. 엥겔스가 실제로 유배형에 상당하는 행동을 했는지 아닌지는 문제가 아니었다. 진실이 무엇이든 그는 유배형을 받았어야 했다. 그는 마르크스를 '수정受精'하지 말았어야 했다.

이미 23시가 지난 시각이었다. 치밀하게 감시 탐지를 할 여유는 없었다. 한 시간쯤 모스크바를 돌아다니며 자신을 미행하던 차를 따돌린 것을 확인한 다음, 근처 공중전화 박스에 뛰어들었다.

얼마 동안 신호음이 이어진 뒤 겨우 에메랄드가 전화를 받았다.

"다행입니다. 아직 무사하셨군요."

"무슨 말씀이죠?" 에메랄드가 말했다. 이미 KGB의 조사를 받은 듯한 투가 아니었다.

"지금 밖에 나오실 수 있습니까?"

"아내가 깼는데요……"

"비상사태입니다. 어떻게든 꼭 나오십시오."

에메랄드는 "알겠습니다"라 하고 전화를 끊었다.

버스 정류장 벤치에서 에메랄드를 기다리는 동안, 화이트는 그가 이미 KGB의 이중 스파이가 됐을 가능성을 생각해봤다. 얼마 뒤 생각해봤자 의미가 없다는 결론에 도달했다. 에메랄드가 이쪽 편이 아니라면 강구할 수 있는 수단은 존재하지 않았다.

이십 분쯤 기다려 에메랄드가 나타났다. 화이트 옆에 앉더니 그는 "새 필름은 없습니다"라 했다. "지난번 이래로 아직 일주일밖에 안 지났으니까요."

"괜찮습니다."

"그리고 연락하실 땐 시간을 지켜주시면 좋겠습니다. 아내가 저를 완전히 의심하고 있어요."

그는 언짢은 듯 말했다. "내일부터 아내를 어떻게 설득해야 될지 모르겠습니다."

"'내일부터'가 아예 없다면 어떻겠습니까?"

"무슨 말씀이죠?"

"오늘 본부에서 전신이 들어왔습니다. 당신 예언이 들어맞았습니다. 아니, 그 이상이었습니다. 우리 내부에 스파이가 있어서 그자가 코로보프뿐 아니라 모스크바에 있는 협력자들 정보를 유출했습니다. 그게 무슨 의미인지 아시겠습니까?"

"물론입니다."

에메랄드는 지극히 침착하게 고개를 끄덕였다. "제 신변에 위험이 닥치고 있다는 뜻이군요."

"네. 최근에 별다른 일은 없었습니까?"

"어제 자료 센터가 폐쇄됐습니다. 누수가 원인이라고 하더군요. 지난번에 착각했던 경험도 있어서 별로 의심하지 않았습니다만."

"KGB가 수사망을 전자전파 연구소로 좁혔겠죠."

"그렇게 되면 체포도 시간문제일 겁니다."

에메랄드는 마치 남 이야기 하듯 말했다. "자료 센터의 대출 신청 서류에 매번 실명으로 사인했거든요."

"아직 기회는 있습니다."

"JK427 말씀이군요." 에메랄드가 말했다.

"네. 최대한 신속히 과거에 이 사태를 알리는 겁니다."

"연구소가 문을 여는 내일 8시 전에는 어려울 텐데요."

"상관없습니다. KGB가 당신을 찾아내기 전까지만 하면 우리가 이기는 겁니다.”

“해보죠.” 에메랄드는 그렇게 말하더니 일어나 팔짱을 꼈다. “다만 염려되는 점이 있습니다.”

“염려되는 점이라뇨?”

“과거의 제가 ‘이 사태’를 알리는 통신을 받지 않았다는 점입니다. 내일 제가 어떤 메시지를 보낸다고 치죠. 과거의 저는 그 메시지를 수신했을 겁니다. 아니면 인과관계가 이상해집니다. 하지만 전 그런 메시지를 받은 적이 없거든요. 몇 가지 가능성 중에 가장 유력한 건 제가 내일 메시지를 보낼 수 없다는 겁니다. 그다음 유력한 건 과거의 제가 메시지를 받고 알아차리지 못했다는 거고요.”

“세 번째 가능성이 있습니다. 당신은 내일 메시지를 보낼 수 있고 과거의 당신은 그 메시지를 수신합니다. 그 시점에서 과거가 분기하는 겁니다.”

“그 가능성도 생각해봤지만 분기한 과거를 제가 어떻게 인식할 수 있을까요?”

“그건 모릅니다. 지금 그런 건 생각할 시간도 없어요.”

화이트는 코트 안에서 작은 봉지를 꺼냈다.

“당신이 원했던 자살용 캡슐이 들었습니다. KGB가 시공간 통신에 관해 아직 파악하지 못해 운이 좋았습니다. 그들이 이

기술을 손에 넣으면 세계는 비참한 상황에 놓이게 되겠죠. 만약 모든 방법이 실패해서 당신이 체포되더라도 JK427에 관한 비밀은 반드시 지켜야 합니다. 더는 방법이 없다 싶으면 캡슐을 깨무십시오. 고통 없이 죽을 수 있을 겁니다."

"알겠습니다. 메시지 내용과 보낼 곳은 제가 생각해도 되겠습니까?"

"어디 보죠." 화이트는 말했다. "메시지를 두 개 보내죠. 하나는 당신이 과거의 당신에게 현재 상황을 알리는 메시지입니다. 스파이가 당신 정보를 유출하는 사태를 막기 위해 가급적 먼 과거가 좋겠죠."

"다른 하나는요?"

"그 전에 하나 확인하겠습니다. JK427에서 송신된 메시지를 수신하기 위해 필요한 건 전극뿐이라고 하셨죠?"

"네."

"어떤 거든 다 됩니까?"

"일정 정도의 전하를 띌 수만 있으면 상관없습니다."

"전신 송수신기가 있으면 될까요?"

"네, 괜찮을 겁니다. 당신 사무실에 직접 메시지를 보낼 수도 있습니다."

"송수신기가 아무리 구형이라도?"

"확실한 건 알 수 없지만, 전신 자체가 가능한 장치라면 문제 없을 겁니다."

"다행이군요." 화이트는 말했다. "두 번째 메시지가 도달할 가능성이 있습니다."

"어떤 메시지죠?"

"공산주의를, 즉 이 나라의 체제를 붕괴시키기 위한 메시지입니다."

"무슨 말씀입니까?"

"자세한 이야기를 할 시간이 없어요. 어쨌든 보낼 곳과 메시지 내용은 내일 아침까지 제가 준비해서 댁으로 갖다드리겠습니다. 출근 시간까지 가지 않으면 두 번째 메시지는 없었던 걸로 해주십시오."

"알겠습니다."

에메랄드와 헤어지고 주위에 감시의 눈이 없는 것을 확인한 뒤, 화이트는 다시 공중전화 박스로 갔다. 처음 걸었을 때는 통화가 되지 않았다. 제발 받으라고 빌며 다시 걸었다. 제발 부탁한다, 사상 최대 임무의 성패가 걸려 있어. 오늘 밤은 이 임무에 도전할 단 한 번뿐인 기회야.

기도가 이루어졌다. "네" 하고 잠이 덜 깬 목소리가 들렸다. 클라인이었다.

"밤늦게 미안하네. 미국 대사관의 화이트야."

"아니, 지금 대체 몇 시인 줄 아세요?"

"미안해. 중요하게 할 이야기가 있어."

클라인은 "내일 하세요"라고 말했다. 당연한 반응이다. 겨우 두 번 만났을 뿐인 사람이 심야에 전화한 것이다. 전화를 빨리 끊으려는 의사가 수화기 너머로 느껴지는 듯했다.

"지금이 아니면 안 돼."

"대체 무슨 일인데요?"

"전화로 말할 수 있는 내용이 아니야. 주소를 알려줘. 바로 자네 집으로 갈 테니까."

"싫은데요."

"미안하지만 꼭 해야 하는 일이야."

"진심이세요?"

"그래. 부탁해, 시간이 없어."

클라인은 내키지 않는 투로 주소를 말했다. 마지막으로 "너무 오래 걸리면 도로 잘 겁니다"라 하고 전화를 끊었다.

다행히 그리 먼 곳이 아니었다. 화이트는 심야의 모스크바를 달렸다. 몇 차례 숨이 차 멈춰 서야 했다. 그때마다 모스크바 주재가 끝나 미국으로 돌아가면 조깅을 다시 시작해야겠다고 생각했다. 그러나 조금 냉정을 되찾으면 미래가 어떻게 되든 그런 세계가 존재할 것인지 의심스러웠다. 자신은 지금 역사를 파괴하려 하고 있었다. 성공할 경우, 그 세계에 자신은 존재할까. 실패할 경우, 살아서 미국에 돌아갈 수 있을까.

심장이 입 밖으로 튀어나올 듯한 것을 참으며 계속 달려 전화를 끊고 이십 분 만에 클라인이 사는 아파트에 도착했다. 마지막 남은 힘을 쥐어짜 계단을 올라가 초인종을 눌렀다. 클라인은 바로 현관문을 열어주었다. 좁은 집 곳곳에 러시아어와 독일어 책이 쌓여 있었다. 클라인은 침대에 걸터앉았지만, 화이트는 앉을 곳을 찾지 못해 선 채로 이야기했다.

"전에 해준 엥겔스 이야기를 한 번 더 들을 수 있을까. 맨체스터에서 재판을 받은 이야기."

"왜요?"

"이유는 나중에 설명하고. 좌우지간 지금은 시간이 없어."

"엥겔스가 죽고 팔십 년 이상 지났지만, 아직까지 엥겔스 연구에 시간이 부족했던 적은 없는데요."

"그게 지금이야. 지금 이때만큼 엥겔스 연구가 필요했던 적이 없다고."

"도통 무슨 소리인지 모르겠지만 어쨌든 알았습니다. 재판 이야기라고 하셨죠?"

클라인은 프랑크푸르트 공항에서 들은 이야기를 한 번 더 해주었다. 맨체스터에 있는 아버지 공장에서 일하던 엥겔스가 다른 공장을 습격한 사건의 용의자가 됐다. 배심원은 유죄로 기울었으나, 한 증인이 엥겔스의 무죄를 입증하는 증언을 했다. 그로 인해 엥겔스는 유배형을 모면했다.

"그 증인이 전기 기사라고 했지?"

"네, 그래요. 솔퍼드 드포 연구소의 전신 기사, 새뮤얼 스톡스입니다. 그 사람 수기가 발견됐거든요."

"연구소의 정확한 위치를 알 수 있을까? 당시의 지도 같은 거라도 되고."

"드포 연구소요?"

"그래."

클라인은 "그런 건 연구 범위 밖인데요"라 대답하고는 이어서 말했다. "그렇지만 드포 연구소는 지금도 솔퍼드의 같은 위치에 있을 겁니다. 지금은 전화 회사 소유이지만요. 작년에 드포 연구소의 창고에서 재판 기록이 나왔어요."

몇 가지 세세한 사항을 확인한 뒤 뜬눈으로 밤을 새우며 에메랄드에게 줄 메시지를 작성해 봉투에 넣은 것은 오전 6시였다. 완전한 메시지는 아니었다. 전극에서 발생할 전자의 방출이 메시지라는 것을 알아차리게 할 준비도 부족했고, 메시지라는 사실을 알아차린 뒤로도 스톡스가 이쪽을 신뢰하게 할 준비도 완전하지 않았다. 화이트가 준비할 수 있었던 것은, 워딩턴 공장이 습격당한 날 드포 연구소에 출근한 스톡스에게 재판에 출정하지 말라고 의뢰하는 몇 가지 단순한 메시지뿐이었다.

메시지가 확실하게 들어갈지 알 수 없는 데다, 들어간다 한들 의미가 정확히 전달될지도 알 수 없었다. 더욱이 의미가 전달된다 한들 스톡스가 어떻게 움직일지도 알 수 없었다.

애초에, 하고 화이트는 생각했다. 시공간 통신이라는 게 정말 가능한지조차 알 수 없다. 자신은 너무 많은 전제를 가정하고 있었다.

하지만 그래도, 설령 천문학적으로 작은 확률이라 해도, 모든 게 잘 맞아 들어갈 가능성이 존재하는 것이다. 성공했을 경우의 기대치가 워낙 크기에 시도해볼 가치가 있었다.

클라인의 아파트 밖에 쥐굴리 두 대가 서 있고 맞은편 건물 2층에서 누가 이쪽을 보고 있었다. 화이트가 큰길을 향해 걸어가자 쥐굴리가 천천히 뒤를 따라왔다. 어젯밤에 꽤 눈에 띄게 행동했으니 KGB는 지금 자신의 동향을 최대한 주시하고 있을 것이다. 길 건너편에서 버스를 기다리는 남자나 일부 행인도 십중팔구 KGB다. 이런 계엄 태세 가운데 에메랄드에게 편지를 가져다주기란 거의 불가능할 것이다. 얼마나 많은 인원을 동원해 감시하고 있을지 알 수 없다.

화이트는 감시의 시선을 아랑곳하지 않고 에메랄드의 집과
반대 방향으로 천천히 걷기 시작했다.

　마지막 편지를 전달하는 역할은 클라인에게 맡겼다.

2406년 남아프리카 출신의 과학자 오르세두가 시공간 통신 기술을 발견하면서 '역사 전쟁'이라 불리는 첩보 전쟁이 시작됐다. 이백삼십육 년이라는 제한은 있어도 임의의 과거 장소와 통신이 가능해진 것이다. 기술을 손에 넣은 나라는 제각각 자신에게 유리하도록 역사를 수정하기 시작했다. 그 결과 분기한 무수한 세계 탓에 이른바 '세계량'이 급격히 증가하면서 시공이 매우 불안정해졌다. 소립자 물리학의 실험 데이터에 부자연스러운 치우침이 발생하고, 양자 컴퓨터에 원인 불명의 버그가 생겼다.

'정전의 수호자'는 선의의 과학자 및 역사학자가 공동으로 발족한 그룹이 모체였다. 그들은 이 위기를 해결하기 위해 두 가지 일을 하기로 했다.

하나는 '인과의 단절'이라 불리는, '계산량'을 증가시키는 주된 요인인 사상事象의 해소다. 바꿔 말하면 '과거에 수신된 바 있지만 아직 송신자가 존재하지 않는 통신'을 수신 지점으로 보내는 것이었다.

다른 하나는 시공간 통신이 발견되기 전, 즉 온갖 과거의 개변이 발생하기 전에 알려져 있었던 오리지널 역사를 사차원 공간으로 방출해 과거로 보내서 보존하는 활동이었다.

각국의 움직임으로 역사의 수정이 거듭되면서 세계선이 빈번히 바뀌었다. 이대로 가면 시공의 불안정은 영원히 해소되지 못할 것이라 예측한 그룹은, 오리지널 역사를 보존할 뿐 아니라 그 외의 역사가 처음부터 존재할 수 없게 하려면 어떻게 해야 할지 검토하게 됐다. 그들은 오리지널 역사를 '정전'이라 이름 짓고 정전을 지키기 위한 활동을 개시했다. 이렇게 해서 '정전의 수호자'가 탄생했다.

'정전의 수호자'가 다른 역사 수정 그룹을 앞선 것은, 그들이 '중계자' 시스템을 고안한 덕이었다.

오르세두의 시공간 통신 기술은 단순히 출력에 필요한 전력으로만 따진다면 기술적으로는 1960년경부터 실현이 가능했다. '정전의 수호자'는 메시지 수신이 가능한 전극이 개발된 19세기 초엽까지 육백 년을 이백 년씩 셋으로 나눠, 각 시대에 '중계자'

라는 에이전트를 파견하기로 했다.

'중계자'가 하는 일은 세 가지.

첫째는 '인과의 단절'을 해소하는 것이다. 이 경우에는 '미래에 송신되지만 아직 수신자가 존재하지 않는 통신'을 수신하는 일이다.

둘째는 '정전의 수호자'가 보내는 메시지를 수신해 그 시대의 전자 가속기를 써서 과거로 중계하는 역할이다. '중계자'는 역사 수정을 시도하는 자들이 파고들 수 없을 만큼 깊숙이 과거로 침입한다. 그렇게 그들을 앞질러 '정전'을 고정한다.

마지막은 '정전'을 지키기 위한 공작 활동이다. 부정하게 역사를 수정하려 하는 자들의 활동을 방해하고 흔적을 말소한다.

클라인이 '중계자'가 된 것은 육 년 전이었다. 고등학교 과학 실험실에서 불가사의한 방전 현상을 목격해 그 의미를 해독했다. 보낸 이는 22세기의 중국인 '중계자'로, 평소에는 치과 의사로 일한다고 했다. 클라인이 아는 '정전의 수호자'에 관한 정보는 모두 치과 의사에게 들은 것이다. 물론 치과 의사가 실존 인물인지 아닌지 확인할 방법은 없었고, '정전의 수호자'가 자신에게 이야기한 것 같은 조직인지 아닌지 조사할 방법도 없었다. 그들은 수백 년 뒤의 사람들이기 때문이다.

그래도 클라인은 '정전의 수호자'의 지시에 따르기로 했다.

독일에서 '인과의 단절'을 해소하고 모스크바로 유학을 갔다. 자신이 맡은 일의 끝마무리는 다음 '중계자'에게 '정전의 수호자'의 메시지를 전달하는 것이었다. 클라인이 메시지를 보낸 상대방은 19세기 맨체스터에서 메시지를 기다리고 있을 스톡스라는 전신 기사였다.

클라인의 임무가 다른 시대에 비해 까다로웠던 것은, 이 시대의 송신기는 전 세계에 몇 대뿐인 데다 어느 송신기나 자유롭게 쓸 수 없다는 점에서였다. 그 때문에 클라인은 '정전의 수호자'의 시나리오에 따라 소련 과학자와 CIA 공작원을 이용해야 했다. 트빌리시와 프랑크푸르트 공항에서 화이트라는 남자와 이야기를 나눠 그를 유도할 필요가 있었다.

'정전의 수호자'는 과거를 모두 '이해'하고 있었다. '정전'의 고정을 위해 어떤 메시지가 필요한지, 충분한 시행 횟수를 거쳐 알고 있었다. 클라인은 그들이 시키는 대로 행동하기만 하면 됐다.

그날 메시지를 받기 전까지 클라인은 절망에 빠져 있었다. 인류는 너무나도 자기중심적이고 세계 어디선가 늘 전쟁이 벌어지고 있었다. 역사란 거짓과 박해의 축적물이었다.

클라인은 '정전'이 어떤 것인지 전혀 알지 못했고 '정전'이 정말로 올바른 역사인지 아닌지도 몰랐다. 자신은 결과적으로 공산주의를 지키는 일을 한 셈이지만, 공산주의에나 자본주의에

나 특별히 공감하지는 않았다. 하지만 적어도 자신보다 훨씬 많은 지식을 가진 미래의 과학자가 어떤 시나리오를 '정전'이라 보고 그것을 보존하려 한다면 그 결정에 따라야 한다고 생각했다. 자신이 아는 '과거'의 사람들보다 그들이 훨씬 믿을 수 있을 것 같았다.

클라인은 안톤 페트로프의 집 근처에서 화이트가 맡긴 봉투를 잘게 찢어 휴지통에 버렸다.

페트로프의 집 앞에 '정전의 수호자'가 준비한 메시지를 넣은 봉투를 놓았다. 스톡스가 19세기 맨체스터에서 무엇을 해야 할지 쓴 메시지였다. 스톡스가 사는 시대의 기술로는 송신기를 만들 수 없다. 즉 그는 육백 년 뒤 미래에서 시작된 릴레이의 '앵커'였다. 그는 '정전의 수호자'로서 마지막 일을 해야 했다.

클라인은 문득 스톡스에게 보낼 봉투를 이 자리에서 찢어버리면 어떻게 될까 생각했다.

하지만 그런 생각은 해봤자 의미가 없다는 것을 깨달았다. 자신은 어차피 봉투를 찢지 않을 테고, 혹여 찢는다 해도 그건 분명 '정전의 수호자'가 준비한 시나리오의 일부일 것이다. 모든 역사가 '정전'을 향해 수렴된다. 그건 의심할 여지가 없는 진리였다.

그날, 아침 일찍 출근한 페트로프는 실험실에 틀어박혀 JK427
을 기동했다. 점심도 건너뛰고 두 개의 메시지를 계속해서 송신
했다. 자신의 메시지가 과거에 도달한 시점에서 인과가 변한다
면, 자신이 메시지 송신을 마친 순간 세계선이 이동할 것이다.
그런데 현재 세계선이 이동하지 않았다는 것은 아직 메시지가
들어가지 않았기 때문이라 판단하고 벡터를 세밀하게 조정하며
여러 차례 송신을 반복했다.

미국인이 준비한 메시지가 길어 송신에 시간이 걸렸다. 암호
화되어 있어서 내용은 알 수 없었지만 그는 이 체제가 붕괴하게
될 메시지라고 했다. 어떤 메시지를 누구에게 보내면 그런 일이
가능한지는 모르지만, KGB가 실험실로 오기 전까지 메시지가

들어가면 그만이라 생각하고 있었다.

미국인에게 받은 캡슐은 언제 구속돼도 상관없도록 늘 혀 위에 올려놓았다. 언제든지 죽을 수 있다고 생각하니 겁나는 게 없었다.

페트로프는 사흘 동안 아침부터 밤까지 메시지를 계속 송신했다.

KGB 수사관이 실험실에 나타났을 때, 페트로프는 자신에게 허락된 시간이 마침내 끝났다는 것을 깨달았다. 죽으려고 결심한 다음 잠깐 주저했다. 그날 아침, 아들인 일리야가 '새 서양 음악 카세트테이프가 갖고 싶다'라고 말한 게 기억나서였다. 아들의 앞날이 밝기를 기도하며, 또는 분기한 과거에서 그가 좋아하는 음악을 자유롭게 듣고 있기를 바라며, 페트로프는 캡슐을 깨물었다.

"그럼 변호인 측 증인인 새뮤얼 스톡스, 앞으로 나오십시오."

판사의 말에 작은 목소리로 "네"라 대답하고 스톡스는 일어섰다. 뭐라 말할지는 '중계자'가 모두 가르쳐주었다.

"솔퍼드 드포 연구소에서 쿡 앤드 휘트스톤식 전신기의 기사로 근무하는 스톡스라고 합니다."

"스톡스 씨, 1843년 12월 8일, 워딩턴 공장이 습격당한 날 무엇을 보셨는지 설명해주시겠습니까."

"알겠습니다." 스톡스는 고개를 끄덕였다. "그날은 창립 기념일이라 연구소는 휴일이었지만, 몇몇 외국 자본 공장과 교섭중이던 신형 전신기의 설정에 불안이 있어서 미세 조정을 하러 나와 있었습니다. 작업을 마치고 집으로 가려는데 정문 앞에 한 신사가 서 있는 게 보였습니다. 그 사람에게 '오늘은 쉬는 날입니다'라고 알렸더니 신사는 '그런가요' 하며 아쉽다는 듯 어깨를 늘어뜨리더군요. 전 그 사람을 두고 연구소를 떠났습니다."

법정변호사는 "두 가지 질문을 드리겠습니다"라고 말했다.

"첫째, 당신이 신사를 보고 짤막하게 말을 나눈 게 몇 시쯤이었는지요?"

"누가 나오길 기다렸는지 신사는 한동안 정문 앞에 있었던 것 같았습니다. 처음에 그 사람을 목격한 건 오후 6시경이고 이야기를 한 건 오후 7시경입니다."

"그럼 하나 더, 당신이 이야기했던 신사는 누구죠?"

"지금 피고인석에 앉아 있는 프리드리히 엥겔스입니다. 틀림없습니다."

법정변호사는 만족스레 "이상입니다"라며 앉았다. 예상치 못한 목격자의 등장에 당황한 검사가 스톡스에게 몇 가지 질문을 했다. 시각과 날짜가 확실한가, 말을 나눈 상대가 엥겔스라는 확증은 있나.

모두 '정전의 수호자'가 예측한 질문이었다. 스톡스는 대본대로 질문에 대답했다. 자신에게 메시지를 보낸 '중계자'는 '독일인 학생이라 할 수도 있고 러시아인 과학자라 할 수도 있다'라 말했다. 미래 세계는 어떤 모습일까.

그 뒤 성격증인 몇 명이 나와 프리드리히 엥겔스의 훌륭한 인격을 이야기하고 내려갔지만, 스톡스는 자신이 증언한 시점에서 실질적으로 재판 결과가 나왔다 확신하고 있었다.

모든 증인이 증언을 마치자 배심원들은 평결을 내리기 위해 퇴정했다.

밖이 어두워져 법정 안 조명이 차례대로 밝혀졌다.

'중계자'의 메시지에 따르면 엥겔스는 '정전'을 전진시키는 데에 대단히 중요한 역할을 맡은 듯했다. 그가 '정전'대로 역사를 진행하는 것을 방해하려고 암약한 자도 있다고 했다.

오후 6시, 약 한 시간을 논의한 끝에 배심원 열두 명이 법정으로 돌아왔다. 배심원석 앞줄 중앙에 앉은 남자가 판사의 지시로 평결을 내렸다.

"결론을 내렸습니다."

배심원장은 천천히 방청석을 둘러본 뒤 마지막으로 판사를 봤다. 판사가 가볍게 고개를 끄덕였다.

"프리드리히 엥겔스, 무죄입니다."

법정 안은 놀람 같기도 하고 납득 같기도 한, 형용하기 어려운 침묵에 싸였다.

스톡스는 엥겔스의 얼굴을 봤다. 그는 당연하다는 듯 의연한 표정으로 배심원을 바라보고 있었다.

거짓과 정전

1판 1쇄 인쇄 2024년 2월 26일　**1판 1쇄 발행** 2024년 3월 18일

지은이 오가와 사토시　**옮긴이** 권영주
펴낸이 박강휘
편집 박정선　**디자인** 유상현
마케팅 백선미　**홍보** 박상연

발행처 김영사
주소 경기도 파주시 문발로 197(문발동) 우편번호 10881
등록 1979년 5월 17일(제406-2003-036호)
주문 및 문의 전화 031)955-3100　**팩스** 031)955-3111
편집부 전화 02)3668-3295　**팩스** 02)745-4827　**전자우편** literature@gimmyoung.com
블로그 blog.naver.com/viche_books
인스타그램 @vichebook @viche_editors　**트위터** @drviche
ISBN 978-89-349-4639-7 03830　책값은 뒤표지에 있습니다.

비채는 김영사의 문학 브랜드입니다.